KB269817

희망은 끝내 사라지지 않고

흙에서 길어 올린 농부 시인의 사유들

별도의 표시가 없는 한 교육공동체 벗이 생산한 저작물은 크리에이티브 커먼즈
[저작자표시-비영리-변경금지 4.0 국제 라이선스]에 따라 이용하실 수 있습니다.
http://creativecommons.org/licenses/by-nc-nd/4.0

희망은 끝내 사라지지 않고
- 흙에서 길어 올린 농부 시인의 사유들

© 서정홍, 2025

2025년 12월 29일 처음 펴냄

글쓴이 | 서정홍
편집부장 | 공현
책임편집 | 이진주
출판자문위원 | 이상대, 박진환
디자인 | 이수정, 박대성
본문 사진 | 산골 농부 김지현, 서와
제작 | 세종 PNP

펴낸이 | 김기언
펴낸곳 | 교육공동체 벗
이사장 | 오정오
사무국 | 최승훈, 설원민, 공현
출판등록 | 제2011-000022호(2011년 1월 14일)
주소 | (03998) 서울시 마포구 월드컵북로7길 76-12 102호
전화 | 02-332-0712
전송 | 0505-115-0712
홈페이지 | communebut.com

ISBN 978-89-6880-220-1 (03810)

* 3부와 4부에 실린 글은 2021년 1월부터 2024년 12월까지 경향신문에
  실린 글을 조금 고치고 다듬었습니다.

희망은 끝내 사라지지 않고

흙에서 길어 올린 농부 시인의 사유들

／ 서정홍 씀

교육공동체벗

"시인의 생태 감수성이 세상을 구한다"

'58년 개띠'인 서정홍 농부 시인은 정말 부지런합니다. 몸도, 마음도 그렇습니다. 어르신들께 들은, 농부는 별을 노래하는 사람이고 농부가 죽으면 별이 데려간다는 말을 늘 기억하며 삽니다. 한국인 대다수는 농촌에서 도시로 갔지만, 이분은 도시 노동자를 그만두고 농부가 됐습니다. 곰곰 생각해 보니, 서정홍 시인은 크게 세 측면에서 농부입니다.

우선, 말 그대로 식량 농사를 잘 짓는 농부입니다. 콩, 녹두, 참깨, 들깨, 옥수수, 땅콩, 부추, 상추, 토마토, 케일, 치커리, 고추, 파, 오이, 가지, 여주, 감자, 토란, 호박, 고구마, 무, 배추, 생강, 시금치, 쑥갓, 양파, 마늘……. 대농도 아니고 기계농도 아니고 그저 몸과 마음을 쓰는 소농입니다. 흔한 화학 비료나 살충제, 제초제 등을 쓰지 않는 자연농부입니다. 세상이 아프면 우리도 아프기 때문입니다. 책에도 나오듯 "농부는 자연 앞에 머리 숙이고 자연 순리대로 살아갑니다. 어진 농부는 돈을 벌려고 사람과 자연을 병들게 하는 독한 농약을 논밭에 함부로 뿌리거나, 집짐승들을 좁고 더러운 우리 안에 가두어 두지 않습니다". 농사도 혼자가 아니라 마을 사람들과 함께 짓습니다. 양파 모종 심느라 "하동 아지매와 장대 아지매가 흘린 땀과 새참, 점심밥을 준비하던 꽃처럼 환한 아내 얼굴"을 쑥쑥 클 양파가 다 기억한다고 믿습니다. "양말 한 켤레 함부로 버리지 않는" 어르신들한테 농사 기술이나 삶의 지혜를 배워 후배 청년들한테 전하기도 합니다. 95%의 도시인을 위해 밥상을 차리는, 5%도 안 되는 농민층 소속입니다. 서정홍 농부 같은 분들이 이 나라의 정치 경제를 이끌면 얼마나 좋을까 싶을 정도입니다.

다음으로 서정홍 시인은 글 농사를 잘 짓는 농부입니다. 최근까지 《그대로 둔다》, 《쉬엄쉬엄 가도 괜찮아요》, 《내가 가장 착해질 때》 등 시집을 여럿 냈고, 꽤 오래전에 《농부시인의 행복론》이란 산문집도 냈습니다. 그때도 제가 추천 글을 썼는데, 원고를 읽다가 찔끔찔끔 눈물을 흘린 기억이 있습니다. 서 시인의 시나 산문을 읽다 보면 마음이 많이 찔립니다. 괜스레 미안하기도 하고, 참으려 해도 눈시울이 젖기 쉽습니다. 그러다 곧잘 웃기도 합니다. 이러다 엉덩이에 털이 날까 겁날 정도입니다. 돌아가신 김종철 선생님(《녹색평론》 창간인)은 '시인의 생태 감수성이 세상을 구한다'란 말씀을 하셨는데, 바로 서 시인 같은 분을 두고 한 말이 아닌가 합니다.

또, 서정홍 시인은 사람 농사도 잘 짓는 농부입니다. 사랑하는 아내와 두 명의 아들, 그리고 며느리와 손주까지 얻었으니 돈 많은 재벌이 부럽지 않을 정도입니다. 6.25 한국전쟁 전후로 목숨 걸고 혁명을 꿈꾼 '빨치산'들이 진심으로 소망했던 게, 단지 땅뙈기 좀 가지고 부지런히 일해 온 식구가 오순도순 사는 것이라 했는데, 서정홍 시인은 벌써 그런 혁명을 이룬 셈입니다. 가족끼리만 알콩달콩 사는 게 아니라 인근 마을 사람들과 공동체를 이루어 같이 공부도 하고, 밥과 새참도 함께 나누고, 가끔 단식(건강 챙김)도 하고, 음악회나 강연도 열며 그렇게 삽니다. 마하트마 간디가 말한 '마을공화국'이 서정홍 농부 시인 동네에 이미 만들어진 것 같았습니다. 짬이 나면 종종 '교도소'처럼 변한 여러 학교의 학생들에게 가서 "당당하게 기죽지 않고 살아가는 법"을 알려 줍니다. 강연 외에 민주주의를 위한 광장 집회에도 갑니다. 이를 "아스팔트 농사"라 부르십니다.

그러나 서정홍 농부 시인을 '식량-문학-사람 농사꾼'으로만 볼 수는 없습니다. 제가 마음으로 존경하는 '땅의 철학자'이기 때문입니다. 대학 강단에서 폼을 잡는 그런 철학자가 아니라 땅에 무릎 꿇고 허리 숙여 일하며 늘 가난하게 살고자 애쓰며 깨달음을 얻는 그런 철학자입니다. '밥 한 숟가락'의 소중함을 아는 철학자입니다. 사람들은 너도나도 부자 되기를 꿈꾸지만 서정홍 시인은 '마음을 속여서 자기 자신을 속이는 잘못'을 저지를까 조심하며, 인도 북부 라다크 마을의 노인들처럼 늘 가난을 꿈꿉니다. 세상에, 예수님도 부처님도 아닌데, 가난을 꿈꾸다니요? 그러면서도 또 가난한 사람을 살리는 사회까지 꿈꿉니다. 가난해도 모두가 삶의 주인으로 사는 것이 행복이기 때문입니다.

바로 그런 분의 새 책이 나왔습니다. 생텍쥐페리의 《어린 왕자》는 별들이 아름다운 건 어딘가 꽃이 있기 때문이고, 사막이 아름다운 건 어딘가에 우물이 숨어 있기 때문이라 하죠. 서정홍 시인의 소박하고 가난한 산골 생활이 아름다운 건 "이 세상에 있는 모든 돈과 황금을 다 준다 해도 바꿀 수 없는 소중한 보물이 늘 곁에 있기" 때문입니다.

이 책을 펴서 한 줄 한 줄 읽다가 또 울컥해 눈물지을 위험이 있지만, 그럼에도, 아니, 바로 그렇기에 꼭 읽어 보시길 조심스레 권합니다.

강수돌 _ 고려대 명예교수, 《나부터 정치혁명》 저자

차례

|4부| **마지막 유언**

멈추지 않고 길을 찾아 가는
사람들과 함께

경남 합천군 가회면, 내가 사는 나무실 마을(목곡 마을)에 2025년 7월 16일부터 닷새 동안 집중 호우가 쏟아졌습니다(가회면 누적 강수량은 525mm). 여기저기 숱한 산사태로 흙과 돌이 밭을 뒤덮고, 창고가 내려앉고, 전봇대가 넘어지고, 큰 돌과 나무들이 마을 길을 모조리 막아 자동차 한 대 드나들 수 없게 되었습니다. 며칠째 수돗물과 전기가 끊겼습니다. 조금 낮은 곳인 가회면 소재지는 집이 물에 잠기고, 자동차와 농기계조차 물살에 떠밀려 찾을 길이 없다고 합니다.

비가 그치고 나서 아내와 20년 내내 농사짓던 산밭으로 갔습니다. 그런데 산밭으로 가는 다리와 개울밭이 거센 물살에 휩쓸려 흔적도 없이 사라졌습니다. 그 밭은, 아내랑 묵은 땅을 개간하여 유기농 인증을 받기까지 숱한 땀과 추억이 깃들어 있는 곳입니다.

"이렇게 무서운 기후 재난 앞에서도 당신과 내가 살아 있으니 얼마나 다행이에요."

아내는 나를 위로하면서도 속울음을 삼켰을 것입니다.

이보다 더 안타깝고 두려운 일은, 앞으로 도시고 농촌이고 세상 어디에서나 이런 기후 재난이 일어날 수 있다는 것입니다. 내가 이런 일을 당하고 나서야 남의 일이 아니라 바로 코앞에 닥친 우리 모두의 일이란 걸 알았습니다.

지구 온난화. 지구 가열화. 기후 변화. 기후 위기. 기후 피해. 기후 채찍질. 기후 우울. 기후 참사. 기후 재앙. 기후 파국. 기후 비상사태. 시간당 150mm 괴물 폭우 수도권도 덮쳤다. 기상 관측 이래 최고 수준의 극한 폭염. 바다가 끓었다. 밤에도 끓는다. 살인적 더위. 열사병. 열탈진. 열실신. 역대 가장 많은 온열 질환자 폭증세. 숨 막히는 더위에 가축 줄폐사. 집중 호우 최대 고비. 야행성 폭우. 물 폭탄 토양 수분 포화 상태. 산사태 위기 경보. 고립 속출. 전국 곳곳 주민 즉시 대피령. 농작물 물에 잠기고 가축 묻히고, 논밭 병해충 급증. 에너지 위기. 인류 생존 위기……

언제부턴가 거의 하루도 빠짐없이 불쑥불쑥 나타나는, 신문 기사 제목을 보면 하루 내내 우울해집니다. 원고를 정리하면서, 우리가 살아가는 자연환경은 개발과 공해로 파괴되어 마음 놓고 숨쉬기조차 어려워졌다는 것을 깊이 깨달았습니다. 더구나 앞날을 걱정하는 학자들은 말합니다. 온 지구촌을 불안과 공포로 몰아넣었던 코로나19보다 더 무섭고 독한 바이러스가, 몇 해 뒤에 지구촌을 뒤덮을 수도 있다고 말입니다. 이런 걱정이 현실이 되지 않으면 좋겠습니다만, 만일 현실이 된다면 어찌하면 좋을까요?

이런 막막하고 불안한 현실 속에서도 우리가 숨 쉬고 살아갈 수 있는 것은, 멈추지 않고 '길'을 찾아 가는 젊은이들이 있기 때문입니다. 시련과 절망 속에서도 눈빛이 살아 있는 젊은이들을 응원하는 어르신들이 있기 때문입니다.

"봄날샘(내가 산골에 살면서 지은 이름), 우리가 지키고 싶은 것은 대단한 것이 아니에요. 다음 해에도 논밭에 씨앗을 뿌릴 수 있고, 친구와 따뜻한 차 한잔 나눌 수 있는 하루예요."

이웃 마을에 사는 청년 농부 서와의 말처럼, 단순하고 소박하게 살고 싶습니다. 밥을 '하늘'이라 여기는 사람들과 함께 고운 세상을 꿈꾸며 살고 싶습니다. 샘에서 솟아나는 물은 겨울에도 얼지 않고 봄을 기다리는 나무는 시들지 않듯이, 그 꿈이 현실이 될 수 있는 날까지 굳세게 살고 싶습니다.

산골 마을에서 스무 해 넘도록 농사지으며 살아온 날을 가만가만 뒤돌아보았습니다. 자라나는 아이들 미래를 밝혀 주지는 못

할망정, 온갖 편리함을 누리며 입으로만 희망을 떠벌리며 살아온 '나'를 보았습니다.

다시 나를 돌아보는 마음으로 그동안 여러 신문과 잡지에 쓴 글을 조금 고치고 다듬었습니다. 딱히 글 보낸 곳을 일일이 밝히지 않았습니다. 그리고 새로 쓴 글은, 마음 가는 대로 알맞은 자리에 넣었습니다.

이 책은 15년 만에 내는 산문집입니다. 15년 전보다 우리가 사는 세상이 조금이라도 살 만해졌다면 이 책을 내지 않았을 것입니다. '오래된 미래'인 농촌 들녘은 그때보다 더 팍팍해지고 무너져 내렸으며, 지구 온난화로 말미암아 우리네 삶은 불안과 절망에 허우적거리고 있습니다.

이 땅 곳곳에서 맡은 일을 묵묵히 해 나가는 모든 분들께, 이 서툴고 모자란 책이 작은 위로와 희망이 되기를 간절히 바랍니다.

삶을 가장 가치 있게 만드는 일은
자연 순리대로 사는 것이라 여기며

산골 농부 서정홍

1부

오늘처럼
살맛 나는 날은
처음이오

한 발짝
더 나은 길로

한낮엔 한여름 같지만, 아침저녁엔 시원한 바람이 불어 가을이 가까이 온다는 걸 느낍니다. 오랜만에 아궁이 군불을 때면서 문득, 아이들에게 시간을 많이 내어 줄 수 있는 사람이 되어야지 싶었습니다. 가진 재산이 적고 권력도 없고, 슬기롭거나 똑똑하지도 못한 나 같은 사람이 아이들에게 줄 수 있는 것은 시간밖에 없으니까요.

여태 뒤돌아볼 새 없이 바쁘게 살았습니다. 오늘부터는 아무리 바빠도 느릿느릿 걷고, 아무리 배고파도 느릿느릿 먹는 소처럼 살고 싶습니다. 나는 소처럼 여유롭게 살지 못했습니다. 지난 삶을 뒤돌아보는 것조차 시간이 아까웠고, 시간을 돈으로 여기며 살았습니다. 그래서 걸음도 빨리 걷고, 생각도 빨리 하고, 그 생각만큼이나 말도 빨라져 숱한 실수와 잘못을 저지르며 살았습니다.

나이 예순이면 귀가 순해져서 다른 사람 의견이나 감정을 잘 받아들일 수 있는 능력이 생긴다 합니다. 그래서 남은 나날은 한 발짝 더 나은 길로 걸어야겠다는 다짐을 했습니다.

'새벽에 일어나 누군가를 위해 간절히 기도하고, 낮엔 세상 걱정 모두 내려놓고 땀 흘리며 산밭을 가꾸리라. 짬을 내어 맨발로 흙을 밟고, 나무를 끌어안아 보고, 나무에 기대어 낮잠도 자리라. 흐르는 물소리를 들으며 가만히 하늘을 보리라. 해가 지면 젊은이들 이야기에 귀를 기울이고, 함께 희망을 찾아 가리라. 책을 읽으며 마음을 닦고, 시를 쓰고 노래 부르리라. 두 번 다시는 허둥거리며 살지 않으리라. 무슨 일을 하든, 누굴 만나든, 따뜻한 마음 잃지 않으리라. 외로움에 지친 이들에게 자주 편지를 쓰고 좋은 책을 선물하리라. 살다 보면 어찌 눈물 마를 날이 있으랴마는, 그 눈물로 메마른 세상 흠뻑 적실 수 있다면 얼마나 좋으랴.'

세월은 붙잡아도 가고 붙잡지 않아도 갑니다. 마당에 감나무도 늙어 아래로 축축 늘어지고, 마을 빈집도 늙어 돌담이 무너지고, 무너진 돌담 사이로 어슬렁거리는 고양이도 늙어 그렁댑니다. 아내도 늙어 어디 성한 데 하나 없어 끙끙거립니다. 나와 살던 모든 것이 나와 함께 늙어 갑니다.

함께 늙어 가던 순천댁 할머니는, 몸이 아파 사흘 내내 누워만 있었습니다. 어제 해 질 무렵에 겨우 일어나 흙 마당을 한 바퀴 둘러보고, 고달픈 세월을 함께 살아온 무화과나무 아래 서 있기도 하고, 장독대 앞에 앉아 키 작은 채송화도 바라보고, 낡은 신발장 문도 살며시 열어 보고는 지친 몸을 늘 기다려 주던 방으로 들어.

가셨습니다. 새들은 잠에서 깨어 새로운 아침을 여는데 할머니는 눈을 뜨지 못하셨습니다.

이렇게 마음 아픈 날이면 낮은 언덕에 누워 가만히 하늘을 우러러봅니다. 구름이 흘러가고, 구름 사이로 햇살이 비치고, 새들이 날고, 노랑나비 한 마리 너울너울 춤추며 말을 겁니다.

'정홍아, 스스로 길을 찾지 못할 때는 말이야. 자연한테 몸과 마음을 맡기면 길을 찾을 수 있어. 아무리 듣기 좋은 음악이 있다 해도, 어찌 숲에서 들려오는 풀벌레 소리보다 듣기 좋으랴. 아무리 값비싼 그림이나 보석이 있다 해도, 어찌 나무 한 그루보다 귀할 수 있으랴.'

선생님을 가르치는
선생님

부산에 있는 초등학교 선생님이 독서부 학생 20명을 데리고 산골 마을에 찾아왔습니다. 목적은 '문학 탐방'이지만, 농사 일손도 거들겠다고 합니다.

"서정홍 선생님, 점심밥 먹고 학생들과 양파밭에 김매기 작업을 한 시간쯤 하면 어떨까요? 도움이 될지 모르겠지만요."

"저는 좋습니다. 한 학생이 풀 10포기만 뽑아 주면요, 20명이니까 200포기를 뽑는 게지요. 그러니까 큰 도움이 되지 않겠습니까? 하하하."

"서정홍 선생님, 그럼 점심밥 먹고 학생들과 김매기 작업을 하겠습니다. 한 해 한두 시간이라도 농사일을 해 봐야 음식 소중한 줄 알고, 음식 함부로 버리지 않을 거 같아요. 더구나 땀 흘리며 일을 해야 몸과 마음이 단단해지고, 일하는 사람들도 소중하게 여길 테니까요. 아무튼 머리보다는 가슴이, 가슴보다는 손발이 기억해야 오래가더라고요.”

우리가 주고받는 말을 곁에서 가만히 듣고 있던 지우라는 학생이, 반짝이는 눈으로 같이 온 선생님한테 묻습니다.

“선생님, 왜 농부한테 자꾸 선생님이라 하지요?”

나는 선생님이 어떤 대답을 하나 매우 궁금했습니다. 그런데 선생님은 무어 생각할 것도 없다는 듯이 대답했습니다.

“지우야, 자연보다 위대한 스승은 없다는 말 들어 본 적이 있지?”

“예, 선생님. 책에서도 읽었고 수업 시간에도 가끔 들었어요.”

“지우야, 농부는 어디에서 살지?”

“자연에서요.”

“그러면 가장 위대한 스승인 자연에서 살아가는 농부를 무어라 불러야 할까?”

“으음…….”

“지우야, 농부는 말이야. 도시에서 사는 나같이 못난 선생을 온몸으로 가르치는 진짜 선생님이라 생각해. 그래서 농부를 선생님이라 불러. 자연에서 살고 계시니까 나보다 수천수만 배 지혜가 많으실 거야.”

“선생님 말씀을 듣고 나니까 조금 이해가 됩니다.”

“지우야, 이해하면 말이야, 이해하는 것만큼, 아니 그보다 더 큰 세상이 보여. 그리고 사람과 자연을 훨씬 더 깊이 사랑할 수 있어.”

지우와 선생님이 주고받는 말을 들으며 가슴이 찡했습니다. 보잘것없는 농부를 귀하게 여겨 주고, 선생님을 가르치는 진짜 선생님을 농부라 말하는 분을 만나다니! 오늘은 살맛이 절로 납니다. 농부가 되기 참 잘했구나 싶어 춤이라도 추고 싶습니다.

선생님과 학생들을 돌려보내고, 어스름 깔릴 무렵에야 집으로 돌아와 농부란 어떤 존재일까 곰곰이 생각하며 시 한 편 썼습니다. 아직 서툴고 모자란 게 너무 많지만, 이런 농부가 되고 싶은 마음으로 쓴 시입니다.

농부는

서정홍

땅을 일구며 날마다 별을 노래하는 시인입니다
논밭에서 살아 있는 그림을 그리는 화가입니다

지렁이 한 마리 귀하게 여기는 환경 운동가입니다
하늘을 보고 심고 거둘 때를 아는 천문학자입니다

생명을 기르면서 깨달음을 찾아 가는 철학자입니다
건강한 음식으로 사람을 섬기고 살리는 의사입니다

이웃과 함께 사는 법을 아는 시민사회 운동가입니다
온 겨레를 먹여 살리는 자랑스런 국가대표 선수입니다

땀과 정성으로 삶을 배우고 가르치는 참된 교사입니다
많은 이야기를 가슴에 안고 사는 이야기꾼입니다

여린 새싹 앞에서도 머리 숙일 줄 아는 수도자입니다
사람 힘으로 안 되는 일이 있는 줄 아는 성직자입니다

모든 생명을 따뜻하게 품어 살리는 어머니입니다
고르게 가난하게 사는 법을 실천하는 '희망'입니다.

- 《농부의 인문학》(우리교육)

사람 옆에서
사람으로
살아야지

잘 알고 지내는 30대 젊은 부부가, 부모와 친척들 반대를 무릅쓰고 한평생 농부로 살겠다며 산골 마을로 왔습니다. 도시에서 살 때에는 부부가 모두 고등학교 교사였지요. 부부 교사를 '움직이는 중소기업'이라 하더군요. 농담 삼아 하는 말이지만, 그만큼 살림살이 걱정 없이 살아갈 수 있다는 말이 아닐까요?

그런데 왜 농부가 되었느냐고요? '아이들이 아름다운 자연 속에서 자유롭게 살아갈 수 있는 길이 없을까? 아이들한테 희망을 주려면, 내가 희망이 되어야 하는데 어떻게 살아야 할까? 경쟁하지 않으면 살 수 없는 도시에서, 하루하루 자연환경을 오염시키며 스스로 희망이 될 수 있을까?' 아무리 생각해 봐도 '이게 아니다!' 싶어 도시 삶을 정리하고, 산골 마을에 들어와 빈집 빌려 고치고 남의 논밭 얻어서 농부가 되었다고 해요.

농부가 된 지 한 달 만에 도시에 사는 아버지가 교통사고로 다리와 허리를 크게 다쳐 꼼짝 못 하고 누워 있게 되었습니다. 그런데 아무도 아버지를 돌볼 수가 없었어요. 아들 셋과 딸 셋이 있지만, 모두 하나같이 도시에서 바쁘게 살고 있었지요. 공무원, 대기업 노동자, 치킨 가게 주인, 자동차 판매원과 같은 일을 하며 하루라도 바쁘게 살지 않으면 큰일이 일어날 것처럼 말입니다. 그때, 농부가 된 젊은 부부는 두 달 동안이나 병실에서 아버지를 보살펴드렸습니다.

그리고 서너 달 뒤에 할머니가 뇌졸중으로 입원하여 돌아가실 때까지, 한 해 내내 자리를 뜨지 않고 보살펴드린 사람도 농부가 된 젊은 부부였습니다. 자식들이 있으면서 어찌 남한테 돈을 주고 할머니를 돌보게 하느냐며 끝내 병실을 지켰지요. 다른 형제들은 공휴일에 잠시 와서 얼굴 내밀거나 전화로 안부를 묻곤 했지요. 워낙 사는 게 바빠서 다른 데 마음 쏠 짬이 없는 게지요.

그 뒤로 그렇게 농부가 되려는 것을 반대하던 부모 형제들이 하나같이 칭찬을 아끼지 않았습니다.

"야야, 우리 집안에 농부가 있으니까 참 다행이다야. 그런데 미안하고 고마워서 우짜모 좋겠노. 나도 아프모 돌봐 줄 수 있겠나? 생각만 해도 든든하다야."

똑똑하고 잘 배워서 돈이 많은 자식들은 부모가 아프면 병원에 모셔다(?) 간병인을 구해서 돌보게 합니다. 모두들 제자리 지키고 돈을 버느라 하도 바빠, 병든 부모를 모실 짬이 어디 있겠어요. 그리고 부모가 늙고 병들면 요양원으로 보내 놓고는 가끔 찾아가

거나 안부 전화를 겁니다. 이렇게 메마르고 야박한 세상에 농부가
된 자식이 하나라도 있는 게 참 다행이지요. 다행이고 말고요.

농부는 그나마 시간과 돈에 얽매이지 않아도 되고, 누구한테
잘 보이려고 아부하지 않아도 되고, 일터에서 쫓겨날 걱정도 없고,
진급할 일도 없으니 직업 가운데 가장 자유로운 직업입니다. 물론
농부도 심어야 할 때 심지 않으면 거둘 게 없지요. 그러나 농부에
게는 이웃이 있습니다. 이웃이 무슨 일을 당하면 논을 갈아 주고
산밭에 김을 매 주기도 합니다. 제가 교통사고로 서너 달 입원해
있을 때도 이웃들이 마늘과 양파를 다 거두어들여 판매까지 해
주었습니다.

농부란 말 그대로 자연 속에서 이웃과 더불어 농사지으며 사는
사람입니다. 농부는 늘 검소하고 부지런합니다. 땀 흘려 일을 하지
만 결과는 하늘에 맡기고 기다릴 줄 아는 사람입니다. 그래서 늘
고마워할 줄 알고, 어렵고 힘든 일이 있어도 민들레처럼 봄을 노래
하는 사람입니다. 아무리 어려운 처지에서도 절망하지 않고 나눌
줄 아는 사람입니다.

농부는 자기가 하는 일이 어떤 가치가 있는지 어느 누구보다
잘 아는 사람입니다. 부지런히 농사짓는 것도 소중하지만 농사일
을 좋아해야 하고, 즐길 줄도 알아야 합니다. 하늘과 땅과 사람과
모든 생명들과 어울려 기쁜 마음으로 일하는 사람이 농부지요.
농부는 자연 앞에 머리 숙이고 자연 순리대로 살아갑니다. 어진
농부는 돈을 벌려고 사람과 자연을 병들게 하는 독한 농약을 논

밭에 함부로 뿌리거나, 집짐승들을 좁고 더러운 우리 안에 가두어 두지 않습니다.

그래서 사람들은 농부를 '오래된 미래'라 하고, 사람과 자연을 살리는 가장 훌륭한 '성직'이라 합니다. 젊은 부부는 30대에 그걸 깨닫고 농부가 되었는데, 나는 40대에 겨우 깨달아 농부가 되었습니다. 늦게라도 깨달아 다행입니다. 사람 옆에 사람으로 살고 있으니 얼마나 다행입니까?

그날, 오래된 미래인 젊은 부부에게 시 한 편 읽어 주었습니다.

쓸쓸한 안부

서정홍

세상이 많이 변해 가네그려

교회고 절이고

모두 돈과 편리함에 빠져

목적 없이 떠돌아다니는

구경꾼들만 우글거리니 말일세

이웃을 내 몸처럼 사랑하라고?

그건 성서나 경전에 나오는 말이지

닭장 같은 아파트에 딱 갇혀 살면

이웃이 누군지조차 모르는데

사랑은 무슨?

요즘 사람들은 이웃도 모르면서
어떤 신부나 목사나 승려를
어떤 교수나 판검사나 국회의원을
잘 안다며 친하게 지내는 사이라며
떠벌리고 다니더군
그게 마치 집안 자랑처럼

세상이 아무리 변해도
쓸쓸하고 가난한 이웃을
잘 알고 친하게 지내는 게
집안 자랑이 되어야 하지 않겠는가

제 잇속 차리기에 바쁜 사람들 속에서
자네는 어찌 지내시는가?

-《그대로 둔다》(상추쌈)

말만 그럴듯하고
행동이
일치되지 않으면

일제 강점기, 아버지는 일본에서 목수로 일하다가 쌓아 둔 목재가 무너지는 바람에 발목을 크게 다쳤습니다. 일하다 다쳤는데 치료조차 제대로 받지 못하고 일터에서 쫓겨났습니다. 보상 한 푼 받지 못한 채, 낡은 기계처럼 아무렇게나 버려진 아버지는 해방을 맞아 다시 한국에 돌아와서 경남 마산 월영동 가난한 산동네에 터를 잡았습니다.

아버지는 발목을 다치고부터 만날 술로써 세월을 보냈습니다. 그래서 어머니 혼자 힘으로 아들 셋 딸 셋을 다 키우셨지요. 어머니는 목장이나 공사장에서 막노동을 했습니다. 이런 허드렛일 자리조차 얻기 어려운 시절이라 어머니는 하루라도 일하지 않으면 큰일 날 것처럼 뼈가 으스러지도록 일했습니다.

막노동판에서 일을 마치고 돌아온 어머니는 밥 먹을 힘조차 없다 하시며 씻지도 않고 그대로 쓰러져 주무시는 날이 잦았습니다. 그 몸으로 이른 아침마다 꽁보리밥을 물에 말아 드시고는 오뚝이처럼 벌떡 일어나 다시 일터로 가셨지요. 어머니 손은 공사장 벽돌보다 더 거칠고 단단했으며, 쩍쩍 갈라진 발은 동상에 걸려 차마 눈 뜨고는 볼 수가 없었습니다.

1974년 12월 17일 저녁 무렵에 아버지가 돌아가셨습니다. 아무도 없는 작은 흙집에서 혼자 숨을 거두셨지요. 그리고 3년 뒤, 어머니마저 돌아가셨습니다. 아버지는 술병으로 돌아가셨지만, 어머니는 '굶기를 밥 먹듯'이 하는 바람에 영양실조로 돌아가셨습니다.

나는 그날도 공장 일을 마치고 돌아왔습니다. 눈보라 몰아치는 겨울 저녁이었지요. 집에 닿자마자 몇 달째 아파 누워 있는 어머니를 불렀습니다. "어머니, 어머니!" 하고 불렀지만 대답이 없어 방문을 살며시 열어 보니, 어머니는 벽에 기댄 채 앉아서 주무시고 있었습니다. 연탄불마저 꺼진 지 오래된 차가운 방에서, 형과 누나들은 객지로 돈 벌러 가고 없는 쓸쓸한 방에서, 어머니는 영원히 잠들었습니다. 그날이 1977년 12월 19일, 내 나이 고작 스무 살 되던 해였습니다.

어린 자식들 먹을 양식과 일밖에 모르고 살아온 어머니는 그렇게 돌아가셨습니다. 한평생 옷 한 벌 사 입지 못한 어머니였는데, 한평생 얼굴에 화장품 한번 바르지 못하고 파마머리 한번 하지 못한 어머니였는데, 막노동판에서 새참으로 나온 빵 한 조각 목으로 넘기지 못하고 어린 자식 놈들 먹일 거라고 보물처럼 싸서 집으로 가져오시던 어머니였는데…….

어머니는 아무리 삶이 고달프고 힘들어도 당신 자신 때문에 울지 않았습니다. 어머니가 흘린 그 많은 눈물은 자식들 때문에 흘린 것이지, 단 한 방울도 당신을 위해 흘리지 않았으니까요. 나는 어머니가 흘린 그 눈물을 딛고 여기까지 왔습니다. 그리고 어머니가 물려주고 가신 '가난'이란 유산이 있어, 헛된 부추김에 휩쓸리지 않으려고 애씁니다.

도둑질을 하면 남을 속일 뿐이지만 양심을 거스르는 일로 남을 속이게 되면 비록 상대가 눈치채지 못했다 하더라도 자신은 도둑이 되는 것이다. 말만 그럴듯하고 행동이 일치되지 않으면 그 또한 도둑이 되는 셈이다. 세상을 속여서 물건이나 명성을 훔치는 잘못은 크다. 그러나 마음을 속여서 자기 자신을 속이는 잘못은 깊다.[*]

작은 산길을 홀로 걷다가 중국 대학자이자 정치가인 뤼신우 선생 말씀이 생각납니다. 문득 지난날을 뒤돌아보니 '마음을 속여서 자기 자신을 속이는 잘못'을 저지르며 살아왔구나 싶습니다. 이제부터라도 함부로 먹고 마시고 쓰고 버리는 망나니 같은 짓거리를 그만두고, 스스로 가난하게 살아야겠다는 다짐을 합니다.

---

[*] 뤼신우, 박인용 옮김(2008), 《세상을 보는 지혜 2》, (주)아침나라, 14쪽.

"역사상 가장 위대한 사람은 가장 가난한 사람"*이라 합니다. 그 가난이 지구 온난화로 일어나는 무서운 재난을 막고, 아이들에게 안전하고 고운 세상을 물려줄 수 있는 지름길이라 합니다. "말만 그럴듯하고 행동이 일치되지 않으면 그 또한 도둑이 되는 셈"이라, 오늘 이 다짐이 흔들리지 말아야겠다고 다시 마음을 다잡습니다.

* E. F. 슈마허, 골디언 밴던브뤼크 엮음, 이덕임 옮김(2017), 《자발적 가난》, 그물코, 30쪽.

못난이
철학

기억나시는지요? 초등학교나 중고등학교 졸업식 때, 찬바람 몰아치는 학교 운동장에서 꼿꼿하게 서서 듣던 교장 선생님 '졸업사' 말입니다.

"졸업생 여러분! 이제 여러분은 또 다른 세계로 발을 내딛게 될 것입니다. 이 학교를 떠나면 사회에 꼭 필요한 사람이 되어야 합니다."

이런 졸업사 들으면서 어떤 생각을 하셨는지요? '꼭 필요한 사람'이라 하면 판사, 검사, 변호사, 의사, 약사, 한의사, 교사, 교수, 학자, 대통령, 장관, 과학자 따위를 떠올린 건 아닌지요?

나이가 들면서 꼭 필요한 사람을 생각해 보았습니다. 사람과 자연을 괴롭히고 구렁텅이로 몰아넣는 일이 아니라면 귀하고 천한 직업이 어디 있겠습니까? 그러나 그 가운데서도 첫째, 농사지어 사람들 목숨 이어 주는 농부구나. 둘째, 하루 일 마치고 몸뚱이 누일 집을 지어 주는 사람이구나. 셋째, 날마다 입고 다니는 옷과 신고 다니는 신발과 여러 가지 필요한 물건을 만들어 주는 사람이구나 싶었습니다. 그래서 우리 아이들이 농사짓는 농사꾼이 되고, 집을 지어 주는 목수가 되고, 옷과 신발을 만들어 주는 노동자가 되면 좋겠구나 싶었습니다.

그런데 지금 이 시대는 '꼭 필요한 사람'이 사람대접을 받지 못하고 있습니다. 사람답게 살려고 하면 할수록 사람대접을 못 받고 있으니 안타깝기만 합니다. 안타깝다고 마냥 주저앉아 있을 수는 없지 않겠습니까? 그러니까 일하는 사람들이 서로 배려하고 존중하면서, 일하는 사람들을 위한 바른 세상을 만들어 가야 하지 않겠습니까?

여태 우리 역사는 일하지 않는 사람이, 일하는 사람 위에 앉아 마음대로 짓밟고 부려 먹으면서 오늘까지 왔습니다. 그리고 일하지 않는 사람이 쓴 글을 일하는 사람이 읽으며 살았습니다. 그래서 일하는 사람이, 일하지 않는 사람 생각에 놀아나게 되었습니다. 자기도 모르게 '중독'이 되어 어떻게 하면 일하지 않고 떵떵거리며 살 수 있을까를 머릿속에 그리며 살았습니다. 그러니까 어찌 땀 흘려 일을 하면서도 기쁘거나 행복할 수 있겠습니까?

옛날이나 지금이나 어릴 때부터 땀 흘려 일하지 않고 먹고사는 법을 배우려고 공부를 합니다. 자연 속에서 땀 흘려 일하며 이웃들과 서로 나누고 섬기려고 공부하는 학생이 몇이나 될까요? 교장 선생님이 졸업식 날 '꼭 필요한 사람'이 되라고 했을 때도, 나도 이

런 생각을 했습니다. 땀 흘려 일하는 사람 위에 앉아, 땀 흘려 일
하는 사람을 부리는 일을 해야 성공할 수 있다고. 이 얼마나 어리
석고 무서운 '교육 중독'입니까?

못난이 철학 1

서정홍

도둑이나 사기꾼보다
수천수만 배 더 나쁜 게 있다면

가난한 이들과 땀 흘려 일하고
정직하게 살라 가르치지 않고

공부 열심히 해서 편안하게 살라고
가르치는 것이다, 아이들한테

- 《못난 꿈이 한데 모여》(나라말)

다산은 도적에도 두 가지 부류가 있다고 했습니다. 첫째는 남의
집에 들어가서 물건을 훔치는 도적이고, 둘째는 백성들의 재물을
긁어모으는 바퀴벌레보다 못한 더러운 고위 관리들이라 했습니다.
다산이 분노한 것은 남의 집에 들어가서 물건을 훔치는 '작은 도

적'이 아니라 백성들의 재물을 긁어모으는 더러운 '큰 도적들'입니다. 지금 우리나라는 이 큰 도적들이 긁어모은 돈 냄새 때문에 코가 썩어 문드러질 판입니다.

다산이 말한 '큰 도적'이 어찌 고위 관리들뿐이겠습니까? 이미 오래전부터 자기도 모르는 사이에 개인주의와 편리함에 빠져 살아온 우리 마음속에도, '큰 도적'이 싹 트고 있는 건 아닐까요?

늦지 않았습니다. 이제부터라도 큰 도적들이 세상을 이끌어 가게 내버려두어서는 안 됩니다. 일하는 사람들이 세상을 이끌어 가야 합니다. 단 하루라도 일하지 않는 사람이 쓴 글을 읽고 배워서는 안 됩니다. 학교 교과서에 일하는 사람들의 삶으로 가득해야 합니다. 이 세상에서 '꼭 필요한 사람'인 농부는 어떤 생각으로 어떻게 농사를 짓는지, 한평생 남의 집을 짓는 사람이 왜 자기는 집을 가질 수 없는지, 옷과 신발을 만드는 노동자는 왜 가난에 찌들어야 하는지, 옛날이나 지금이나 왜 이런 일이 버젓이 이루어지고 있는지……. 제대로 알아야만 세상을 바꿀 수 있지 않겠습니까?

2010년 3월에 취임한 우루과이 호세 무히카 대통령은 세계 언론에 가장 가난한 대통령으로 소개되었습니다. 전 재산은 1,945달러짜리 소형 자동차가 전부라 합니다. 더구나 대통령 월급이 1만 2,500달러(한화 약 1400만 원)에 이르지만, 이 가운데 10분의 1인 1,250달러만 가져가고, 나머지는 공공지원주택 사업을 하는 비정부기구NGO와 지역 자선단체에 모두 기부한다고 합니다. 그이는 자신이 '세계에서 가장 가난한 대통령'으로 불리는 데 대해 "나는 내

자신이 가난하다고 생각하지 않는다. 호화 생활을 누리려고 끝없이 더 많은 것을 원하는 사람들이나 자신이 가난하다고 느끼는 것이다"라고 말했습니다. 꿈에 그리던 달나라 이야기가 아니라 이웃 나라 이야기입니다.

아이들이 자라 세상 사람들이 말하는 '훌륭한 사람'이 되지 않으면 어떻습니까? 스스로 가난하고 불편한 삶을 선택하고, 자연(농촌) 속에서 이웃들과 땀 흘려 일하고, 그 땀 속에서 희망을 찾아 갈 수 있으면 얼마나 좋을까요? 칙칙하고 어두운 세상이 기쁨으로 넘치지 않을까요?

오늘처럼
살맛 나는 날은
처음이오

어떤 인연으로 숲이 우거진 고즈넉한 수련원에서 혼인 주례를 서게 되었습니다. 신랑 될 사람과 오랜 인연이 있고 더구나 이름난 사람보다 자연 순리에 따라 살아가는 농부가 주례를 서 주면 좋겠다는 바람에 덜컥 약속을 하고 말았습니다.

신랑은 지리산 골짝에 사는 농부고, 신부는 숲속 수련원 사무실에서 일하는 일꾼입니다. 한눈에 보아도 농촌에서 자연과 더불어 자유롭고 행복한 삶을 누릴 수 있겠구나 싶어 속으로 흐뭇했습니다. 저는 정해진 차례대로 신랑 신부에게 하고 싶은 말(주례사)을 주제넘게 몇 가지 들려주었습니다.

보잘것없는 제가 이 자리에 선 까닭은, 혼인식을 올리는 신랑이 저와 같은 산골 농부이기 때문입니다. 더구나 신부도 앞으로 농사지으며 산다고 하니 기쁜 마음 그지없습니다. 우리나라는 땀 흘려 일하고 정직하게 살아가는 농부를 하찮게 여깁니다. 그 까닭은 농사일은 고달픈 데다 돈벌이도 안 되기 때문입니다. 농부도 도시 대기업 직원이나 공무원처럼 월급을 몇백만 원쯤 받을 수 있고, 상여금과 퇴직금도 있으면 얼마나 좋을까요? 그렇게만 된다면 농사지으려는 사람이 줄을 서지 않겠습니까?

아무튼 아이고 어른이고 다 알고 있듯이, 이 세상에서 사람이 하는 일 가운데 사람과 자연을 살리는 일은 모두 소중합니다. 그 가운데서도 더욱 소중한 일은 농사짓는 일입니다. 하루하루 농사지으며 살다 보면 저절로 깨닫게 됩니다. 하늘 아래 사람이 하는 일 가운데 가장 거룩한 일이 농사지어 밥상을 차리는 일이란 것을. 왜냐하면 제아무리 잘나고 똑똑한 사람이라도 컴퓨터와 텔레비전을 씹어 먹고 살 수는 없으며, 제아무리 돈이 많고 권세가 있는 사람이라도 시멘트로 지은 아파트나 빌딩을 뜯어 먹고 살 수는 없기 때문입니다. 아이고 어른이고 먹어야만 신나게 놀 수 있고, 노래 부르며 춤출 수 있고, 하고 싶은 일을 하면서 꿈을 이룰 수 있습니다.

엊그제, 제가 잘 알고 지내는 산골 어르신께 여쭈어보았습니다.

"어르신, 이제 여든이 넘었는데 왜 돈벌이도 안 되고 고달픈 농사일을 아직도 하십니까? 그만 쉬실 때가 되었지 않습니까?"

어르신은 제 말을 듣고는 아이처럼 맑게 웃으며 말씀하셨습니다.

"이 사람아, 누가 이 늙은이를 기다려 주겠나. 아침에 눈을 뜨면 논밭이 나를 기다리고 있잖은가. 어서 오라고 손짓까지 하는구만. 나는 산골에서 태어나 이날까지 농사짓고 살면서 돈벌이가 되고 안 되고를 한 번도 생각해 본 적이 없네그려. 농부가 돈에 눈이 멀면 무슨 재미로 농사짓고 살겠나. 그냥 살아 있으니 부지런히 일하는 게지.”

저는 그 말씀을 듣고 부끄러워서 얼굴을 들 수 없었습니다. 내 몸을 살리는 음식을 먹으면서도 누가, 어떤 마음으로 농사짓는지를 한 번도 깊이 생각하지 않았습니다. 더구나 도시에서 살 때는 돈만 있으면 무엇이든 사 먹을 수 있다고 생각했습니다. 한마디로 망나니처럼 고마움을 모르고 살아온 것입니다.

오늘 혼인식을 올리는 신랑은 사람을 살리는 농부입니다. 신부도 한평생 신랑과 같이 농사지으며 살겠다고 합니다. 스스로 가난한 삶을 선택한 신랑 신부가, 이 시대 ‘성직’인 농부로서 잘 살아갈 수 있도록 이 자리에 오신 분들이 보살펴주시기 바랍니다.

혼인식에 오신 손님은 거의 나이 드신 산골 농부였습니다. 그런데 주례사가 다 끝나기도 전에 농부들이 일어나 손뼉을 쳤습니다. 저는 무슨 일인지 잘 몰라 어리둥절하다 주례사를 마쳤습니다. 혼인식이 끝나자마자 갑자기 아버지뻘 되는 농부들이 제게 다가와 손을 잡고 말씀하셨습니다.

“어이구우, 이런 주례사는 난생처음 들어 보요. 가난하고 못 배워 갖고 한평생 농사짓고 살믄서 기 한번 펴지 못하고 살았다 아이요. 오늘부터는 기 좀 펴고 살아도 될 것 같구만요. 정말 고마우이.”

“주례 선상님요. 다음 달에 우리 아들이 혼인을 하는디 우짜모 좋겠소. 그기 와서 주례 좀 서 주면 안 되겠소. 내가 마 이리 부탁하이 꼭 들어주소.”

“오늘처럼 살맛 나는 날은 처음이오. 하찮은 농사꾼을 이 시대 성직이라 하다니요. 어디 사시오? 이름은? 이럴 게 아니라 저기 앉아 같이 밥 먹으면서 이야기 좀 합시다요.”

특별한 말을 하거나 유식한(?) 말을 한 것도 아닌데, 다만 땀 흘려 일하는 농부가 소중하고, 그래서 우리 모두 농부에 대한 존경심을 가져야 한다고 말했을 뿐인데……. 나이 드신 농부들이 제 손을 잡고 활짝 웃으시는 모습을 보고, 저는 한참 동안 가슴이 먹먹했습니다.

한 마을 어르신은 농부를 “공기와도 같고, 공기 속에 보이지 않는 산소와도 같고, 물과도 같고, 흙과도 같은 것”이라 했고, 박노해 시인은 “내가 살아 있는 인물 중 / 유일하게 허리 숙여 공경하는 / 그분의 이름은 나눔농부 / 대지의 농사꾼”*이라 했습니다. 농부를 얼마나 소중하게 여겼으면 이렇게 말했을까요?

간절히 바라건대 세상 사람들이 땀 흘려 일하며 정직하게 살아가는 ‘대지의 농사꾼’들에게 존경심을 가질 수 있기를 바랍니다. 그래야만 우리 모두 그분들에게 ‘빚진 마음’을 조금이나마 갚을 수 있지 않겠습니까?

* “농사꾼”, 〈박노해의 숨고르기〉, 나눔문화 사이트, 2014년 7월 22일.

청년 농부
서와

가까운 이웃 마을에 청년 농부 서와가 살고 있습니다. 서와는 힘든 농사일을 하면서도, '청년 농부'로 사는 것을 자랑스럽게 여깁니다. 그런데 산골 마을 어르신들은 서와를 만나면 안타깝다는 듯이 말씀하십니다. "젊은 아가씨가 공부 열심히 해서 도시로 나가야지." 그럴 때마다 서와는 "저한테는 농사가 공부"라고 합니다.

서와는 어머니, 아버지, 그리고 남동생 수연이와 함께 농사지으며 살고 있습니다. 다른 지역에서 농사짓다가 이런저런 인연으로 2014년 3월, 우리 집에서 아주 가까운 대기 마을로 이사 왔습니다.

수연이와 서와는 초등학교만 다니고 학교를 다니지 않았습니다. 공부란 콘크리트 건물로 지은 학교에서만 배울 수 있는 게 아니라는 것을 잘 알고 있던 부모님 '덕'입니다. 밤잠을 설쳐 가며 친구들과 경쟁하지 않고도 자유롭고 행복한 삶을 누릴 수 있는 길이 자연 속에 있다는 걸 일찍 깨달은 부모님 '덕'입니다. 자연보다 위대한 스승이 없다는 걸 어느 누구보다 온몸으로 겪으며 살아온 부모님 '덕'입니다. 밭 한 뙈기 없이 더구나 남의 집을 빌려 살아가면서도 주눅 들지 않고 당당하게 살아가는 부모님 '덕'입니다.

보통의 부모들은 대부분 자기 자녀가 열심히 공부하여, 좋은 대학 들어가서, 이름난 직장을 얻어 남 보란 듯이 살기 바랍니다. 그런데 서와 부모의 생각은 다릅니다. 자녀들이 가난한 이웃들과 땀 흘려 일하고, 스스로 하고 싶은 일을 하면서 자유롭고 행복한 삶을 누리기를 바랍니다.

서와는 시를 좋아하고 시를 좋아하는 만큼이나 정도 많습니다. 서와가 농사지으며 쓴 시입니다.

오늘부터

서와

나는 쓸모 있는 사람보다

오늘 본 밤하늘을

쓸 수 있는 사람이 되기로 했다

- 《생강밭에서 놀다가 해가 진다》(상추쌈)

서와는 어떤 일이든 최선을 다해 살지 않아도 좋고, 꼴찌를 해도 좋고, 느릿느릿 살아도 좋다고 생각합니다. "오늘 본 밤하늘을 / 쓸 수 있는 사람이 되"고 싶은 서와는, 제자이면서 스승이기도 합니다. 지식만 가득한 엉터리 스승이 아니라, 온몸으로 삶을 보여 주는 참 좋은 스승입니다.

서와는 올해 어려운 여건 속에서도 남의 산밭을 1,000평 남짓 빌려 감자 농사, 녹두 농사, 고구마 농사, 생강 농사를 잘 지었습니다. 그리고 어제는 마늘을 심고, 오늘은 양파 심을 이랑을 갈고 있습니다. 농약과 화학 비료와 비닐은 아예 쓰지 않고 농사를 짓습니다. 하루 내내 괭이질을 하는 청년 농부 서와를 보면 자랑스럽기도 하지만 안쓰럽기도 합니다. 곁에서 바라보는 제가 그런 마음이 드는데 부모는 오죽하겠습니까?

선배 농부인 내가 할 수 있는 일은 그저 몸 다치지 않게 괭이질하는 법, 호미질하는 법, 두둑 만드는 법, 심고 거둘 때를 알려 주는 것뿐입니다. 그리고 한 달에 한 번 '삶을 가꾸는 글쓰기' 공부를 하는 것입니다.

옛날에는 마을이 아이들을 키운다는 말이 있었다고 한다. 마을 할머니와 같이 일을 해 보니 그 말이 조금 더 이해가 되었다. 마을에 대단한 스승이 있어서가 아니라 여러 세대가 함께 어울려 살았기 때문에 있었던 말이 아니었을까 싶다. 지난해에 한 번 곶감을 만들어 본 경험도 올해 이렇게 큰 힘이 되는데, 할머니가 살아오신 오랜 세월과 경험은 얼마나 큰 힘을 가지고 있을까? 할머니가 우리를 가르치려 하지 않아도 할머니가 살아오신 세월이 이미 큰 스승이었다.

마을이 아이들을 키웠다는 시절, 사람 사는 냄새 가득했다던 할머니의 젊은 시절처럼 되려면 젊은이들이 시골로 와야 한다. 시골에는 삶의 내공을 가득 쌓아 오신 어르신은 많지만, 그 삶을 스승으로 생각하며 배우려는 젊은이는 적다.

글쓰기 시간에 서와가 쓴 이 글을 읽으면서 농촌에 젊은이들(친구들)이 없어 안타까워하는 서와 마음이 보여 가슴이 짠했습니다. 그리고 이 시대, 참 스승에 대해 깊이 생각했습니다. 지금 어른들은, 자라면서 가정에서나 학교에서 '경제 성장'만이 살길이라고 배웠습니다. 그래서 '경제 성장'이란 무시무시한 괴물에 홀려 어디로 흘러가는지도 모르고 살아왔습니다. 이렇게 어리석고 못난 어른들 곁에, 티 없이 맑고 슬기로운 청년 농부가 있어 마음이 놓입니다. 잿빛 하늘에 먹구름이 걷히고, 다시 밝은 해가 떠오릅니다.

길 위에
서서

농업과 자연환경을 살리려고 안간힘을 쏟으며 살아가는 생명 공동체 식구들과 태국 치앙마이 쿤페 마을에 다녀왔습니다. 맑은 하늘 아래 자연과 더불어 유기농업을 실천하며 살아가는 쿤페 마을 농부들의 소박하고 아름다운 삶을 배우고 싶어서 큰맘 먹고 다녀왔습니다. 쿤페 마을은 시내에서 자동차를 타고 흙길과 시멘트 길을 두어 시간 남짓 가면 닿을 수 있는, 해발 1,000m가 넘는 가난한 산골 마을입니다.

아래 글은 우리를 안내해 주던 분이, 이곳을 일구어 온 니폿 신부님 말씀을 통역해 들려준 이야입니다.

"반갑습니다. 저는 가톨릭 치앙마이 교구 소속 니폿 신부(71세)라 합니다. 40년 남짓 토착 원주민들과 연대하며 살아왔습니다. 이곳 쿤페 마을은 1970년대 한국과 비슷하다고 여기면 됩니다. 더구나 여긴 아주 가난한 산골 마을이며, 미얀마에서 건너온 카렌족이 300세대 남짓 살고 있습니다.

약 200세대는 가톨릭 신자고, 100세대는 불교와 다른 종교를 믿고 있습니다. 거의 비탈진 산밭을 개간하여 가족을 먹여 살리느라 농사를 짓습니다. 농가마다 벼농사를 지어 쌀을 사 먹지는 않으며, 집집마다 돼지와 닭과 소와 같은 짐승을 기릅니다.

마을 사람들은 모든 생명 속에는 영혼이 있고 신이 있어 모든 것이 신성하다고 믿으며, 그 믿음을 삶 속에서 실천하고 있습니다. 마을 사람 가운데 가톨릭 신앙인들은 작물이 신성해지도록 논이나 숲에서 미사를 드리기도 합니다. 그리고 쌀이든 과일이든 모든 생명은 죽음으로써 다시 살아난다는 것을 압니다. 그래서 죽어도 죽는 게 아니라는 걸 압니다. 왜냐하면 몇천 년 전의 씨앗이 지금도 생명을 품고 있으며, 몇천 년 뒤에도 그 씨앗이 생명을 품어 살릴 것이기 때문입니다.

'우리는 지금 어디로 가고 있는가?' 스스로 물어보아야 합니다. 진정 우리 모두가 가야 할 길은 왼쪽도 오른쪽도 아닙니다. 우리는 함께 땅에 발을 딛고 가야 합니다.

그런데 부자들은 가난한 사람들을 착취하려고 쌀을 이용했지만, 저는 가난한 사람들을 해방시키려고 쌀을 앞세웠습니다. 저는 가난한 카렌족들한테 쌀을 갖다주었지만, 카렌족들은 자연을 해치며 현대적인 삶을 살아온 저를 변화시켰습니다. 인간과 인간끼리만 영성이 있는 게 아니라 사람을 살리는 쌀에도 영성이 있다는 것을 그이들한테 배웠습니다.

그리고 현대 사회는 물질만 있지 가치와 영혼은 없다고 생각했는데, 물질과 영혼이 별개가 아니라 하나라는 것도 그이들한테 배웠습니다. 발전이란 더 많이 가지라는 말이 아니라, 더 많이 나누라는 말이란 것도 그이들한테 배웠습니다. 이 모두 신이 쌀을 통해서 저를 깨닫게 해 주었습니다.

과학 기술은 우리를 따뜻한 곳으로 데려다주지 못하지만, 이런 깨달음은 우리 모두를 따뜻한 곳으로 데려다줍니다. 이런 따뜻한 영성을 세계 젊은이들한테 널리 널리 퍼뜨려야 합니다.

저는 쌀을 알고부터 쌀은 단순한 물질이 아니라 쌀 안에도 영혼이 담겨 있다는 믿음이 생겼습니다. 쌀이 우리를 위해 목숨을 내놓았듯이 우리도 가난한 사람들을 위해 목숨을 내놓을 준비를 해야 합니다. 카렌족 사람들은 종교도 다르고 생각도 다르지만, 쌀을 통해서 서로 나누고 섬기는 공동체가 되었습니다. 우리는 이렇게 소중한 쌀을 지키고 섬겨야 합니다.”

니폿 신부님은 낟알이 주렁주렁 달린 벼를 책상 위에 올려놓고 소년처럼 해맑게 웃으며 말씀하셨습니다. 신부님 말씀을 들으면서 스스로 물었습니다. ‘나는 농부로서 우리 겨레를 먹여 살려 온 쌀을 얼마나 소중하게 여겼는가? 쌀을 오직 돈이나 음식으로만 생각해 왔지 않은가? 여태 경제 성장에 눈이 멀어 농업과 농촌과 농민을 내팽개치고 살지 않았는가? 언제 한 번이라도 젊은이들한테 쌀을 지키고 섬겨야 한다고 외쳐 본 적이 있는가?’

쿤페 마을 1

서정홍

그곳에는

개들을 묶어 놓지 않는다

그곳에는

개들이 늦잠을 자고 일어나

떠오르는 아침 해를 보다가

아침 운동을 하고 밥을 먹는다

느릿느릿 마을 골목을 돌아다니며

졸리면 아무 데서나 낮잠을 잔다

해질 무렵이면

가만히 누워 저녁노을을 보다가

배가 고프면 슬며시 집으로 들어간다

그곳에는

닭들도 소들도 사람들과 어울려

느릿느릿 한가롭게 산다

- 《쉬엄쉬엄 가도 괜찮아요》(단비)

쿤페 마을 사람들은 가난이 뚝뚝 묻어나는 차림새에 바람이
불면 금방이라도 무너질 것 같은 낡고 허름한 집에서 삽니다. 그렇

지만 아무도 가난하다거나 불편하다 말하지 않고, 자연을 벗 삼아 살아갑니다.

만일 이곳에도 잘사는(?) 우리나라처럼 포클레인과 대형 농기계가 들어온다면 어떻게 될까요? 조상 대대로 농사짓던 비탈진 다랑논과 작은 산밭이 멋들어지게 넓어질 것입니다. 넓어진 논밭에 농기계 다니기 편하게 길을 넓히고 시멘트를 쫙 깔 것입니다. 농기계가 땅을 갈고 씨앗을 심고 거두게 되면서부터, 두 번 다시는 삽과 괭이로 땅을 파거나 비지땀 흘리며 손으로 모를 심지 않아도 될 것입니다.

그러나 비싼 농기계를 사려고 뼈 빠지게 농사일을 할 것이고, 우리나라 농부처럼 농기계를 사려 빚을 내야 할 것입니다. 그 빚을 갚으려고 등골이 빠지는 줄도 모를 것입니다. 사랑스런 아내와 자식들을 안아 줄 틈도 없이 바쁘고 고단한 하루가 이어질 것입니다.

이곳에서도 머지않아 독한 농약과 화학 비료와 비닐로 농사를 짓게 될 것입니다. 넓은 논밭을 갈아 농사지으려면 어쩔 수 없다고 스스로 위로하며 땅과 개울과 물고기와 벌과 나비와 지하수와 살아 있는 생명을 병들게 하거나 죽일 것입니다. 조상 대대로 이어져 왔던 모든 것이, 모두 다 사라지고 말 것입니다.

경제가 빠르게 성장하고 사람이 편리해지는 만큼 부모 형제와 이웃이 멀어지고, 마을공동체가 사라질 것입니다. 무엇보다 사람 사이를 이어 주는 포근한 정이 아득히 멀어질 것입니다. 날이 갈수록 하늘 높은 줄 모르는 사람이 늘어날 것이고, 하늘 보고 침을 뱉거나 주먹질을 하는 사람도 늘어날 것입니다. 우리가 섬기고 지켜야 할 소중한 자연이 하나둘 멀어지고 사라지는 줄도 모를 것입니다.

흰구름처럼

정약용

흰구름에 가을바람이 불어
푸른 하늘엔 그늘 하나 없네
문득 이 몸도 가벼워져서
표연히 이 세상 떠나고 싶네

정약용 선생이 쓴 시처럼 모든 것을 떨쳐 버리고 "표연히 이 세상을 떠나고" 싶어도 떠날 수 없을지 모릅니다. 자기도 모르게 익숙해진 편리함과 탐욕으로 말미암아 '이 몸'이 무거워져서 한 발 한 발 앞으로 나아가기가 쉽지 않을 테니 말입니다. 무거워진 '이 몸'을 살리려면 어떻게 해야 할까요? 하늘의 별을 따는 것보다 더 어렵다는 걸 눈치채는 데는 그리 오랜 시간이 걸리지 않을 것입니다.

오늘 이 시간도 농부에게는 한순간도 없어서는 안 될 소중한 벗인 '하늘'(자연)이 황사와 미세먼지로, 온갖 오염 물질로 죽어 가고 있습니다. 그런데도 농촌 마을마다 농약병이 쌓이고, 비닐이 바람에 이리저리 돌아다니거나 땅에 반쯤 파묻혀 하늘을 쳐다보고 있습니다. 더구나 여기저기 산비탈마다 돈을 벌려고 지은 공장식 축사는 어찌할 도리가 없습니다. 도시 아스팔트와 시멘트 건물과 공장 굴뚝도 문제지만, 농촌도 숱한 문제를 안고 있습니다.

어찌하면 좋을까요? 대농에서 소농으로, 관행농업에서 유기농업으로 나아가야 하지 않을까요? 이 길이 아무리 어렵고 고달프다 해도 지구를 살리는 마지막 희망이라면, 함께 가야 하지 않을까요? 가다 못 가면 쉬었다 가더라도 반드시 가야만 하지 않을까요?

다섯 가지
깨달음

엊그제는 부산귀농학교 마지막 강의를 하고 돌아왔습니다. 다가오는 4월 28일은 서울대교구 천주교농부학교 수강생 30명이 1박 2일 동안 농사 체험을 온다기에 열매지기공동체 회원들과 회의를 했습니다. 5월 3일은 순창귀농학교, 17일은 광주전남귀농학교, 26일은 전북 익산 성일고등학교 강의가 잡혀 있습니다. 다행스럽게 농사일이 가장 많은 6월이 아니라 한결 가벼운 마음으로 사람을 만날 수 있습니다.

시민사회단체나 학교에서 산골 농부를 귀하게 여겨 가끔 불러 줍니다. 그럴 때는 '도시 소풍' 삼아 설레는 마음으로 다녀오곤 합니다. 사람을 만나는 일은 나이와 직업과 지역을 떠나 언제나 마음 설렙니다. 사람을 만나야만 오염된 환경을 살릴 수 있고, 무너져 가는 우리 농업과 농촌도 살릴 수 있고, 길을 잃고 헤매는 정치와 경제와 교육을 살리고, 비틀거리는 사람들의 마음도 함께 살릴 수 있으니까요.

만일 제가 농부가 되지 않았다면 아무도 저를 불러 주지 않았을 것입니다. 메마른 도시 콘크리트 건물에 갇혀 입으로만 생명이니 환경이니 희망이니 떠벌리며 돌아다녔더라면 누가 저를 불러 주겠습니까? 삶이 늘 서툴고 모자라지만, 가장 큰 스승인 자연 속에서 자연을 따라 농사를 짓고 있으므로 불러 주는 것입니다.

저는 농부가 되고 나서 스스로 깨달은 게 참 많습니다. 첫 번째 깨달음은, 내 몸에서 '사람 냄새'가 난다는 것입니다. 도시에서 살 때는 단 한 번도 내 몸에서 사람 냄새를 맡지 못했습니다. 바쁘고 고달프게 살아온 탓도 있지만, 사람 냄새가 어떤 냄새인지조차 알지 못했습니다. 사람과 자연을 섬기지 못하고, 늘 경쟁에 지쳐 나 스스로를 괴롭히고, 나를 괴롭히는 만큼 다른 사람을 괴롭히며 살았으니 어찌 사람 냄새를 맡을 수 있었겠습니까? 산밭에 잡곡을 심으려고 괭이로 두둑을 만들 때마다 이마와 등줄기에 땀이 비 오듯이 흐릅니다. 그 땀 냄새가 바로 사람 냄새라는 걸 농부가 되고 나서야 깨달았습니다. 만일 제가 농부가 되지 않았더라면 죽을 때까지 사람 냄새 한번 맡지 못했을지 모릅니다.

두 번째 깨달음은, 들녘에서 농사일을 할 때는 쓸데없는 욕심과 잡념이 모두 사라진다는 것입니다. 이랑 갈고 씨 뿌리고 김맬 때는 내가 저절로 착해진다는 생각이 듭니다. 그러니까 농사일은 나를 착하게 만드는 신비한 힘을 가졌습니다.

세 번째 깨달음은, 직업 가운데 농부들이 죽음을 가장 편안하게 받아들일 수 있다는 것입니다. 해마다 사철이 바뀌고 들녘에 꽃이 피고 지는 걸 바라보면서 하루하루 죽음을 준비할 수 있으니까요.

네 번째 깨달음은, 사람은 돈과 권력과 명예 따위에 기대어 사는 게 아니라 밥 한 숟가락에 기대어 산다는 것입니다. 밥 한 숟가락 먹으면 살고, 먹지 못하면 죽을 수밖에 없으니까요. 감기 몸살로 밥 한 숟가락 목으로 넘기지 못하고 사흘 밤낮을 꼼짝 못 하고 끙끙 앓고는 그제야 깨달은 것입니다.

다섯 번째 깨달음은, 따라 살고 싶은 스승은 먼 곳에 있는 게 아니라 아주 가까이 있다는 것입니다. 한평생 명함 한 장 만들지 않고, 외국 여행 한번 다녀오지 않고, 하느님이니 부처님이니 환경운동이니 생명운동이니 떠벌리지 않고, 그저 자연 속에서 자연 순리에 따라 검소한 삶을 살아오신 마을 어르신들이 바로 따라 살고 싶은 스승이라는 걸 알았습니다. 자연이 베풀어 준 은혜를 알고 그래서 정이 흘러넘치는 산골 어르신들 말씀을 듣다 보면 어떻게 살다가 어떻게 죽어야 하는지 저절로 깨닫게 됩니다.

"이 할마시는 이제 늙어서 갈 데가 없어야. 산으로 가는 일밖에 없구마. 한평생 산에서 나오는 물 마시고, 산에서 자라는 나물 캐서 묵고, 산에 기대어 여기까지 왔는데, 산에 묻혀 산이 되어야제."

"야야, 이웃집에 사람 있는 시간에는 생선 굽지 말라고 했구마. 생선 냄새 풍기면서 나눠 먹지 않으모 미안치. 아이고, 가난한 이웃들 보기 미안해서 우찌 얼굴 들고 다닐 수 있겠노?"

따라 살고 싶은 삶은 눈곱만큼도 없고 입만 살아서 떠들어 대는 이름난 교육자와 성직자보다, 한평생 온몸으로 삶을 이어 가는 이분들이야말로 살아 있는 참된 스승이라는 생각이 듭니다. 어찌 그런 생각이 들지 않겠습니까?

절망 속에서도
희망을

산과 바다가 잘 어우러져 눈부시게 아름다운 경남 남해시에 있는 남해도서관에 가서 사람들 만날 생각을 하니 이른 아침부터 마음이 설렜습니다. 가끔 산골 농부를 귀하게 여겨 주는 학교나 도서관에서 강연을 해 달라고 하면 바쁜 농사철만 아니면 "예" 하고 달려갑니다. 나이가 더 들면 어디 가고 싶다고 갈 수도 없을 테고, 누가 불러 주지도 않을 테니 말입니다. 더구나 학교나 도서관에서 문학이 어쩌고저쩌고 하는 이야기보다, 농사지으며 살아가는 이야기를 해 달라고 하면 더욱 마음이 설렙니다.

사람으로 태어나 사람을 만나는 일과 먹고 사는 일만큼 소중한 일이 어디 있겠습니까? 더구나 무엇 하나 내세울 것 없는 산골 농부와 함께 희망을 찾아 보자고 하는데 어찌 기쁘고 설레지 않겠습니까.

아무리 이름난 강사가 온다 해도 스스로 잘나고 똑똑하다고 여기는 사람은, 남의 말에 귀를 기울이지 않습니다. 용기 있고 겸손하고 슬기로운 사람만이 남의 말에 귀를 기울입니다. 남의 말에 가만히 귀를 기울일 줄 아는 사람만이, 절망 속에서도 희망을 찾아 갈 수 있으니까요.

시민들 대상으로 하는 '열린 강연'은, 주최하는 쪽에서는 몇 사람이나 올까 마음 졸이고 애를 태웁니다. 몇 달 전부터 준비한 강연인데 사람이 모이지 않으면 다음 강연을 준비하는 데도 어려움이 생기기 때문입니다. 강연 시간이 오후 2시부터인데, 10분 전엔 10명쯤 모였습니다. 5분 전엔 30명쯤 모였습니다. 다행스럽게도 2시가 지나자마자 도서관 강당이 보기 좋게 가득 찼습니다. '아, 다행이구나. 농부 말에 귀를 기울여 주는 사람이 남해에도 있구나!' 싶어 한결 마음이 편안했습니다.

이름난 가수나 배우가 온다고 하면 헤아릴 수조차 없는 많은 사람이, 몇 시간 전부터 모여 야단법석을 떱니다. 하지만 농부인 저는 10명 모여도 좋고 20명 모여도 좋습니다. 사람이 적게 모여야 알찬 시간을 가질 수 있으니까요. 한 분씩 나와서 좋아하는 시를 읽기도 하고, 시를 쓰기도 하고, 시를 듣고 느낀 마음을 나누기도 하면서 말입니다.

가까운 마을에 소풍 온 마음으로 도서관을 찾아온 사람들한테 물었습니다.

"남해는 마늘과 고사리를 많이 심는다는 말을 들었습니다. 여기 오신 분 가운데 농사지으며 사는 분이 있습니까? 미안하지만 손 한번 들어 주시겠습니까?”

여기저기서 10명쯤 손을 들었습니다.

“그럼 태어나서 지금까지 상추씨든 무씨든 한 가지라도 자기 손으로 심어 본 사람이 있으면 손 한번 들어 주시겠습니까?”

20명쯤 손을 들었습니다.

“그럼 한 번도 손을 들지 않은 사람은 씨앗 하나 심어 본 적이 없다는 게지요? 여태 살아오면서 음식을 모두 돈 주고 사 먹었다는 말씀이지요? 그렇다면 오늘부터 상자 텃밭을 만들거나 구해서 상추씨라도 한 가지 심어 보시기 바랍니다.

기도하는 마음으로 흙을 만지고 씨를 뿌리고 자식 키우듯이 물을 주고 정성껏 가꾸다 보면 농부 마음을 느끼게 되고, 느끼게 되면 생각이 달라지고, 생각이 달라지면 삶이 달라지고, 삶이 달라지면 물과 햇볕과 지렁이와 같은 자연과 생명에 대한 고마운 마음이 들고, 고마운 마음이 들면 머리가 숙여지고, 머리가 숙여지면 ‘사람 마음’을 되찾게 되고, 사람 마음을 되찾게 되면 여태 가슴에 맺힌 상처가 낫게 되고, 가슴에 맺힌 상처가 낫게 되면 지친 몸이 낫게 되고, 지친 몸이 낫게 되면 가정이 편안해지고, 가정이 편안해지면 모든 걱정이 사라질 것입니다.

이렇게 소중한 씨앗을 뿌리고 가꾸는 일을 농촌에서 사는 농부만 해서야 되겠습니까? 농촌이든 도시든, 아이고 어른이고 누구나 해야만 하지 않겠습니까?”

도서관 강연을 마치고 집으로 돌아왔는데, 해 지는 산골 들녘엔 오늘도 늙으신 농부들만 비지땀을 흘리고 있습니다. 아이들은, 도시 콘크리트 건물 속에 갇혀 '성공'이라는 사이비 종교에 빠져 '공붓벌레'가 되었는데……. 꿈을 키우며 힘차게 살아가야 할 청년들은, 삐뚤어진 어른들이 만든 야박한 세상 속에서 길을 잃고 헤매는데…….

오늘도 대숲에 텃새들이 노래를 부릅니다. 늙으신 농부들이 돌아가시고 나면, 그 뒤를 이어 씨를 뿌리고 가꿀 아이들과 청년들을 애타게 기다리며 노래를 부릅니다. 그 노랫소리에 해가 저물고 저녁별이 뜹니다.

시가
노래가 되어

경북 김천여고에서 아이들을 가르치면서 스스로 배우며 살아가는 배창환 시인은, 해마다 제자들과 함께 제가 사는 산골 마을에 찾아옵니다. 올해도 1박 2일 동안 제자들과 머물다 떠났습니다. 배창환 시인은 어떤 뜻을 가슴에 품고 해마다 깊은 산골 마을까지 제자들을 데리고 찾아오는 걸까요? 그것도 바쁜 일정을 미루고 말입니다.

배창환 시인은 언제나 땀 흘려 일하는 사람을 소중하게 여기는 분입니다. 그래서 제자들에게 자연 순리에 따라 소박하게 살아가는 농부들 삶을 보여 주고 싶어 산골 마을에 찾아옵니다. 그 마음을 생각하면 가슴이 찡합니다. 큰 스승이고 따뜻한 이웃인 배창환 시인이 손수 써서 보낸 시 한 편을 다시 읽어 봅니다.

손

배창환

서정홍 시인 일하다 다쳐 누운 합천 고려병원 찾아갔습니다. 시인이 회가 먹고 싶다기에 합천장터 물어물어 구석진 자리 장꾼들 비집고 들어가, 회 한 접시 매운탕 한 냄비 시켜 놓고 그가 아우라 부르는, 흙집 짓다 함께 다친 목수 두 분과 함께 밥을 먹었습니다.

그중 한 분이, 내가 드린 내 시집을 피나는 노동의 대가라며, 절대로 그냥 받을 수 없다면서, 꼬깃꼬깃 구겨진 돈 일만 원을 기어이 내 손바닥에 쥐어 주었습니다. 횡재했습니다. 지금껏 내 시집 돈 받고 누구에게 드린 적도 없었지만, 칠천 원짜리 시집 한 권, 그것도 강제로 일만 원 받고 판 것은 난생처음이었습니다.

그 일만 원, 내겐 참 귀해서 그는 정 안 되면 밥값에라도 보태라 했지만 그 일만 원, 밥값에도 안 보태고 안주머니 지갑 속에 꼭꼭 숨겨 두었습니다.

돌아오며 생각해 보니 악수하면서 내밀던 그의 두툼한 손이 참 미더웠습니다. 세상을 따뜻하게 일으켜 세우는 일꾼의 손, 신이 세상을 뜻을 세워 만들었다면 아마 그의 손도 틀림없이 저러했을 것입니다.

아내가 이 시를 소리 내어 읽고는 말했습니다.

"여보, 배창환 선생님이 시를 참 잘 쓰시네요. 그 무엇보다 어떤 마음으로 쓴 시인지 알 것 같아요. 이런 시가 진짜 시라는 생각이 들어요.”

“그럼, 시인이 진짜 시를 써야지요. 가짜 시를 쓰면 시인이 아니지요.”

“바쁘실 텐데 해마다 학생들을 데리고 와서 이런저런 이야기를 나누시는 모습이 참 보기 좋아요. 어이구우, 나는 왜 학교 다닐 때 저렇게 좋은 선생님을 만나지 못했을까요?”

“하하하하! 모두 당신 복이지요. 어쩌겠어요.”

〈손〉이란 시는 배창환 시인이 병문안 왔다 가면서 쓴 시랍니다. 그날, 그 병실에 임명기 목수가 있었습니다. 법이 없어도 살아갈 수 있는 착한 목수지요. 흙집 지으면서 만난 인연으로 나를 형님이라 부르는 임명기 목수(아우)는, 한평생 현장에서 부지런히 일하며 살아온 사람이라 손과 팔과 어깨가 마치 돌덩어리처럼 단단합니다.

병문안 오던 그날, 배창환 시인이 아우에게 시집을 선물했습니다. 시집을 받은 아우는 갑자기 낡은 지갑에서 만 원짜리 한 장을 꺼내며 말했습니다.

“얼마나 많은 땀과 정성을 들여 펴낸 시집인데, 그냥 받을 수는 없습니다.”

배창환 시인은 그 마음이 하도 고마워서, 그 마음을 혼자만 알고 있기에는 하도 가슴이 벅차서, 시를 쓰지 않고는 잠을 이루지 못해서, 〈손〉이란 시를 썼는지 모릅니다.

아내와 그 시를 다시 읽으며 저녁 내내 흐뭇했습니다. 가난하고 보잘것없는 농부를 귀하게 여기는 시인과, 시인이 선물로 준 시집을 받고는 꼬깃꼬깃 구겨진 만 원짜리 한 장을 내민 아우의 고운 마음이 있어, 오늘따라 저녁놀이 더 곱게 물들었습니다. 시가 노래가 되어 고즈넉한 산골 마을에 울려 퍼졌습니다.

세상은
아직 살 만한

지난 8월 6일, 경기도 안성 '참여소통교육모임' 여름 연수에 가서 2시간 남짓 강연을 하고 돌아왔습니다. 제주에서 강원도에서 울산에서 서울에서 전국 곳곳에서, 아이들과 함께 희망을 찾고 싶은 교사들이 모인 자리입니다. 내가 맡은 연수 주제는 '나누며 성장하는 교육공동체에 대하여'였습니다.

'스스로 사는 삶과 더불어 사는 삶'을 가르쳐야 할 학교가 날이 갈수록 아이들에게 경쟁만을 부추기고 있습니다. 그걸 안타깝게 여기는 교사들이 모여 여름 연수를 한다고 하니 기쁜 마음으로 한걸음에 달려갔습니다. 그저 하늘에 기대어 사는 농부라 특별할 게 하나 없는, 그저 단순한 강연입니다. 농사지으며 보고 듣고 겪고 느끼고 깨달은 삶을 나누는 것이지요.

"아침에 눈을 뜨는 순간, 심장 뛰는 소리 들어 보셨는지요? 그 소리 가만가만 듣고 있으면 살아 있다는 것만으로도 기적이라는 생각이 들 거예요. 하늘이 우리에게 새로운 하루를 선물로 주셨지요. 그래서 우리 모두는 지난 일을 거울삼아 설레는 마음으로 하루를 열어야 합니다.

하루를 여는 아침에 이런 설렘이 없는 사람은 살아 있어도 죽은 사람이나 다름이 없지 않겠습니까? 어떠한 어려움이 우리를 괴롭혀도 하늘이 선물로 주신 하루를 설레는 마음으로 맞이해야 합니다. 그래야만 빛나는 '길'을 찾아 한 발 한 발 앞으로 나아갈 수 있습니다.

산골 농부인 저는, 새벽에 일어나 내 손으로 창문을 열 수 있다는 것만으로도 마음이 설렙니다. 이런 마음으로 괭이를 들고 산밭으로 갑니다. 그 산밭에는 제가 땅을 갈고 씨를 뿌리고 가꾼 친구(곡식)들이 있습니다. 그 친구들이 밤새 어찌 지냈나 싶어 새벽부터 달려갑니다. 교사들도 농부 마음과 같으리라 생각합니다. 날마다 아침을 열면 학교로 달려가고 싶겠지요. 내 친구(학생)들이 밤새 별 탈 없이 잘 지냈나 싶어서 말입니다.

교육이 바로 서야만 모든 사람이 제대로 제 몫을 다할 수 있겠지요. 저마다 기쁜 마음으로, 하고 싶은 일을 하면서, 자유롭고 행복한 삶을 누리며 살 수 있겠지요. 학교는 지식 공부만을 가르치는 학원과는 분명히 달라야 합니다. 학교가 학원보다 못하다는 말을 들어서야 어찌 교사 노릇을 제대로 할 수 있겠습니까? 수학 선생이든 영어 선생이든, 어떤 과목을 가르치는 선생이기 전에, 여러분은 아이들 스승입니다.

그래서 아이들과 함께 시를 읽고, 노래 부르고, 슬기로운 옛날이야기를 나누어야 합니다. 그리고 봄 여름 가을 겨울, 철마다 한 번쯤은, 억지로 틈을 내어서라도 아이들과 함께 농촌으로 달려가 땀 흘려 일해야 합니다. 나를 살려 주고 아이들을 살려 주고 앞으로 태어날 아이들 미래를 지켜 줄 논밭으로 달려가야 합니다.

그곳에서 시를 쓰고 그림을 그리고 전통놀이를 하면서 우리가 살아가면서 무엇을 소중하게 여기고 지켜 내야 하는지, 머리가 아니라 온몸으로 스스로 깨달아야 합니다. 그래야 사람 노릇을 하지 않겠습니까? 돈만 알면 '돈벌레', 일만 하면 '일벌레', 공부만 하면 '공붓벌레'밖에 되지 않으니까요.

여러분 가운데 어지럽고 복잡한 도시 학교를 떠나 자연이 살이 숨쉬는 작은 농촌 학교로 돌아오고 싶은 분이 있는지요? 신발이나 옷에 묻은 흙을 더럽게 여기는 도시가 아니라, 어머니 품처럼 생명을 살리는 따뜻한 흙이 있는 곳으로 돌아오고 싶은 분이 있는지요? 학생들과 함께 텃밭을 일구면서 작은 학교와 무너진 마을공동체를 살려 내고 싶은 분이 있는지요? 미안하지만 손 한번 들어 주시겠습니까?

저는 용기 있는 분들과 함께 희망을 찾아 가고 싶습니다. 앞집 옆집에 누가 사는지 몰라도 사는 데 아무런 탈이 없는(때론 모르는 게 더 편한) 메마른 도시에서, 어찌 사람 냄새 나는 제자 한 명 키워 낼 수 있겠습니까?"

산골 농부로 살아가면서 교사들에게 하고 싶은 이야기를 넉두리 삼아 풀어냈습니다. 교사와 농부는 동지입니다. 동지일 수밖에 없습니다. 교사는 학교에서, 농부는 들녘에서 사람을 살리는 일을 하니까요.

며칠 뒤, 산골 농부가 들려준 단순하고 보잘것없는 이야기를 들은 교사들이 소감문을 적어 전자우편으로 보내왔습니다.

"나를 찾는 데 도움이 되었습니다. 말재간이 있는 분이 아닌 것 같은데, 집중해서 듣게 되었습니다. 솔직함과 진정성, 땅과 흙의 힘이라 생각합니다."

"내 인생의 목표를 어디에 둘 것인가에 대한 목표를 수정했습니다. 농업의 소중함을 처음으로 깨달았고, 농사를 꼭 지어 봐야겠다는 생각이 들었습니다."

"텃밭을 만들어서 아이들과 함께 가꾸고 싶습니다. 삶의 교육, 살림의 철학과 생활 실천을 다짐하게 만든 강연이었습니다."

"내 삶을 돌아보고 성찰하는 시간이었습니다. 남은 삶을 자연 속에서 자연의 한 귀퉁이로 살고 싶습니다."

"작은 학교, 작은 마을, 작은 공동체가 사람과 자연을 살리는 길이란 것을 알았습니다. 그리고 이제 더 이상 '성장'이 아닌 '나눔'이 필요한 때란 걸 다시 한번 느끼고 깨달았습니다.”

나는 교사들이 정성스럽게 보내 준 소감문을 읽으면서, 어떠한
처지에서도 ‘희망’만은 버리지 말아야겠다는 생각이 들었습니다.
세상은 아직 살 만한, 살아 볼 만한 곳이니까요.

거꾸로 돌아가는
세상 속에서도

올해 여든다섯 살인 동박골 할머니한테 여쭤보았습니다.

"할머니, 농촌이 소중합니까, 도시가 소중합니까?"

"그걸 질문이라고 하노. 당연히 농촌이 소중하지. 농촌이 없으모 머 묵고 살끼고. 사람이 묵어야 살 거 아이가."

"그럼 논밭이 소중합니까, 아스팔트 도로가 소중합니까?"

"머라카노. 논밭이 없으모 다 굶어 죽어야. 그라고 내 어릴 때는 아스팔트 도로 같은 거는 없었어야. 장날이고 어디고 서너 시간씩 다 걸어다녔구먼."

"할머니, 농부가 소중합니까, 의사가 소중합니까?"

"사람이 아푸모 당연히 의사가 소중하지. 그러나 농부는 농사지어 의사들 먹여 살리고 대통령이고 장관이고 박사고 다 먹여 살린다 아이가. 그라이 농부가 얼매나 소중하겠노. 농부나 의사나 사람 살리는 일은 똑같지. 그런데 농부는 사람이 병들지 않도록 농사지어 살리고, 병원 의사는 병든 사람들(환자들) 살리고. 그런데 의사는 약만 주는 게 아니라 병도 같이 준다 아이가. 한 가지 병을 낫게 할라꼬 백 가지 병을 얻을 수 있다고 하잖어. 약마다 부작용인가 뭔가?"

"아아, 할머니 말씀 듣고 보니 의학의 아버지라 불리는 히포크라테스가 했던 말이 생각나네요. '음식으로 못 고치는 병은 약으로도 못 고친다', '병을 낫게 하는 것은 자연이다'. 농부, 알고 보니 참 멋진 직업이네요. 할머니, 그럼 농부가 소중합니까, 학교 교사가 소중합니까?"

"이 사람아, 글 몰라도 여태 농사짓고 묵고 사는 데 아무 문제가 없었어야. 아는 놈이 도둑놈이라잖아. 많이 배운 것들이 똑똑하고 돈이 많으니까, 가끔 좋은 일도 하더라고. 그러나 힘든 농사일 같은 거는 서로 안 할라꼬 하잖어. 어쨌거나 한글 같은 거는 배워야제. 그래야 독한 놈들한테 속지 않고 살아가지."

"할머니, 농부가 소중합니까, 판검사가 소중합니까?"

"사람이 죄 안 짓고 살모 판검사고 변호사고 그라고 법 같은 기 다 무신 소용이 있겄노. 모두 씰데없는 직업이지."

"할머니, 그렇다면 농부를 길러 낸 스승이 소중합니까, 똑똑하고 잘난 사람 길러 낸 스승이 더 소중합니까?"

"말할 게 머 있노. 사람 살리는 농부를 길러 낸 스승이 더 소중하지. 다 묵고 살자고 하는 짓이잖아. 그런데 세상이 안 그렇잖아. 똑똑하고 잘난 것들이 세상 망치고 있잖아. 맨날 맨날 그 꼬라지

보고 살자니 화딱증 안 나는 사람이 오데 있노.”

“할머니, 세상이 지금 바로 돌아간다고 생각하십니까, 아니면 거꾸로 돌아간다고 생각하십니까?”

“세상이 바로 돌아가모 이래 쌔빠지게 일하는 농부가 이 꼴로 살겠나? 밭에 일하다 흙 묻은 옷을 입고 식당에 가모 말이다. 식당 주인이 드러내 놓고 짜증을 낸다니까. 그라고 농부가 되라꼬 가르치는 가정이나 학교가 없으이 나라 꼴이 갈수록 엉망이다 아이가.”

산골 마을에서 여든 해 내내 농사만 지으며 사신, 한글조차 모르시는 동박골 할머니도 다 압니다. 세상이 거꾸로 돌아가고 있다는 것을. 이렇듯이 생각이 조금이라도 있는 사람이라면 우리 사회가 어디로 흘러가는지 알 수 있고, 아이들한테 물려줄 세상을 걱정하게 될 것입니다.

우리가 언제까지 메마른 도시에서 살아남으려고 서로 경쟁하고 속이며 온갖 구린 짓을 일삼으며 살 수 있을까요? 용기 있는 사람부터 숲(농촌)으로 돌아오면 세상이 고루고루 환해질 수 있지 않을까요? 가난하고 불편한 농촌 삶을 스스로 선택하는 젊은이가 늘어나면 자라나는 아이들에게 환한 희망을 심어 줄 수 있지 않을까요? 사람이 흙에서 태어나 흙에서 난 걸 먹고 살다가 흙(농촌)으로 돌아오는 일보다 더 흐뭇한 일이 어디 있겠습니까?

오늘도 땀 흘려 일하고 정직하게 살고 싶은 사람은 줄어들고, 서로 돈 벌어 떵떵거리며 살겠다고 야단법석을 떠는 사람이 늘어나고 있습니다. 더구나 땀 흘려 일하고 정직하게 살고 있는 사람들조차 스스로를 낮추어 보고, 몸으로 일하지 않고 머리만 굴리며 살아가는 사람을 우러러봅니다. 이 모두 세상이 거꾸로 돌아가는 증거입니다.

땀 흘리며 곡식을 가꾸는 일은 자기 삶을 가꾸는 것이고, 자기 삶을 가꾸다 보면 저절로 이웃을 사랑하는 마음이 찾아오리라 생각합니다. 그 사랑은, 우리 마음속에 깃든 어리석은 분노와 미움과 원망과 욕심 따위를 깨끗이 씻어 줄 것입니다. 그 사랑은, 소리 소문도 없이 퍼져 나가 세상을 아름답게 가꾸어 나갈 것입니다.

나는 오늘도 집 나간(도시로 간) 아들이 이제나저제나 오려나 싶어 애태웁니다. 아들이 돌아오면 가장 먼저 여기저기 펼침막(현수막)을 붙일 생각입니다.

"산골 농부 서정홍 아들이 도시에서 길을 잃고 헤매다가, 드디어 사람과 자연을 살리는 농부가 되었습니다. 그리하여 첫발을 내딛게 된 아들을 북돋아 주려고 잔치를 열고자 하오니, 함께 기뻐해 주시기 바랍니다."

희망은
끝내
사라지지 않고

서울이나 부산 같은 큰 도시에 있는 중고등학교 학생들과 만나는 강연을 가면 이런 질문을 자주 합니다.

"학교는, 똑똑한 사람을 길러 출세하는 법을 가르치는 곳입니까, 슬기로운 사람을 길러 세상을 고루고루 평화롭게 만드는 법을 가르치는 곳입니까?

화려한 도시 콘크리트 빌딩이 소중하다고 가르치는 곳입니까, 모든 생명을 품어 살리는 농촌 들녘이 소중하다고 가르치는 곳입니까?

돈이 소중하다고 가르치는 곳입니까, 먹고 사는 곡식이 소중하다고 가르치는 곳입니까?

최선을 다해서 남을 이기는 법을 가르치는 곳입니까, 꼴찌를 하더라도 가난한 사람들과 어울려 땀 흘려 일하고 정직하게 사는 법을 가르치는 곳입니까?

　도시고 농촌이고 다 소중하지요. 그러나 조금만 생각해 보면 무엇이 더 소중한가를 금방 알 수 있습니다. 그 소중한 것을 지키고 보살피는 일을 우리(학교)가 해야 하지 않을까요? 한 가지만 더 질문을 하겠습니다. 조금 지나친 질문일 수도 있습니다만……. 누가 여러분의 다리 하나를 잘라 주면, 한국은행에 있는 돈을 다 준대요. 그게 정말이라면 여러분 가운데 다리 하나를 잘라 줄 학생 있습니까?"

　질문이 끝나자마자 여기저기서 손을 번쩍번쩍 들었습니다. 그 가운데 가장 먼저, 가장 자신 있게 손을 든 학생한테 물었습니다.

　"정말 다리 하나를 돈과 바꿀 수 있겠습니까?"

　그 학생은 그걸 질문이라고 하느냐는 듯이 당당하게 말했습니다.

　"예, 돈만 준다면 지금 당장 바꿀 수 있습니다. 돈이 많으니까 다리 하나쯤 만들어 붙이면 되지요."

　학교마다 돈만 주면 멀쩡한 다리를 잘라 줄 수 있다고 생각하는 학생이 한두 명이 아닙니다. 하루는 어떤 학생이 물었습니다.

　"선생님, 제 다리를 팔아 돈 많이 받으면, 가난한 사람 돕거나 좋은 일을 하면 되지 않겠습니까?"

　나는 다시 그 학생한테 물었습니다.

　"가난한 사람 도우려면 우선 돈을 주는 것도 좋지만, 그들과 함께 살면서 희망을 찾아 나서는 것이 훨씬 더 낫지 않을까요? 돈은 있다가도 언제 없어질지 모르지만, 희망은 끝내 사라지지 않고 우리를 하나로 이어 주고 앞으로 나아가게 하니까요.

그리고 돈을 아무리 좋은 데 쓴다 하더라도, 어찌 하늘이 준 몸을 돈과 바꿀 수 있을까요? 몸을 팔아서 받은 돈으로 좋은 일을 한다 하여 세상에 어떤 보탬이 될까요? 아무리 적은 돈이라도 땀 흘려 일하고 정직하게 번 돈으로 좋은 일을 해야 비뚤어진 세상을 바로잡을 수 있지 않겠습니까?”

세상이 어찌 되려고 학생들마저 돈이면 뭐든지 다 할 수 있다고 여기는지 가슴이 답답합니다. 그 ‘답답함’은 오직 돈을 좇아 살아온, 약삭빠르고 비뚤어진 어른들 탓이겠지요.

아이들 앞에 서면 얼마나 보잘것없고 부끄러운지 얼굴을 들 수 없습니다. 그 아이들 마음속에 내 마음이 들어 있고, 겉만 번지레한 어른들의 어리석음과 탐욕이 다 들어 있으니 어찌 부끄럽지 않겠습니까? 부끄러운 마음으로 아들에게 보낸 글입니다.

“아들아, 땀 흘리며 곡식을 가꾸는 일은 자기 삶을 가꾸는 일이다. 자기 삶을 가꾸다 보면, ‘길’이 보이고 사람과 자연을 사랑하게 될 것이다. 그 사랑은, 우리 마음속에 깃든 어리석은 분노와 미움과 원망과 욕심 따위를 깨끗이 씻어 줄 것이다. 네가 ‘아버지처럼 별을 노래하는 농부가 되어 자유롭게 살고 싶다’는 그 약속, 언제까지나 잊지 않았으면 좋겠구나.”

벽이 아무리
높다 해도

오늘 낮에 잘 알고 지내는 농민회 선배(국회의원)를 만나 이런저런 얘기를 나누었습니다. 오래전부터 선배는 나를 '서 시인'이라 부르고 나는 그냥 선배님이라 부릅니다.

"선배님, 비정규직이 없어야 우리 농촌이 살 수 있습니다. 그러니 비정규직 없는 세상을 함께 만들어야 합니다."

"서 시인, 비정규직과 우리 농촌이 무슨 관계가 있다고 그러는가?"

"선배님, 1997년 외환 위기 뒤부터 우리나라 노동 시장은 큰 변화를 겪었습니다. 그 결과 비정규직 노동자 비중이 꾸준히 늘어났지요. 한국노동연구원KLI 2024년 8월 기준으로 비정규직 노동 통계를 보면 알 수 있습니다. 우리나라 비정규직 노동자 수는 845만 9,000명으로, 전체 임금 노동자의 38.2%를 차지하고 있습니다. 비정규직 평균 임금은 정규직에 견주어 36%밖에 안 되는 낮은 수준이지요. 임금이 적으면 어찌 그 월급으로 우리나라 농민들이 생산한 우리밀 라면 한 개 마음 놓고 끓여 먹을 수 있겠습니까? 몸에 해로운 줄 뻔히 알면서도, 독한 농약과 방부제 범벅인 싸구려 수입 농산물을 사 먹는 비정규직 마음을 헤아려 보셨습니까?”

“한 번도 그런 생각을 깊이 해 본 일이 없네그려. 참 미안하구먼.”

“선배님, 저도 농부가 되기 전에는 몰랐습니다. 아니 알려고도 하지 않았습니다. 그저 도시에서 바쁘게 살다 보니 이런 생각을 할 겨를조차 없었습니다.”

“서 시인, 자네 말을 듣고 보니 나도 참 바쁘게 살았네그려. 비정규직이 없어야 우리 농촌이 살아날 수 있다는 걸 왜 생각조차 하지 못했을까.”

알아들을 귀가 있는 선배라 이런저런 이야기를 서로 나누다 우리는 헤어졌습니다. 얼마 전에 “정규직들은 비정규직의 3배나 되는 돈을 받으면서, 자식들에게 그 자리를 넘기려 한다”는 글을 읽고 나는 어이가 없었습니다. 만일 그런 세상이 오면 정규직은 자손 대대로 정규직이 되고, 비정규직은 자손 대대로 비정규직이 될 것입니다. 아무리 부지런하고 슬기가 있는 젊은이라 하더라도 비정규직 부모를 만나면 한평생 비정규직으로 살아야 합니다. 이 같은 사실을 잘 알고 있는 정규직들이 이런 생각밖에 할 수 없는 매정한 세상이 참으로 안타까웠습니다.

그러나 정규직 마음을 얼마든지 이해할 수 있습니다. 사람과 시간을 돈으로 여기는 세상에서 얼마나 살아남기 힘들었으면 이런 생각밖에 할 수 없을까요? 아무리 그렇다 하더라도 우린 사람 곁에 살아가는 사람입니다. 그래서 잘못을 저지르면 부끄러워할 줄 알고 뉘우치기도 합니다.

아무튼 비정규직을 없애야 생명의 텃밭인 농촌을 살릴 수 있고, 아이들의 '오래된 미래'를 살릴 수 있습니다. 농촌이 없는 도시는 한낱 물거품 같은 것이니까요.

비정규직을 없애기 위해서는 우선 정규직이 비정규직을 한 형제로 받아들여야 합니다. 그래야만 올바른 대안과 정책을 세울 수 있지 않겠습니까? 억압과 불평등으로 가득 찬 세상을 바꿀 수 있지 않겠습니까? 벽이 아무리 높다 해도 언제까지나 그 벽 속에 갇혀 살 수는 없지 않겠습니까? 함께 분노하고 함께 손을 잡고 나아가면 그 벽을 무너뜨릴 수 있지 않겠습니까?

정규직 자리는, 평화시장 전태일과 그 뒤를 따라간 숱한 젊은이들이 하나밖에 없는 청춘과 목숨을 조건 없이 바쳐서 얻은 결과입니다. 사람은 결국 남의 덕으로 사는 것이지요. 더구나 정규직도 언제 비정규직이 될지 아무도 알 수 없습니다. 늘 불안하고 초라한 꼴로 정규직으로 사는 것보다 함께 분노하고 머리를 맞대어 비정규직 없는 세상을 만들어야 합니다. 그것만이, 오직 그것만이 언젠가 다시 돌아가야 할 고향(농촌)이 살고, 우리 모두가 사는 지름길입니다. 오늘도 봄비는 아무런 조건 없이 온 누리에 고루고루 내립니다.

노래하고
춤추며

학생들 여름 방학입니다. 방학放學이란 "학교에서 한더위나 한 추위 때, 다음 학기 초까지 일정 기간 수업을 쉬는 일"입니다. 국어사전에는 '수업을 쉬는 일'이라 하지만, 어찌 수업만 쉬겠습니까. 지친 몸과 마음도 함께 쉬는 것이지요.

사람들은 지친 몸과 마음을 쉬게 하려고 산으로 강으로 바다로 '운명처럼' 떠납니다. 하루하루 사람과 일에 치여 살아도 산 것이 아닌 고달픈 사람들이, 며칠이나마 서로를 위로할 수 있는 여름 휴가가 있다니! 생각만 해도 기분이 좋습니다.

사람들의 기쁨과 슬픔은, 내가 알든 모르든 모두 나한테 영향을 끼칩니다. 그러니까 도시 사람들이 행복해야 농촌 사람들도 행복할 수 있습니다. 거꾸로 말해도 좋습니다. 농촌 사람들이 행복해야 도시 사람들도 행복할 수 있습니다.

이 모두 농사지으면서 깨달았습니다. 비록 생김새가 다르고 생각도 다르지만, 우리는 태어나 죽을 때까지 둘이 아니라 하나로 이어져 있다는 것을. 모든 것이 모두 다 영향을 끼치므로, 우리는 밉든 곱든 서로 나누고 섬기며 함께 살아갈 수밖에 없는 존재라는 것을.

그런데 태어나면서부터 죽을 때까지 하나인 '우리'가, 날이 갈수록 둘로 셋으로 흩어지고 있습니다. 이 모두 자신도 모르게 숨어든 욕심 탓이겠지요. 마음속에 욕심이 깃들면 그때부터 사람과 사람 관계가 비틀어지고, 사람과 자연의 관계마저 깨어져 버리니까요.

지난 7월 28일부터 2박 3일 동안, 충남 천안에서 온 중학교 3학년 남학생 두 명과 같이 지냈습니다. 학생들은 버스를 몇 번 갈아타고 스스로 '농촌 체험 활동'을 하러 왔습니다. 부모님이 한살림 생활협동조합(생협) 회원이라 조금은 영향을 끼쳤으리라 생각합니다. 그렇다 하더라도 부모가 가라 한다고 해서 이 먼 길을 찾아올 학생이 몇이나 되겠습니까? '젊어서 고생은 돈을 주고 사서라도 해야 한다'며 제법 어른 같은 소리를 하는 아이들과 보낸 2박 3일은 참으로 뜻깊은 시간이었습니다.

생강밭, 토마토밭, 옥수수밭, 박하밭, 땅콩밭, 고구마밭, 야콘밭, 도라지밭 따위에 제 마음대로 자란 지섬(잡초)을 매고, 밥을 나누어 먹고, 잠을 자고, 다시 새벽 5시에 일어나 농사일을 함께 하며 저절로 하나가 되었습니다. 학생과 농부가 하나가 되었고, 도시와 농촌이 하나가 되었으며, 사람과 자연이 하나가 되어 노래를 불렀습니다. 잠자리와 나비와 벌과 멧새들과 지렁이와 나무와 풀과 물과 흙과 구름과 하늘과 땅이 모두 하나가 되어 춤을 추었습니다.

사람은 좋은 사람을 만나거나 좋은 책을 통해 성장할 수 있습니다. 그러나 노동(일)을 통해서도 성장할 수 있습니다. 노동은 몸과 마음을 굳세게 하기 때문입니다. 노동은 나쁜 마음이 자리 잡을 그곳에, 정의와 희망의 씨앗이 자라게 합니다.

이 세상에 아무리 똑똑하고 잘난 사람이 많다 해도, 일하지 않고 얻을 수 있는 것은 아무것도 없습니다. 사람을 위대하게 만드는 힘도 결국은 노동 속에 있습니다. 멀쩡한 몸으로 노동을 하지 않고 밥을 먹는다는 것은 도둑이나 사기꾼보다 나을 게 없습니다.

노동을 통해 사람을 사람답게 기르지 않고, '공붓벌레'를 만들어 내는 대부분의 학교에서나 가정에서 우리는 어떤 정의와 희망을 찾을 수 있을까요? 제 신발과 속옷 한번 빨아 보지 않은 학생이 자라 어른이 되면 어떤 삶을 살게 될까요? 땀 흘려 일하는 농부와 노동자의 삶을 이해하고 존중하며 함께 희망을 찾을 수 있을까요? 아니면?

사람은 일하려고 태어났습니다. 부지런히 일하는 사람은 대부분 정직하고 나쁜 마음을 먹지 않습니다. 일을 해야 사람 냄새가 나고 사람 노릇을 할 수 있습니다. 사람은 일을 할 때 가장 빛이 납니다.

선택은
네 몫이 아니라
내 몫이라

가난한 사람을 살리는 친구가 좋은 친구입니다. 가난한 사람을 살리는 학교가 좋은 학교입니다. 가난한 사람을 살리는 언론이 좋은 언론입니다. 가난한 사람을 살리는 단체가 좋은 단체입니다. 가난한 사람을 살리는 종교가 좋은 종교입니다. 가난한 사람을 살리는 정치가 좋은 정치입니다. 가난한 사람을 살리는 나라가 좋은 나라입니다. 가난한 사람을 살리는 세상이 좋은 세상입니다.

왜 가난한 사람을 살려야 하느냐고요? 세상 사람들이 모두 한국 사람처럼 승용차를 타고 다닌다면? 한국 사람처럼 음식을 함부로 먹고 마시고 버리며 산다면? 한국 사람처럼 날마다 컴퓨터를 쓰고 텔레비전을 보고 휴대전화를 들고 다닌다면? 한국 사람처럼 육식을 자주 한다면? 하나밖에 없는 이 지구는 몸살을 앓다가 벌써 사라졌을지 누가 알겠습니까? 그러니 스스로 가난하게 사는 사람들은, '가난'만으로도 자연환경을 살리고 모든 사람에게 희망을 주는 것입니다.

그런데 스스로 가난하게 살아야 할 지식인들과 종교인들은, 무엇 하나 모자람 없이 다 누리며 삽니다. 그러면서도 생명이니, 환경이니, 입만 살아서 떠들어 대니 어찌 아이들 앞에 얼굴을 들 수 있겠습니까? 값비싼 고급 승용차를 장난감 삼아 몰고 다니면서 입으로는 가난한 사람은 복이 있다고, 하늘나라가 그들의 것이라고 지껄이니 어찌 이 땅에 예수님이 오실 수 있겠습니까?

지식인들과 종교인들에게 그리고 나에게 스스로 묻습니다. "너는 지금 어디에 있느냐?" 지구 온난화 주범인 도시에서, 이웃들과 밥 한 그릇 나눠 먹을 줄 모르는 도시에서, 입만 살아서 예수님을 부른다고 예수님이 오시기라도 한단 말인가요? 사람이 태어난 흙(자연)을 떠나 돈을 좇아 살아가는 교회가 이 시대에 무슨 희망을 말할 수 있겠습니까? 날이 갈수록 예수님을 따르고 싶은 사람은 없고, 예수님이 벗어 놓은 옷을 서로 가지려고 제비 뽑는 망나니만 득실거리는 세상입니다.

그들은 이렇게 기도합니다. 집을 마련하게 해 주셔서 감사하고, 자동차를 사게 해 주셔서 감사하고, 사업 잘되게 해 주셔서 감사하고, 자식을 대학에 붙게 해 주셔서 감사하고, 좋은 직장에 취직하고 승진하게 해 주셔서 감사하고…….

그들은 집을 마련했지만, 집을 마련하지 못한 사람들을 위해 기도하지 않습니다. 그들은 고급 승용차를 타고 다니면서, 승용차가 내뿜는 매연을 마시고 사는 가난한 사람들을 위해 기도하지 않습니다. 사업이 잘되어 부자가 되었지만, 사업이 잘되지 않아서 파산 위기에 몰린 사람들을 위해 기도하지 않습니다. 자녀가 바라는 대학에 붙어 웃고 즐기면서, 대학에 붙지 못한 이웃집 자녀들을 위해 기도하지 않습니다. 좋은 직장에 취직하여 승진까지 했는데도, 취직조차 못 한 사람을 위해 기도하지 않습니다.

도시 밤하늘에 빛나는 교회 십자가는 날이 갈수록 늘어나고 있습니다. 교회는 성공했는데 가난하고 뒷줄 없는 사람들은, 날이 갈수록 버림받으며 스스로 괴로워하거나 목숨을 끊고 있는데 말입니다.

맛있는 음식을 싫도록 먹고
재물은 남아돈다.
이러한 것을 도둑의 사치라 한다.
이 어찌 도라고 할 수 있겠는가.[*]

지구는 인류가 살기에 충분한 조건을 갖추고 있으나,
사람의 탐욕까지 만족시킬 만큼 넉넉하지는 못하다.[**]

[*] 노자, 《도덕경》, 53장.

[**] Nayyar, P.(1958), *Mahatma Gandhi: The last phase*, vol. 10, p. 552.

스스로 가난하게 살고 정직하게 살려는 마음이 없는 사람이 하느님을 믿으면, 세상을 어지럽히는 일 말고는 할 게 없습니다. 그러니 아무리 입으로 하느님을 믿는다고 떠들어 봐야 모두 헛되고 헛된 것입니다. 내가 가난하게 살면 모든 사람이 넉넉하게 살 수 있겠지만, 내가 부유하게 살면 모든 사람이 가난할 수밖에 없는 것입니다. 내가 가진 것만큼 누군가 가지지 못한 사람이 있을 테니까 말입니다. 어찌 살아야만 자라나는 아이들에게 희망을 줄 수 있을까요? 선택은 네 몫이 아니라 내 몫입니다.

마지막
강의

벌써 11월도 며칠 남지 않았습니다. 올해는 곡식 농사보다 도시 '아스팔트 농사'(도시 집회와 강연)를 짓느라 더 많은 시간을 보냈습니다. 시민사회단체 강연도 있었지만, 유난히 고등학교 강연이 많았습니다.

그 가운데 문화체육관광부가 주최한 도서관 파견 사업인 '청소년 문학아카데미 문학창작입문' 강연이 가장 많았습니다. 경남 마산의 고등학교 세 군데(마산고, 용마고, 삼진고)에 한 달에 두 번씩, 여섯 달 동안 학생들을 찾아가 수업을 한다는 게 결코 쉬운 일이 아니었습니다. 지난주에는 수업을 하면서 학생들한테 물었습니다. 학교를 어떻게 생각하느냐고.

"학교는 교도소고요. 선생님들은 모두 교도관이에요. 그러니까 학생인 우리는 죄수지요. 놀 틈도 없고 자유도 없어요."

“학교를 어떻게 생각하느냐고요? 그런 생각조차 하기 싫어요. 저뿐만 아니라 친구들도 거의 꿈이 없어요. 그럭저럭 사는 걸요.”

“선배들이 지방 대학 졸업해 봤자 취직하기 어렵대요. 서울 유명 대학을 졸업해도 정규직으로 취직하기는 하늘의 별 따기래요. 이러니 공부할 재미가 안 나요, 안 나.”

어떤 학교는 밤 9시가 넘도록, 어떤 학교는 쉬는 토요일까지 아이들을 딱딱한 콘크리트 건물에 가두어 놓습니다. 사람들이 말하는 ‘좋은 대학’에 보내려고 말입니다. 그래서 문학창작입문 교실에 찾아온 학생들한테 글 잘 쓰는 기술보다, 앞으로 어떤 처지에서도 당당하게 기죽지 않고 살아가는 법을 가르쳐 주었습니다. 가르치면서 내가 더 많이 배우고 깨달았습니다. 어른이라 하여 함부로 아이들이 누려야 할 자유를 빼앗고 억누르고, 스스로 영혼까지 갉아먹게 해서는 안 된다는 것을.

오늘은 마지막 수업 시간이라 학생들이 저마다 편지를 써서 읽는 시간을 가졌습니다.

“봄날샘, 6개월 동안, 한 달에 두 번씩 저희들과 함께해 주셔서 감사해요. 공부에만 헤매다가 쌤이 들려주는 농사 이야기라든가 세상 살아가는 이야기를 들으면 내가 왠지 농부가 된 느낌이 들어서 마음이 편안했어요.”

"시를 쓰는 까닭은, 자기 삶을 아름답게 가꾸기 위해서라 했지요. 봄날샘처럼 저를 아름답게 가꾸어서 저만의 세계를 찾고 싶습니다."

"봄날샘 말씀을 듣고 '진정한 자유'를 느낄 수 있었고, 저도 자연 속에서 살고 싶다는 소박한 꿈을 가지게 되었어요. 오늘이 마지막 수업이지만, 앞으로 마음만 먹으면 쌤을 만날 수 있다고 생각해요. 쌤, 안녕히 가세요."

"제가 처음 청소년 문학아카데미에 신청했을 때 '내가 가는 이 길이 어디로 가는 길인가? 야자(야간자율학습)를 빼면서까지 듣는 문학 수업이 과연 옳은 길인가?' 이런 생각들이 제 머릿속을 지배하였죠. 그러나 봄날샘 강의를 들으면서, 나를 찾는 시간이 많아졌습니다."

"봄날샘은 시골에서 아무한테도 간섭받지 않고, 새처럼 자유롭게 농사지으며 살아간다고 하셨지요. 그 말씀을 들으면서, 정말 꿈같은 일이 내 앞에 일어나고 있구나 싶었어요. 항상 경쟁하고 누구를 이길 생각만 하고 살아온 제게 새로운 생각을 심어 주신 것 같아요. '아무에게도 간섭받지 않고' 그 말씀은 오래오래 기억하겠습니다."

"봄날샘 수업을 들으면서 제 속에 든 응어리를 당당하게 글로 풀어 낼 수 있었고, 글쓰기에 자신이 생겼습니다. 고맙습니다. 봄날샘, 다시 만날 수 있겠지요. 그동안 너무 고마웠습니다."

학생들과 함께 편지를 읽으면서 여섯 달 동안, 황매산 산골 마을에서 마산까지 다녔던 그 시간이 헛되지 않았구나 싶었습니다. 농사일하랴, 마을공동체 일 하랴, 밥 먹고 설거지하랴, 강연 준비하랴……. 바쁜 나날 속에서도 무척 기뻤습니다.

마지막 강의를 마치고 집으로 돌아가면서 이런 생각이 들었습니다. '언제쯤 농부가 농사일에만 마음을 쓰고 살 수 있을까? 그런 세상이 올 수 있을까? 그런 세상이 오면 '아스팔트 농사' 짓느라 애쓰지 않아도 되겠지? 그런 세상이 오면 지친 몸으로 밤늦도록 시를 쓰지 않아도 되겠지?' 그날을 애써 기다립니다.

가장 잘
선택한 일은

이 세상에서 가장 듣기 좋은 소리가 "마른 논에 물 들어가는 소리와 배고픈 자식들 목구멍에 밥 넘어가는 소리"라 할 만큼, 먹고 사는 일은 그 어떤 일보다 소중합니다. 나라마다 역사와 문화가 다르고 땅과 기후에 따라 먹고 사는 방법이 다릅니다. 그렇지만 어떤 나라 백성이든 먹지 않고 살아갈 수는 없습니다. "금강산도 식후경"은 천하장사라도 먹어야 산다는 말이지요.

그래서 제 나라 백성들이 목숨을 이어 가는 양식을 스스로 마련하지 못하는 나라는 불안할 수밖에 없습니다. 어떤 나라가 석유나 황금덩이를 팔아서 돈은 마련할 수 있다 해도, 먹을 양식을 구하지 못하면 모두 굶어 죽기 때문입니다.

아래 글은 내가 정붙여 살던 도시를 떠나 산골 농부가 되고 2년쯤 지났을 무렵에, 군대에서 첫 휴가 나온 큰아들 녀석이 쓴 글입니다.

사람들은 고향이 어디냐고 물으면 대개 자신이 태어난 곳을 이야기하는데, 나는 태어난 곳에 대한 기억이 전혀 없다. 기억도 없는 그곳을 고향이라 부르며 살았다. 고향이라면 돌아가야 할 어머니 품 같은 곳이어야 하는데 말이다. 따뜻한 기억도, 골목의 정취도, 어떤 사건도 생각나지 않는 그곳을 고향이라고 부르기에는 너무 민망했다. 내게 고향의 풍경은 황무지와 같았다.

그런 내게 고향이 생긴 것이다. 내가 돌아가야 할 곳이 생긴 것이다. 이름도 고운 '나무실 마을', 경상남도 합천 황매산 자락에 자리 잡은 조그만 산골 마을이다. 아버지의 귀농은 마침내 내게 '고향'이라는 큰 선물을 안겨 주었다. 황토로 만든 집에 들어서면 기분 좋은 흙냄새가 나고, 어느 바람결에 들어왔는지 풀 냄새도 난다.

그리고 집 옆에는 창고와 생태 뒷간이 있다. 뒷간에 앉으면 사는 게 무엇인지 생각하게 하는 글이 여기저기 붙어 있다. 웃음이 저절로 나오는 글도 있어 똥 누는 재미가 쏠쏠하다. 집은 17평밖에 안 되는 작은 흙집이지만, 아늑하고 따뜻함이 물씬 흘러나온다. 이제는 이곳이 내 고향이다. 아니, 우리 식구들의 고향이고 나를 아는 모든 이들의 고향이다.

도시 사람들의 위로용 멘트로 사람들은 아버지와 어머니가 있는 곳을 고향이라 말하지만, 내게는 정말 고향이라고 부를 수 있는 곳이 생겼다. 먼 곳에 있더라도 나의 그리움과 외로움은 그곳 황매산으로 달려갈 테니까 말이다.

논 한 마지기도 없이 남의 땅 부쳐 농사짓는 아버지를 자랑스럽게 여기는 아들 녀석이 쓴 글을 읽으며 많은 것을 깨달았습니다. 메마른 도시 삶에 지쳐 몸과 마음이 병든 나를 살려 준 것은 흙냄새, 풀 냄새 가득한 농촌이었습니다. 마음의 고향도 없이 도시를 떠돌아다니던 아이들의 영혼을 되살려 준 것도 결국은 농촌이었습니다.

나는 태어나서 처음으로 아이들에게 생명이 살아 숨 쉬는 '농촌'이라는 선물을 안겨 주었습니다. 이보다 더 소중한 선물이 어디 있겠습니까? 농부가 되고부터 아침에 일어나면 하루하루가 큰 선물이라는 생각이 듭니다. 새소리와 물소리를 들으며, 갖가지 나무 냄새와 꽃 냄새를 맡으며 하루를 열 수 있다는 게 얼마나 큰 축복인지를 다시 깨닫습니다.

가끔 도시에 사는 아이들이 산골 마을에 찾아오면, 나는 가장 먼저 논으로 데려갑니다. 날마다 먹는 밥이 어디서 나오는지 알아야 고마운 마음으로 밥을 먹을 수 있기 때문이지요. 눈을 천으로 가려 논둑길을 천천히 걷게 하고, 눈을 뜨고 논둑에 앉아 자라는 벼를 가만히 바라보게 합니다. 아이들은 가끔 논 안에 들어가서 풀을 매기도 하고, 논 안에 무엇이 자라나 살펴보기도 합니다. 태어나서 처음으로 논에 들어가 본 아이들은, 대부분 처음엔 두려워합니다. 그러나 조금만 지나면 질퍽질퍽하고 폭신폭신한 논흙을 밟으며 신기하다며 웃고 떠들며 잘 놉니다.

"얘들아, 논은 무얼 하는 곳이지?"

"선생님, 벼가 자라는 땅이에요."

"그렇지, 물을 대고 벼를 심어서 기르는 땅이지. 그럼 논에는 어떤 생물이 살까?"

"벼가 자라지요. 그리고 풀도 자라요."

"맞아, 논에는 벼와 풀이 자라지. 그리고 메뚜기, 거미, 올챙이, 개구리, 미꾸라지, 잠자리, 무당벌레, 거머리, 우렁이, 물방개, 소금쟁이, 바구미, 벼멸구, 오리, 왜가리, 두루미…… 셀 수 없이 많은 생명이 와글와글 살고 있어. 엄마가 따뜻하게 아기를 품는 것처럼, 논이 엄마가 되어서 생명들을 살아가게 하는 거야. 그럼 논이 하는 일 가운데 가장 소중한 일이 무얼까?"

"벼를 자라게 해서 쌀을 만들어요."

"그래, 우리가 날마다 먹는 밥은 쌀로 만든 것이지. 그러니 논은 우리에게 밥을 주는 창고인 셈이구나."

"밥을 주는 창고요?"

"그렇지, 수천 년 동안 사람을 먹여 살려 온 '생명 창고'지."

여태 살면서 내가 가장 잘 선택한 일은 농부가 된 것입니다. 자라나는 아이들한테 생명 창고와 고향을 물려줄 수 있으니 더없이 기쁩니다.

마지막
소원

겨울 찬바람이 빈 들녘을 스쳐 지나갑니다. 고요한 산골 마을엔 들고양이들만 먹을거리를 찾아 돌아다닙니다. 사람 그림자조차 드문 산골에 뿌리내린 지 벌써 20년이란 세월이 덧없이 흘러갔습니다. '세상에 희망이 없는데, 희망이 있는 것처럼 사람들을 만나고 시 나부랭이나 긁적거리는 것은 아닐까?' 스스로 묻고 또 묻습니다.

함께 살던 들꽃도 메뚜기도 여치도 물뱀도 우렁이도 반딧불도, 다 제 갈 길로 돌아가고 없는 들길을 홀로 걸었습니다. 문득, 이대로 오늘 밤에 죽어도 서운하거나 안타까울 것도 없다는 생각이 들었습니다. 저는 언제부턴지 모르지만 늘 죽음을 준비하며 살아왔습니다. 그래서 오늘이든 내일이든 언제 죽어도 괜찮습니다. 가진 것이 많지 않으니 두고 갈 것이 없어 아무런 미련도 없습니다. 꽃이 피면 지고, 해도 뜨면 기울듯이 그냥 죽으면 됩니다.

오늘 낮에 도시에서 찾아온 친구와 이런저런 이야기를 주고받았습니다.

"내가 죽으면, 나를 위해 울어 줄 수 있는 사람이 몇이나 될까?"

"여태 누가 알아 달라고 살아온 것도 아닌데, 아무도 울어 주지 않는다고 외로울 것도 없고 서운할 것도 없지 않을까? 나 같은 가난한 농부들은 말이야. 늘 곁에서 함께 살아온 흙과 나무와 풀과 새와 들꽃과 개울과 온갖 벌레와 지나가는 바람과 헤아릴 수 없는 숱한 생명이 내 죽음을 기쁘게 맞이해 줄 거 같아."

"농부인 자네 말을 듣고 나니 큰 위로가 되네그려."

죽고 사는 게 어찌 사람 마음대로 되랴마는, 마을 어르신들 말씀처럼 잠결에 곱게 죽고 싶습니다. 아니면 아내와 아침밥을 먹고 난 뒤, 혼자 산밭에서 땀 흘리며 일하다 죽고 싶습니다. 아내가 점심 밥상을 차려 놓고 때가 되었는데 돌아오지 않는 남편을 기다리다 한마디 하겠지요. "우리 남편이 점심때가 되었는데도 돌아오지 않는 걸 보니 산밭에서 일하다 흙이 되었구나." 아니면 하루 일을 마치고 돌아와 아이들한테 들려줄 시를 쓰다가 연필을 잡은 채 죽고 싶습니다. 아내는 그 모습을 보고는 나지막이 말하겠지요. "우리 남편이 시를 쓰다가 시가 되어 떠났구나." 아니면 하루 일을 마치고 친구들과 어울려 술 한잔 마시며 지난 이야기를 나누다 죽고 싶습니다. 친구들이 한마디 하겠지요. "우리 정홍이, 세상 걱정거리 혼자 다 짊어지고 사는 것 같더니, 이제야 걱정거리 내려놓고 편안하게 잘 갔네그려." 아니면 우리 집 처마 아래 쪼그리고 앉아 활짝 핀 채송화를 바라보다가 죽고 싶습니다. 한 치 앞을 내다볼 수 없는 게 사람이라지만, 마지막 소원은 꼭 이루어지면 좋겠습니다.

2부

사람이
곧 하늘이라

봄이 오는
소리

"날은 포근해졌지만, 미세먼지가 말썽입니다. 밤이 될수록 국외 미세먼지 유입량이 늘어나면서 공기는 더욱 탁해지는데요. 주말인 내일과 모레 미세먼지에 대한 주의가 필요하겠습니다. 내일 영동을 제외한 전국의 미세먼지 농도는 '나쁨' 수준을, 모레에는 남부 지방을 중심으로 높게 나타나겠습니다."

바람이 세게 부는 날에 일을 하면 몸이 두세 배 더 힘들고, 황사나 미세먼지가 많은 날에 일을 하면 목이 따갑고 코가 막힙니다. 그래서 날마다 아침에 일어나면 아내와 일기예보를 들으며 이야기를 나눕니다.

"오늘은 감자 심는 날인데 어쩌자고 아침부터 미세먼지가 난리법석을 떠노. 봄비가 잦고 봄눈까지 펄펄 내려 감자 심을 때가 열흘이나 지났는데 걱정이네, 걱정이야."

"여보, 아침 먹고 감자 심으러 가요. 땅이 조금 질척거리지만 더 늦기 전에 오늘 심어야겠어요."

"땅이 조금 마르면 심기로 했잖아요."

"아무래도 자꾸 미루면 올해는 감자 맛도 못 볼 거 같아요."

"그럼 슬슬 감자 심으러 가 볼까요."

아내랑 감자 심으러 가는데 아랫집에 사는 하동 아지매와 장대 아지매를 만났습니다. 두 분 모두 어르신(남편)이 일찍 세상을 떠나는 바람에 혼자 사십니다.

"아지매, 오데 다녀오십니꺼?"

"산밭에 감자 심고 온다 아이가. 이 집에는 오데 가는 길이고."

"아지매, 우리도 오늘 감자 심을라꼬예. 올해는 봄비가 잦아 시기를 놓쳤습니다."

"몇 상자 심노?"

"20kg짜리 일곱 상잡니다."

"아이고오, 둘이 심을라 카모 하루 종일 걸리겠네. 우리도 같이 심어 줄 테니 얼릉 가자."

"아랫집 인화 총각도 일손 거들려고 온다 했습니다."

"그라모 총각이 구덩이 파고, 우리는 심으모 되겠네. 말할 시간이 오데 있노. 얼릉 가자."

아지매들과 인화 씨 덕으로 하루 종일 심어야 할 씨감자를 오전에 다 심었습니다. 아지매들은 오후에 아랫마을 양파밭 김매러 가기로 약속했다며 점심도 안 드시고 부랴부랴 일어났습니다. 아내는 고맙고 미안한지 큰 소리로 인사를 합니다.

"하동 아지매 집에 씨감자 언제 심습니꺼? 일은 잘할 줄 몰라도 품앗이하러 가겠습니다."

아지매는 웃으며 한마디 하십니다.

"아이고오, 이 집에 일이 얼매나 많은데 우리 집 씨감자 심어 줄 시간이 오데 있노. 말만 들어도 고맙데이."

아내와 나는 씨감자를 다 심고 나서도 할 일이 많습니다. 산골 밭농사는 거의 사람 손으로 하는 일이라 해도 해도 끝이 없습니다. 양파밭과 마늘밭에 김매랴, 웃거름 주랴, 생강밭과 호박 구덩이에 거름 넣으랴, 작은 산밭마다 올해 쓸 거름 옮기랴, 지난해 미처 다 하지 못한 수숫대와 고춧대 뽑아서 정리하랴……. 쪽파 뽑아서 김치 담그랴, 밭둑에 돋아난 쑥을 캐서 쑥국 끓이랴, 여기저기 쑥쑥 올라온 부추를 잘라 겉절이 하랴, 시금치 뽑아서 나물 무치랴, 마당 앞 텃밭에 거름 넣고 상추씨 뿌리랴, 먹다 남은 고구마 썩기 전에 썰어 말리랴, 쪽파 뽑아서 고마운 사람들에게 택배 보내랴…….

농부들은 목련이나 매화가 피기도 전에 온몸이 근질근질합니다. 괭이와 호미를 들고 밭으로 나가 땀 흘리며 일하고 싶어서 가만있지를 못합니다. 해마다 봄은 그렇게 옵니다.

농부들은 날씨에 따라 그날그날 해야 할 일을 결정해야 하므로, 밥 먹는 것보다 일기예보에 더 관심을 가집니다. 올해는 지구온난화로 봄비가 마치 장맛비처럼 쏟아집니다. 때 아닌 봄눈까지

내려 밭을 갈지 못한 농부들은 아직 씨감자를 심지 못하고 있습니다. 우리는 3월 초순에 산밭에 거름을 넣고 미리 두둑을 만들어 놓았기에 오늘 씨감자를 심을 수 있었습니다. 이 모두 따뜻한 이웃사촌 덕입니다.

스승의 날에

스승의 날 한낮에 이웃 마을에 사는 청년 농부 서와한테서 문자가 왔습니다. "봄날샘, 점심 맛있게 드셨습니까? 스승의 날이라 문안 인사 드리고 싶은데, 저녁 먹고 놀러 가도 되옵니까?" 서와는 몇 해째 '삶을 가꾸는 글쓰기반'을 이끌어 가는 반장입니다. 어찌나 맡은 일을 잘하는지 일부러 나무랄 데를 찾고 싶어도 찾을 데가 없는 제자입니다.

산골 학생들과 한 달에 단 하루라도 즐겁게 놀려고, 2008년도에 뜻있는 귀농인들과 함께 만든 학교가 '강아지똥학교'입니다. 그 학교에서 학생들과 틈틈이 글쓰기를 하면서, 2011년부터 '삶을 가꾸는 글쓰기반'을 열었습니다. 달마다 마지막 금요일 오후 7시부터 9시까지 공부 모임을 갖습니다. 아이고 어른이고 누구나 참석할 수 있습니다. 참석할 때는 한 달 동안 자기가 쓴 글을 전자우편으로 보내면, 서와가 참석자 수만큼 복사하여 가져옵니다.

한 달 동안 살아온 이야기를 나눈 다음, 저마다 쓴 글을 소리 내어 읽고 합평을 합니다. 고치고 다듬을 데가 있으면 서로 솔직하게 말해 줍니다. 글이 완성되면 신문이나 잡지에 내기도 합니다. 산골 농부들의 삶과 희망을 세상 사람들과 나누려면 글이 큰 몫을 하리라 생각하니까요.

이야기가 잠시 딴 데로 흘렀네요. 아내랑 저녁을 일찍 먹고는 손님(청년 농부들) 맞으려고 과일과 차를 준비하고 기다렸습니다. 산골에서 맞는 스승의 날, 청년 농부 서와와 수연이가 기타를 들고 찾아왔습니다. 청년 농부들은 저를 '봄날샘'이라 부릅니다.

"봄날샘, 스승의 날에 선물 한 가지 가져왔습니다."

"아니, 농사일 마치고 이렇게 찾아 주는 것만으로도 얼마나 큰 선물인데그려."

"선물은 제가 가져온 게 아니고요, 수연이가 가져왔어요."

"어떤 선물이지? 우리 공동체에서는 선물을 돈을 주고 사거나 받는 일은 안 하기로 했잖아."

"봄날샘, 걱정 마세요. 그런 선물은 아니니까요."

그 말을 가만히 듣고 있던 수연이가 씩 웃으며 말했습니다.

"봄날샘, 제가 광주 5월 창작가요제에 나가게 되었어요. 예선에 모두 403팀이 참가했는데요, 제가 본선에 나가는 10팀 가운데 뽑혔어요."

"우와, 산골 마을에 이런 경사가 어디 있겠냐! 고맙다, 수연아! 스승도 없이 혼자 기타 배워서 본선에 나가게 되었으니 얼마나 고마운 일이냐.”

“봄날샘, 저도 깜짝 놀랐어요. 저같이 어린 나이에 이런 큰 행사에 나가게 될 줄은요.”

“어떤 노래니? 오늘 기타까지 우리 집에 들고 왔으니 본선 나가게 된 그 노래 한번 불러 보면 안 될까?”

“봄날샘, 그 노래는 5월 26일(토) 오후 7시에 광주 공연장에서 들려드릴게요. 노래 제목은 ‘청춘 예찬’이에요. 가사는 제가 쓴 건데요.”

청춘 예찬

수연

늘 같은 길로만 가야 한다는 그 말들

내겐 너무나 이상해

늘 꿈꾸어 왔던 작은 여행을 시작해 보려 해

깊은 숲을 지나 작은 마을 지나면 무엇이 있을까

궁금하기도 때론 두렵기도 해

그래도 일단 한번 떠나 볼게

다른 누군가를 따라가지 않을래

나만의 길을 찾아 갈 거야

정해진 길로만 다니지는 않을래

나의 길을 찾아 갈 거야

때론 내 맘에 어둠이 찾아와

잠시 멈춰 서게 된대도

나는 노래하면서 갈 거야

지금이 아니어도 좋다고

때론 멈춰 서서 잠시 쉬기도 하고

카페에 들러 커피 한잔 마시면서

다시 길을 잃어도 나는 두렵지 않아

밤하늘의 별을 보며 갈 거야

다른 누군가를 따라가지 않을래

나만의 길을 찾아 갈 거야

정해진 길로만 다니지는 않을래

나의 길을 찾아 갈 거야

이건 나의 여행이니까

"가사 어때요, 봄날샘?"

"내가 심사위원이라도 본선에 나가게 했을걸. 수연아, 그건 그렇고 기타 들고 왔으니 노래 한 곡 부르고 가야 하지 않겠냐?"

"그렇지 않아도 봄날샘 좋아하는 노래 준비해 왔어요. 며칠 전에 봄날샘이 안치환 노래 〈내가 만일〉을 흥얼거리는 걸 들었거든요."

내가 만일

안치환 노래

내가 만일 하늘이라면

그대 얼굴에 물들고 싶어

붉게 물든 저녁 저 노을처럼

나 그대 뺨에 물들고 싶어

내가 만일 시인이라면

그댈 위해 노래하겠어

엄마 품에 안긴 어린아이처럼……

스승의 날, 청년 농부들이 부르는 노랫소리에 봄날 하루가 저물어 갔습니다.

아내와 나는 손님을 돌려보내고 남은 차를 마시면서 이야기를 나누었습니다.

"여보, 청년 농부들이 우리 스승이에요. 이렇게 찾아와 노래 불러 주고 기쁘게 해 주니 진짜 스승이잖아요."

"더도 말고 덜도 말고 5월만 같으면 좋겠어요. 5일 어린이날, 8일 어버이날, 15일 스승의 날, 21일 부부의 날과 같이 소중한 날이 5월에 다 들었잖아요."

바람 소리, 새소리밖에 들리지 않는 쓸쓸한 산골 마을에, 이 세상 모든 돈을 다 준다 해도 바꿀 수 없는 청년 농부들이 있어 오늘도 밤하늘 별이 빛납니다.

119보다 빠른
이웃사촌

산밭에 앉아 양파 모종 상자에 씨앗을 넣고 있는데, 우리 집 아궁이 쪽에서 연기가 올라왔습니다. '아궁이 옆에 있는 제실에서 누가 쓰레기를 태우나 보다' 하고 생각했습니다. 그런데 자꾸 연기가 올라오기에 아내가 일손을 멈추고 말했습니다.

"여보, 내가 얼른 가 보고 올게요. 아무래도 느낌이 이상해요."
아내가 집으로 간 지 5분쯤 지났습니다. 나는 일손을 멈추고 우리 집 마당을 내려다보았습니다. 아내가 마당에 서서 빨리 오라는 손짓을 해서 부랴부랴 달려갔더니, 우리 집 아궁이 옆에 쌓아 둔 장작에 불이 붙어 불길이 집 안으로 번졌습니다.

세상에 이런 일이! 나는 지붕 아래 불타고 있는 장작을 밖으로 끄집어내고, 아랫집에 사는 인화 씨가 달려와 소화기를 들고 아궁이 쪽의 큰불을 우선 껐습니다. 그런데 안방 창문 커튼이 불에 타면서 방바닥에 있던 이불과 나무 베개에까지 불이 붙어 활활 타고 있었습니다. 큰 통에 물을 가득 담아 방 안에 붙은 불을 겨우 끄고 밖을 나가 보니, 지나가던 일산 어르신이 연기를 보고 달려와 남은 불길을 끄고 계셨습니다.

발 없는 말이 천리를 간다더니……. 화재 소식을 듣고 이웃들이 달려와 안방에 들어가서 그을린 벽과 장롱을 걸레로 닦고, 불에 탄 커튼과 창문을 뜯어내고, 우선 비바람을 막을 수 있게 비닐로 창문을 막아 주었습니다.

"어이구우, 1~2분만 늦었으므 집이 홀랑 다 타 버렸을 거야."

"집이 홀랑 탔으므 올 겨울을 한데서 보낼 뻔했네. 그만하길 다행이야, 다행."

"이런 걸 두고 기적이라고 하지 않나. 집에 불이 나모 재산이 늘어나고 좋은 일이 많이 생긴다고. 그라이 앞으로 이 집에 복이 저절로 들어오겠구먼."

위로 반 걱정 반으로 건네는 말씀들이 어찌나 마음 든든한지 잠시 시름을 잊을 수 있었습니다. 늦저녁에는 도시에 사는 후배가 화재 소식을 듣고는 전화를 해 왔습니다.

"선배님 집에 불이 났다면서요? 놀라셨지요? 119는 불렀습니까?"

나는 그 말을 듣고 웃으면서 말했습니다.

"이 사람아, 여긴 산골 마을이라 119를 불러도 길이 멀어 집이 다 타고 나면 온다네. 그래서 이웃들이 119보다 훨씬 더 빨리 달려와 불을 다 잡았다네. 아무튼 고마우이. 자네 일처럼 걱정해 주어서.”

후배와 이야기를 나누고는 이런저런 생각에 잠겼습니다. ‘정말 하늘이 도왔을 거야. 만일 한낮에 불이 나지 않고 잠든 사이에 불이 났더라면 다 죽었을지도 몰라. 그나마 가까운 산밭에서 일하다가 연기를 보고 달려왔기에 불길을 잡았지. 아랫집 인화 씨가 소화기로 큰불을 잡아 주지 않았다면 어찌 되었을까? 윗마을 일산 어르신이 큰 통에 물을 가득 담아 와서 남은 불길을 잡아 주어 얼마나 고마운 일인가. 1~2분만 늦게 불길을 잡았으면 올겨울 내내 한뎃잠을 잘 뻔했네. 아무튼 소화기를 미리 사 두었기에 천만다행이지.’

서너 달 전, 이웃 마을에 불이 났을 때에도 귀농한 젊은 부부 집에 미리 준비해 둔 소화기가 3개나 있어 큰불을 막을 수 있었습니다. 그 소식을 듣고 나서, 귀농한 사람들이 단체로 집집마다 소화기를 3~4개씩 샀습니다. 만일 내가 그때 소화기를 사 두지 않았다면 집이 홀랑 다 탔을 것입니다. 소화기 몇 개가 집 한 채를 살렸습니다.

아내와 나는 불 냄새 때문에 방에는 들어가지 못하고 거실에서 잠을 잤습니다. 눈을 감아도 잠이 오지 않았습니다. 아내도 잠을 이루지 못하고 나지막이 말했습니다.

“그만하길 다행이지요. 지붕이 있어 거실에서라도 누울 수 있으니 참으로 다행이에요. 그나마 다행이에요.”

콩밭에서
부르는 노래

산밭에 수수가 쑥쑥 자라고 녹두꽃이 하나둘 피기 시작합니다. 산밭에 심어 놓은 옥수수, 생강, 고추, 가지, 땅콩, 호박, 쥐눈이콩, 호랑이눈콩, 참깨, 들깨, 박하, 여주도 누구 보란 듯이 잘 자라고 있습니다. 하루가 다르게 다랑논에 벼도 무럭무럭 자라고, 작은 밤송이가 산길에 뚝뚝 떨어집니다. 산골 마을 들녘은 여름으로 가득 찼습니다.

오늘은 새벽 5시부터 콩밭에 김을 맸습니다. 두어 시간 김을 맸더니 저절로 고달픈 콧노래가 나옵니다. "콩밭 매는 아낙네야 베적삼이 흠뻑 젖는다. 무슨 설움 그리 많아 포기마다 눈물 심누나……." 유행가 가사처럼 왜 포기마다 눈물을 심어야 하는지, 농사를 지어 보아야만 알 수 있습니다. 아무리 똑똑한 사람이라 해도 머리로는 알 수 없습니다. 왜냐하면 농사는 머리로 짓는 게 아니라 가슴으로 아니, 온몸으로 짓기 때문입니다.

콩 한 알 입에 들어가려면 밭 갈고, 씨 뿌리고, 김매고, 순을 자르고, 콩이 익으면 거두어들여 작대기로 두들겨 콩을 가려내고, 가을볕에 잘 말려야 합니다. 농부는 이런 과정을 거치는 동안, 헤아릴 수 없이 땅에 허리 숙이고 무릎 꿇으며 땀 흘려야 합니다.

여름철엔 오전 5시부터 9시까지만 일하기로 스스로 약속을 하고 산밭으로 갑니다. 농사일을 하다 보면 자기도 모르게 '일중독'에 걸릴 때가 있으니까요. '한 이랑만 더 김을 매고 가야지, 어차피 옷이 땀에 다 젖었잖아.' 이런 생각이 얼마나 몸을 망치는지, 골병이 들어서야 깨닫게 됩니다. 고달픈 농사일로 땀을 너무 많이 흘리거나 몸이 피곤하면 잇몸이 상하고, 없던 병까지 생긴다는 걸 잘 알고 있으면서도 말입니다. 농사일이 얼마나 힘들면 국제노동기구ILO가 광업, 건설업과 함께 3대 위험 업종이라고 했겠습니까.

7~8월이면 하루 내내 농사일을 하고 싶어도 할 수가 없습니다. 오전 9시만 지나면 움직이기만 해도 땀이 비 오듯이 흐릅니다. 아내랑 약속한 대로 9시까지 콩밭을 매고 집에 들어와 몸을 씻고 간단하게 아침을 먹었습니다. 오늘 아침은 삶은 감자, 부추 겉절이, 산밭에서 금방 따 온 방울토마토와 오이입니다. 방문을 열고 열 걸음 남짓 걸어서 마당 텃밭으로 가면 먹을 게 많습니다. 우리 집 텃밭은 늘 싱싱한 남새(채소)로 가득하여 마을 사람들도 부러워합니다.

부추는 겉절이와 김치, 부침개와 같은 요리를 할 수 있어 우리 집에서 가장 인기가 좋습니다. 더구나 부추는 봄부터 가을까지 먹을 수 있어 부추밭을 바라만 보아도 마음이 넉넉해집니다. 상추는 종류가 서너 가지 되는데 봄부터 나누어 먹은 사람만 해도 40~50명은 넘을 것입니다. 그리고 풋고추는 어찌나 아삭아삭한지, 입맛 없을 때는 풋고추만 있어도 밥 한 그릇 뚝딱 비울 수 있습니다.

오늘 낮에는 귀농하여 아들 셋을 낳고 키우느라 텃밭을 가꿀 틈조차 없는 원동 마을 정욱이 어머니가 찾아와 아삭고추를 따 갔습니다. 저녁 무렵에는 상추 심을 시기를 놓친 하동 할머니가 찾아와 상추를 뜯어 갔습니다.

텃밭을 가꾸면서 가장 신바람이 날 때가 이렇게 나누어 먹을 때입니다. 감자와 양파 같은 농산물을 택배로 보낼 때에도 남새를 조금 넣어 보낼 때가 있습니다. 돈으로 따지면 1,000~2,000원도 하지 않을 텐데, 남새를 받은 도시 사람들이 어찌나 좋아하는지요.

텃밭은 돈을 벌려고 가꾸는 게 아닙니다. 사람들과 나누어 먹으려고 거름을 넣고 땅을 일구고 씨를 뿌립니다. 그런 마음을 아는지 텃밭에 심은 남새는 늘 싱싱하고 병도 들지 않고 잘 자랍니다. 농작물은 주인 발자국 소리를 듣고 자란다고 합니다만, 농작물은 주인이 바라만 보아도 잘 자란다는 것을 새삼 느낍니다.

점심을 먹고 쉬고 있는데 아내가 다가와 말을 건넵니다.

"여보, 살림살이에 보탬이 되라고 심은 고추와 생강은 걸핏하면 병이 드는데 텃밭에 심은 남새는 우찌 저리 잘 자라요?"

"주인이 욕심을 부리지 않으니까 편안해서 잘 자라지 않을까요? 농작물도 사람 마음을 알 테니까요. 옛날부터 부부싸움을 하거나 이웃과 다툰 날은 농작물 가까이 가지 않는다고 해요.”

“왜요?”

“주인이 기쁜 마음으로 농작물을 만나야 한대요. 짜증 나거나 화난 마음으로 농작물을 만나면 시들거나 병이 든대요.”

“정말일까요?”

“눈에 보이지 않는다고 아니라고 말할 수는 없지요.”

아내와 이런저런 이야기를 주고받으면서, 살아 있는 동안 많이 웃고 노래 부르며 기쁜 마음으로 살아야겠다는 생각이 듭니다. 내가 좋은 기운을 가지고 있어야만, 사람이나 농작물에게 좋은 기운을 불어넣을 수 있으니까요.

녹두
한 알 속에
든 우주

6월 중순 무렵, 감자를 캔 밭에 녹두를 심으려고 '감자밭'을 '녹두밭'으로 이름을 바꾸었습니다. 사람도 이름이 있듯이 밭도 이름을 지어 주고 인사도 드립니다.

"녹두밭 님, 다음 주에 녹두 모종 심을 예정입니다. 부디 녹두 잎이 시들거나 병들지 않고 잘 자라 열매를 맺을 수 있도록 도와주시기 바랍니다. 저희들은 때를 놓치지 않고 물을 주고 김을 매겠습니다. 그리고 이 녹두가 사람을 살리는 데 쓰일 수 있도록 애써 기도하는 마음으로 돌보겠습니다."

녹두와 같은 콩을 심을 때는 씨앗을 그대로 심으면 새와 벌레가 기다렸다는 듯이 맛있게 먹어 치웁니다. 그래서 모종 키우는 상자에 흙을 깔고 녹두 씨앗을 두세 알씩 넣어 날마다 물을 주고 키웁니다.

모종이 자라 옮겨 심을 때가 되었는데, 비 소식이 없어 일일이

구덩이를 파고 물을 잔뜩 주고 싶었습니다. 300평 되는 밭에 녹두 모종을 심어 놓고 하루하루 자식 키우듯이 돌보았습니다.

녹두가 자라는 동안 해가 뜨고, 저녁놀이 지고, 달이 뜨고, 비가 내리고, 개구리가 울고, 지렁이가 땅을 갈고, 꽃이 피고 지고, 바람이 불고, 새들이 날고, 풀벌레 노래 부르고, 개울물이 흘러갔습니다. 어느덧 7월이 가고 8월이 왔습니다. 35도를 오르내리는 뜨거운 땡볕이 하루도 빠짐없이 녹두밭을 달구었습니다. 그리움처럼 노란 녹두꽃이 피고 지고, 별을 노래하는 농부의 기도와 땀방울이 녹두밭에 뚝뚝 떨어졌습니다.

농부 마음을 알기나 하듯이 8월 초순부터 여기저기서 녹두가 익습니다. 녹두는 하루라도 따지 않으면 꼬투리가 터져 사방으로 흩어져 버립니다. 녹두가 한창 익을 때에는 아침에 다 땄는데, 저녁 무렵에 가 보면 까맣게 익은 녀석들이 수두룩합니다. 녹두가 맛있게 익을 즈음이면 벌레들이 어찌 알았는지 녹두밭으로 와서는 맛있게 까먹습니다. 유기농 인증된 밭이라 농약을 쓰지 않는다는 걸 벌레들도 잘 압니다. 그래서 벌레들이 녹두를 다 까먹기 전에 따야 합니다.

오늘도 5시에 일어나 굳은 몸을 풀고 녹두밭으로 갔습니다. 더위가 완전히 꺾인다는 말복이지만 7시 무렵에 땀이 나기 시작하더니, 8시가 되니까 땀이 비 오듯이 흐릅니다. 9시가 지나고 10시쯤 되면 아무리 물을 자주 마셔도 얼굴에 열이 나고 머리가 어지럽습니다. 요즘은 자주 마을 방송을 하고 휴대전화에 문자까지 옵니다.

"합천군 재난안전대책본부에서 알려드립니다. 폭염 특보가 지속되는 가운데 금일도 무더운 날씨가 계속되겠습니다. 충분한 수분 섭취와 낮 시간대 야외 활동을 자제하여 주시고……."

방송이나 문자를 듣고 보아도 하던 일을 그만두고 집에 들어갈 수가 없습니다. 왜냐하면 농사일이란 뿌릴 때가 있으면 거둘 때도 있기 때문입니다.

아내와 나는 땀범벅이 된 몸으로 집에 들어와 점심을 먹었습니다. 밖에 나가는 것이 마치 찜질방 들어가는 것 같아서, 한낮에는 집 안에서 거두어들인 녹두를 가립니다. 벌레 먹은 놈, 크기가 너무 작은 놈, 못생긴 놈을 가려내다가 녹두 한 알이 식탁 밑으로 쏙 들어갔습니다. 그 한 알 찾으려고 아내가 식탁 밑으로 기어들어 갔습니다. 좁은 식탁 모서리에 머리를 부딪혀 가며 녹두 한 알을 겨우 찾은 아내가 한마디 합니다.

"어이구우, 농사를 지어 봐야 녹두 한 알이 얼마나 귀한 줄 알지. 지어 보지 않고서는 몰라요. 우찌 알겠어요. 나도 도시에 살 때는 아무것도 모르고 살았잖아요."

나는 아내 말을 듣고 나서 이런 말을 하고 싶었습니다. '어찌 녹두뿐이겠소. 모든 농산물이 다 그렇지요.' 그러나 그 말을 속으로 누르고 아내를 바라보며 그냥 씩 웃었습니다.

마을 사람들은 올여름에 비가 오지 않아 콩 농사가 흉년이 들었다며 걱정이 태산 같습니다. 이웃집 형은 양파 뽑은 밭에 1,000평 남짓 메주콩을 심었는데, 알은 맺히지 않고 이파리만 무성하게 자랐다고 합니다. 그런데 우리 집은 녹두 풍년이 들었습니다. 마을 할머니들은 녹두를 볼 때마다 칭찬을 아끼지 않습니다.

"올해 콩 농사 가운데 녹두는 풍년이제. 다른 콩 농사는 다 망했어야. 젊은 사람이 올해 녹두 농사 잘될 거라고 우찌 알았노."

내가 생각해도 녹두 농사는 마을 사람들 보기에 미안할 만큼 풍년이 들었습니다. 그러나 작물마다 풍년이 드는 건 아닙니다. 생강 농사는 흉년이 들어 종자 값도 건지지 못했습니다. 해마다 200~300평 남짓 생강을 심는데, 올해처럼 흉년이 든 해는 없었습니다.

"여보, 큰일이요 큰일. 젊은 농부들과 같이 생강차 만들 생강이 이렇게 병이 들었으니."

"우짜겠소. 하늘이 하는 일인 것을. 때에 맞추어 거름 넣고, 땅 갈고, 심고, 김매고, 웃거름 주고, 또 김매고, 농부가 할 수 있는 일은 다 했지 않소. 그러니 나머지는 하늘에 맡겨 봅시다. 농사는 99% 하늘이 짓고, 사람이 하는 일은 고작 1% 땀 흘리며 일하는 거지요."

"당신같이 걱정 없는 사람하고 40년을 넘게 살았으니 나도 이젠 도인이 다 되어 가요."

"걱정한다고 되는 일이라면 밤을 새워서라도 걱정을 하지요. 아무튼 올해는 여름 내내 비는 오지 않고, 찜통더위에 사람도 견디지 못하고 병원에 실려 가잖아요. 우리가 안 죽고 살아 있는 것만으로 기적 같은 일이고, 그나마 우리 생강이 아직 반쯤이라도 살아 있으니 또 얼마나 다행이오. 마음을 조금 더 비우고 삽시다.”

“어이구우, 세상에 나처럼 마음 비운 사람이 있으모 나와 보라고 하지요. 마음을 다 비웠으니 당신 따라 산골에 들어와서 이렇게 촌년이 되었지요.”

“참, 이웃에 사는 ‘토기장이의 집’ 목사님네는 올해 생강 농사가 아주 잘되었다고 하더이다. 밭에 가서 어떤 기도를 하는지 알아보고 오시구료. 우리도 그 기도를 정성껏 드리면 풍년이 들지 누가 알아요.”

“지난해에도 몇 번 물어봤는데 그저 웃기만 하던데요.”

“하하하하, 그 비법을 아무한테나 가르쳐 주나요. 틈을 내어 맛있는 밥상을 차려 드리면 가르쳐 주지 않을까요?”

아내와 나는 밤 깊어 가는 줄도 모르고 웃음꽃 피우며 녹두를 가렸습니다. 그런데 거름 넣고 김매고 거두어들이는 일보다 돋보기안경을 쓰고 녹두 가리는 일이 더 힘듭니다. 그 작고 작은 녹두를 서너 시간 가리다 보면 눈이 침침하고 머리, 어깨, 허리, 무릎, 엉덩이까지 온몸이 저리고 아픕니다. 어찌 나락(벼) 한 알 속에만 우주가 들었겠습니까? 녹두 한 알 속에도 우주가 들어 있다는 것을, 농부가 되고서야 온몸으로 깨닫습니다.

사람이
곧 하늘이라

바쁜 농사철이라 아침 6시부터 해질 때까지 눈코 뜰 새 없습니다. 아침밥 먹고 산밭에 가서 배추벌레 잡고, 어린 호박을 따고, 고구마 줄기 걷어내고, 고구마를 캤습니다. 점심밥 먹고 겨울철 간식거리로 삶은 고구마를 잘라 햇볕에 널고, 감식초 만들려고 감을 따서 단지에 넣었습니다. 먼저 익은 들깨 가지 자르고, 녹두를 땄습니다. 쪽파 뽑고 상추를 뜯어 찾아온 손님들에게 나누어 주었습니다. 저녁밥 먹고 양파밭과 마늘밭에 거름 넣고 괭이로 이랑을 갈았습니다.

산밭에서 일하고 돌아온 아내는 밥 먹을 힘도 없다며 자리에 누웠습니다. 가난한 사내 만나 여태까지 마음 편하게 쉬지 못한 아내한테 문득 미안하고 고맙다는 생각이 들었습니다.

아내는 팔자에 복이 없어, 아들만 둘 낳아 평생토록 손에 물 마를 날 없겠다 합니다. 아내는 하루 6시간 잘 때 말고는 농사일하랴, 밥 짓고 빨래하랴, 애들 뒷바라지하랴, 온갖 궂은일 마다 않고 쉴 새 없이 움직입니다.

나는 '아내를 기쁘게 해 줄 방법이 없을까' 생각하다가 세숫대야에 따뜻한 소금물을 받아 왔습니다. 그러고는 지쳐 누워 있는 아내 손을 잡고 살며시 일으켰습니다.

"아니, 갑자기 왜 그래요?"

여태 한 번도 안 하던 짓을 하는 나를 보고 아내가 물었습니다.

"천천히 일어나 봐요. 좋은 일이 있을 테니까요."

미리 마련한 의자에 아내를 앉히고, 세숫대야에 아내 발을 살며시 넣고는 발을 주물러 주었습니다. 아내는 갑자기 무슨 일인가 싶어 머뭇거리다가 따뜻한 물에 발을 넣고부터 피로가 풀리는지 나를 가만히 바라보면서 또 물었습니다.

"누구한테 이런 거 배웠소?"

"누구한테 배우긴 무얼 배워요. 며칠 전, 신문에 따뜻한 소금물에 발을 담그고 주물러 주면 피로가 잘 풀린다 하기에 해 보는 거지요."

아내는 발을 주물러 줄 때마다 간지럽다 하면서도 가만히 있습니다.

"이제 당신이 앉아 봐요. 내가 발을 주물러 드릴 테니."

나는 못 이기는 척하고 발을 담그려다가 정중하게 뿌리쳤습니다.

"아아, 오늘은 여기까지만 해요. 다음에 내가 피로에 지쳐 돌아오면 그때 하자고요."

40년 넘도록 한 이불 덮고 살면서 아내 발을 처음 주물러 주었습니다. 아니, 주물러 드렸습니다. 아내 발을 주물러 드리면서 그동안 생명이니 평등이니 어쩌고저쩌고 떠들며 돌아다닌 내가 참 부끄러웠습니다. '이렇게 작은 발로 논이고 밭이고 다니면서, 온갖 굳은일을 다 했구나' 하고 생각하니 어찌 부끄럽지 않겠습니까?

동학 재야 학자인 표영삼 선생님은 나이가 여든이 되었을 때도 손수 밥을 지어 놓고 아내에게 "여보, 진지 잡수세요"라고 했답니다. 남녀평등을 아는 데 머무르지 않고 실천하면서 사셨지요. 여성과 아이들뿐 아니라 모든 사람을 '하늘'이라 여기고 공경하며 정성을 다하셨다지요. 표영삼 선생님을 생각하니, 나는 진짜 부끄러운 남편이고 아버지였습니다. 나는 한 번도 아내와 아이들을 '하늘'이라 생각한 적이 없기 때문입니다. 나를 가만히 살펴보면 부끄러운 게 한두 가지가 아닙니다.

내일은 대추 따야 하고, 배추벌레도 잡아야 하고, 먼저 익은 단감과 대봉을 따서 택배 보내야 하고, 결명자와 오가피 열매도 따야 하고, 아궁이에 땔 장작을 도끼로 패야 합니다. 그리고 알타리무를 솎아야 합니다. 엊그제 경남도민일보 기자와 아는 벗이 찾아와 하루 내내 일손을 거들어 주는 바람에 한결 일이 줄어들었습니다. 그래도 농사철엔 일을 해도 해도 끝이 없습니다.

해질 무렵이면 집집마다 배고픈 소들이 들녘에 나간 주인을 기다리다 기다리다 지쳐 울어 댑니다. 라디오와 텔레비전에서는 설

악산이고 지리산이고 이름난 산마다 단풍놀이하느라 북적거린다
는데……. 늙고 병든 산골 마을 어르신들은 개밥별을 등에 지고,
농사일에 지친 다리를 끌다시피 집으로 돌아옵니다.

말보다
실천이 앞서는
스승

60년 전만 해도 집집마다 텔레비전이 없어, 텔레비전이 있는 이웃집을 찾아가 연속극을 보았습니다. 1966년도에 금성사에서 처음으로 국산 텔레비전을 만들었다고 하니까요. 텔레비전이 없던 시절에는, 가난했지만 식구들이 한데 모여 하루하루 살아온 이야기를 나누며 오순도순 잘 지냈습니다. 그런데 집집마다 텔레비전이 생기고부터 문화고 교육이고 모든 것이 텔레비전에서 보여 주는 것이 '정답'인 것처럼 우리를 이끌어 갔습니다.

더구나 텔레비전 연속극은 날이 갈수록 질투와 배신과 폭력이 판을 치므로, 보고 배워서는 안 될 게 더 많습니다. 그런데 바쁘게 살아가는 사람들은 자기도 모르는 사이에, 텔레비전에서 보여 주는 대로 살아야만 제대로 사는 것처럼 생각하게 되었습니다. 농촌에 젊은이들이 사라진 까닭이 여러 가지겠지만, 그 가운데 텔레비전도 큰 몫을 했을 것입니다.

내가 사는 작은 산골 마을은 평균 나이가 70세가 넘습니다. 이제 나이가 들어 고달픈 농사일을 몇 해나 더 할 수 있을지 아무도 모릅니다. 이렇게 노인들만 남은 쓸쓸한 산골 마을에, 더구나 할머니 혼자 사는 집이 더 많은 산골 마을에, 텔레비전은 자식보다 더 큰 위로가 됩니다. 오랜 친구 같은 텔레비전이라도 켜 두어야 혼자 있는 긴긴 밤을 지낼 수 있으니까요. 방과 거실에 불은 다 꺼졌는데 불빛이 번쩍번쩍 보이는 집은 텔레비전을 켜 둔 집입니다.

마을 길에서 할머니들을 만나면, 전등 끄고 텔레비전 보면 눈이 나빠진다는 말씀을 가끔 드립니다. 아무리 그래도 전기 요금이 많이 나온다며 전등을 꼭 끄고 텔레비전을 봅니다. 이렇게 한평생 검소하게 살아오신 할머니들을 만나면 저절로 머리가 숙여질 수밖에 없습니다.

올해는 우리나라 곳곳에 지진이 일어나는 바람에 핵발전소 가까이 있는 부산과 울산 지역에는 아직도 잠을 설치는 사람이 많다고 합니다. 아내와 진주에 볼일 보러 나가는 길에 영화 〈판도라〉를 보았습니다. 역대 최대 규모의 강진에 이어 핵발전소 폭발 사고까지 예고 없이 찾아와 상상하기조차 무서운 큰 재난 앞에 우리나라가 혼란에 휩싸이는 영화입니다. 영화를 보고 나오면서 남의 일 같지 않았습니다. 왜냐하면 이런 무서운 일이 일어나지 않을 거라고 장담할 수 있는 사람이 아무도 없기 때문입니다.

산골 할머니들은 오늘도 전기 요금 많이 나온다며 전등을 끄고 텔레비전을 봅니다. 그리고 빛바랜 플라스틱 바가지 하나, 떨어진 양말 한 켤레 함부로 버리지 않고 묵묵히 살아갑니다. 그게 그냥 삶입니다. 그래서 그분들 앞에 서면 더 깊이 머리 숙일 수밖에 없습니다.

옛날에는 집을 지을 때 나무도 심었습니다. 이 집은 이백 년은 갈 테지. 지금 나무를 심어 두면 이백 년 뒤에 집을 지을 때 안성맞춤일 테지. 이렇게 생각했습니다. 이삼백 년이란 시간 감각이 있었던 것이지요. 심은 나무가 자라기를 기다렸고, 또 마구 쓰고 버려서는 안 된다는 정신이 얼마 전까지만 해도 있었습니다.

- 《나무에게 배운다》(상추쌈)

할머니들은 위와 같은 글을 읽지 않아도, 마구 쓰고 버려서는 안 된다는 정신이 아직도 살아 있습니다.

가을걷이 끝나고 겨울이 오면 마지막 남은 농사인 배추를 뽑아 김장을 합니다. 우리 집은 해마다 500포기 남짓 김장을 합니다. 아내와 내가 농부가 되고부터 도시에 사는 처남과 처제들이 우리 집에 모여 같이 김장을 합니다. 더구나 우리 집에는 찾아오는 손님도 많고, 나누어 먹어야 할 사람도 많아 500포기를 해도 모자랄 때가 있습니다.

올해도 지난해처럼 할머니들은 집집마다 날짜를 정해 '품앗이 김장'을 합니다. 엊그제는 우리 집에서 배추 간을 절이고, 어제는 장대 할머니 집에 배추 간을 절이고, 오늘은 하동 할머니 집에 배추 간을 절이고, 내일은 간 절인 배추를 씻고, 모레는 양념을 치대고, 그 다음 날은 얼마 전에 할머니 돌아가시고 혼자 사시는 현동 할아버지 집에 모여 배추 간을 절이고…….

한 해 내내 혼자 드셔 봐야 10포기도 드시지 않을 텐데, 한 보름 내내 이 집 저 집 김장 일손을 돕는 할머니들을 보면 가슴이 뭉클합니다. 어떤 일이든 말이 아니라 실천이 앞서는 스승(마을 할머니들)이 곁에 있어 참으로 든든합니다. 집 밖으로 몇 발만 걸어가면 언제든지 스승을 만날 수 있어 살맛이 절로 납니다.

산골 마을
자랑거리

오랜만에 도시에 사는 친구가 찾아왔습니다. 정년퇴직할 때가 다가오니까 걱정이 한두 가지가 아니라며 이런저런 궁금한 것을 물어 왔습니다.

"서 시인, 이 작은 산골 마을을 어떻게 알고 들어왔는가?"

"알고 지내던 정상평 농부님이 있어 부탁을 했지."

"어떤 부탁을?"

"맨 아랫집에서 닭 우는 소리를 맨 윗집에서도 들을 수 있는 작은 산골 마을에, 팔려고 내놓은 빈집이 있으면 알아봐 달라고."

"왜 하필이면 그런 작은 산골 마을인가?"

"20년 전이었지. 그때 내 나이 마흔일곱 살이었어. 자네도 잘 알고 있듯이 경쟁하지 않으면 먹고살기 어려운 데가 도시잖아. 그러니 먹고사느라 알게 모르게 남한테 얼마나 많은 상처를 주었겠나. 그래서 남은 삶은 경쟁이 없는 산골 마을에서 살다가 죽고 싶었다네. 맨 아랫집에서 닭 우는 소리를 맨 윗집에서도 들을 수 있는 마을이라면, 누구네 집에 숟가락이 몇 개인지 다 알 수 있지 않겠나. 이런 마을에서 살면 죄를 짓고 싶어도 어찌 죄를 짓겠는가. 말 한마디 실수를 해도 금방 온 마을에 소문이 퍼질 텐데.”

“서 시인, 나도 자네처럼 산골 마을에 살 수 있을까?”

“어허, 못난 나도 사는데 자네라고 살지 못할 까닭이 뭔가. 백세 시대라 하잖아. 자네나 나나 이제 예순이 넘었으니 아직 서른 해를 더 산다고 생각해 보게. 그것도 팍팍한 도시가 아닌 정이 넘치는 산골에서.”

“자네 말을 듣고 있으니 괜스레 마음이 설레네그려.”

“마음이 설렌다는 사람을 오랜만에 만나는군. 내가 좋아하는 사무엘 울만이 쓴 시를 들어 보겠나. 지금 자네한테 딱 어울리는 시라는 생각이 들어.

청춘

사무엘 울만

청춘이란 인생의 어느 한 시기가 아니라

마음의 상태를 뜻한다.

청춘이란 장밋빛 볼, 붉은 입술, 유연한 무릎이 아니라

강인한 의지, 풍부한 상상력, 활기찬 감정,

그리고 인생의 깊은 샘으로부터 솟아나는 신선함을 뜻한다.

청춘이란 두려움을 물리치는 용기,

안이함을 뿌리치는 모험심을 의미하니

때로는 스무 살 청년보다 예순 살 노인이 더 청춘일 수 있다.

누구나 세월만으로는 늙어 가지 않고

이상을 잃게 될 때 비로소 늙어 간다.

세월은 피부를 주름지게 하지만

열정을 잃는 것은 영혼을 주름지게 한다.

또한 근심, 두려움, 자신감을 잃는 것은

우리의 기백氣魄을 죽이고 마음을 시들게 한다.

예순 살이든, 열여섯 살이든 가슴속에는

경이로움을 향한 동경과

아이처럼 왕성한 미지未知의 것에 대한 탐구심과

인생에서 기쁨을 얻고자 하는 열망이 있다.

그대와 나의 가슴속에는 무선국無線局이 있어

인간과 신으로부터

아름다움, 희망, 활기, 용기, 힘의 메시지를 수신하는 한

언제나 청춘일 수 있다.

그러나 수신 안테나가 고장이 나서,

기백이 냉소의 눈雪과

비관의 얼음으로 뒤덮일 때,

그대는 스무 살이라도 이미 노인이라 할 수 있다.

그러나 수신 안테나를 다시 세우고

희망의 전파를 수신하는 한

그대는 여든 살이어도 늘 푸른 청춘이다.

"이렇게 편안하게 앉아 시를 들어 보는 것이 얼마 만인가. 아마 몇십 년 되었지. 정말 나를 두고 쓴 시 같네그려. 도시에서 태어나 60년 넘게 도시에서만 살아온 나 같은 놈도, '수신 안테나'만 다시 세우면 산골 마을에서 '푸른 청춘'으로 살 수 있다는 게지."

"사람이 흙에서 태어나 흙에서 난 것을 먹고 살다가 머지않아 흙으로 돌아갈 텐데 무어 그리 걱정이 많은가."

"서 시인, 자네가 사는 산골 마을 자랑거리가 있으면 말해 보게. 내가 도시 삶을 정리하고 자네처럼 산골 마을에 들어올 수 있게."

"산골 마을 자랑거리라! 밤새 자랑해도 끝이 없을걸."

"그냥 생각나는 대로 말해 보게."

"산골 마을도 사람 사는 곳이라, 살다 보면 고달픈 일도 수두룩하다네. 오늘은 자네 부탁이니 자랑거리만 이야기하겠네.

우리 집은 17평 작은 흙집이라 콘크리트로 지은 집보다 숨 쉬기가 아주 편하다네. 자고 일어나 마당에 나가면 어찌나 공기가 맑은지 저절로 기분이 좋아진다네. 마당이 있고 먹고 살 수 있는 텃밭이 있는 것만으로도 사는 맛이 절로 난다네. 그 무엇보다 도시에서 부는 바람과 산골에서 부는 바람은 느낌이 달라. 이 느낌을 어찌 말로 다 나타낼 수 있겠는가.

지금은 겨울이라 텃밭에 남새가 없지만, 봄 여름 가을 내내 도시 슈퍼마켓보다 훨씬 더 싱싱한 남새가 넘쳐나지. 어데서 이런 싱싱한 남새를 돈으로 살 수 있겠는가. 긴 겨울이 지나고 봄이 오면 산과 들에 자라는 산나물과 들나물은 하늘이 내린 선물이지. 쑥, 냉이, 달래, 꽃다지, 머위, 민들레, 고사리, 취나물, 돌나물과 같은 나물이 산골 농부를 기다려 주거든.

무더운 여름에도 어지간해서는 선풍기를 틀지 않아도 된다네. 흙집이라 생각보다 아주 시원하거든. 돈을 주고 꽃을 사지 않아도 때가 되면 저절로 피는 들꽃이 곁에 있지. 비싼 돈 들여 그림 액자를 벽에 걸지 않아도 창문마다 보이는 풍경이 어찌나 좋은지 몰라.

가을이 오면 말이야. 다랑논에서 누렇게 익어 가는 벼를 바라보면 밥 안 먹어도 배가 불러. 고구마, 밤, 감, 대추, 사과, 배와 같은 먹을거리도 많아 이웃들끼리 정이 뚝뚝 묻어난다네.

우리 집에 들어올 때 마당 왼쪽에 장독대 보았는가. 된장과 간장, 고추장, 매실과 오미자 원액 들이 가득한 장독만 보아도 든든하지. 장독대 앞 감나무에 아침마다 찾아오는 산새들이 부르는 노랫소리는 어디에도 견줄 데가 없지. 산에서 내려오는 물을 그저 받아 먹으니까 수도 요금도 들지 않는다네. 자랑을 더 해야 하겠는가? 밤을 새워도 다 하지 못하는데 말이야. 자네가 지금 먹고 있

는 군고구마는 아궁이에 군불을 때고 남은 불기운으로 구운 건
데 맛이 괜찮은가? 잠자는 방이 온돌방이라 기름이나 가스를 쓰
지 않으니까 자라나는 아이들한테 조금은 덜 미안하다네.”

“서 시인, 아궁이에서 나온 군고구마 먹은 지가 50년은 지났네
그려. 참으로 오랜만에 먹어 보는 맛이구먼. 이런 맛을 ‘꿀맛’이라
하지. 자네 말을 듣고 있으니 문득 어린 시절이 생각나네. 우리 어
릴 때는 지금 자네가 하는 말처럼 그렇게 살았는데……. 어쩌다가
이렇게 아름다운 고향을 다 내팽개치고 도시로 나갔는지…….”

“그때는 모두 배고픈 시절이라 자연이고 고향이고 생각할 겨를
이 없었잖아. 자, 서두르지 말고 천천히 ‘인생의 그림’을 그려 보시
게. 어차피 도시에서 살다 죽든 산골에서 살다 죽든 선택은 자네
가 해야 하거든. 그래야 누굴 원망하지 않아. 다음에 또 들러 주
시게나. 그때는 산골 농부로 살면서 겪은 외롭고 고달픈 이야기도
자랑삼아 들려줄 테니까.”

친구를 보내고 난 뒤, 산골 농부로 살아온 날을 돌아보며 스스
로 묻고 또 물었습니다. 산골 마을 자랑거리만큼 자연 속에서 자
연을 섬기며 잘 살아왔는지? 더구나 기쁜 마음으로 일하고 기쁘
게 살아왔는지, 기쁘게 살아온 만큼 이웃을 기쁘게 하였는지?

책에서보다
자연에서

엊그제 도시 생협(생활협동조합) 활동가 모임이 있어 사람들을 만나 인사를 나누었습니다.

"저는 황매산 자락 작은 산골 마을에서 농사지으며 사는 서정홍입니다."

인사가 끝나자마자 사람들이 다가와 부러운 듯이 묻습니다.

"저도 언젠가 작은 산골 마을에 들어가서 자연과 더불어 살고 싶어요."

"저도 그래요. 작은 흙집을 짓고 텃밭을 일구며 살고 싶어요. 부질없는 욕심 내려놓고 말입니다."

"식구들과 한번 놀러 가도 되나요? 일손도 거들고 살아가는 이야기도 들으며 귀농할 준비를 하고 싶습니다."

나는 귀농할 준비를 하고 싶다는 분을 만나면 어떤 말을 해야 하나 걱정부터 앞섭니다. 왜냐하면 사람마다 생각과 처지가 다르기 때문입니다. 귀농이든 귀촌이든 도시 콘크리트 숲에서 살다가 자연이 살아 숨 쉬는 산골에 뿌리내리기까지는, 말처럼 그리 좋은 일만 기다리는 것은 아닙니다. 싫든 좋든 사람이 정붙이고 살던 곳을 떠나면, 아쉽고 불편한 게 한두 가지가 아니니까요.

더구나 귀농하려는 사람들은, 사람과 자연을 병들게 하는 농약과 화학 비료를 쓰지 않는 친환경농업을 하려고 합니다. 어떤 사람은 농약과 화학 비료는 물론 비닐과 농기계까지 쓰지 않고 농사지으려고 합니다. 이렇게 사람마다 처지에 맞는 좋은 선택을 할 수 있도록 선배로서 경험을 말해 줄 수는 있지만, 어떤 선택을 하든 함부로 간섭하지는 않습니다. 모든 사람이, 모두 다, 다르기 때문입니다.

산골 마을은 작은 다랑논과 산밭이 많아 땀 흘린 만큼 대가가 돌아오지 않습니다. 여러 가지 작물을 심고 가꾸어도 먹고살기가 빠듯하다는 말이지요.

나는 어지간하면 삽과 괭이와 호미로 농사지으려고 애씁니다. 가끔 날씨와 일정 관계로 농사일이 밀렸거나, 작물에 따라 농기계가 필요하면 이웃 사람에게 부탁을 합니다. 그러나 산밭이 워낙 작고 제멋대로 생겨 능률이 오르지 않고, 농기계 고장까지 자주 일어나는 바람에 농기계 가진 사람들이 일하기를 꺼립니다. 돈을 몇만 원 더 준다 해도 한참을 기다려야 하고, 서로 시간을 맞추기도 쉽지 않습니다. 농사는 때를 놓치면 안 되는데 말입니다.

그렇다고 비싼 농기계를 살 수도 없고, 빌려주는 곳도 있지만 거리가 멀기도 하고 다룰 줄을 몰라 걱정이 쌓입니다. 기계를 잘 다루는 사람은 가끔 빌려 쓰기도 하지만, 기계를 잘 못 다루는 사람은 아무리 가르쳐도 겁부터 먹습니다. 끔찍한 농기계 사고 뉴스나 기사를 보고 들을 때마다 남의 일 같지 않으니까요.

그리고 산밭에 배추, 땅콩, 옥수수, 고구마, 감자, 수수, 녹두와 같은 여러 농작물을 심어 놓으면 반쯤은 내 몫이 아닙니다. 멧돼지, 고라니, 너구리, 족제비 그리고 온갖 새들과 벌레들이 인정사정없이 농작물을 먹어 치웁니다. 때론 매가 날아와 귀한 암탉까지 물고 갑니다. 더구나 농약을 치지 않으니까 가는 데마다 뱀과 땅벌까지 설쳐 댑니다. 자연이 살아 있다는 것은 좋은 일이지만, 가끔은 뱀한테 물리거나 벌에 쏘여 병원에 실려 가기도 합니다. 그러니 보약 가운데 가장 좋은 보약은 '늘 조심하는 것'이라는 마을 어른신들 말씀을 새기며 삽니다.

이렇듯이 산골이라고 해서 다 좋은 일만 있는 것은 아닙니다. 사람이든 자연이든 잘 사귀면 좋지만, 잘못 사귀면 좋지 않은 일도 많이 생기기 마련입니다.

나는 비 온 다음 날, 하필이면 비탈진 언덕에 예취기 작업(풀 치기)을 하다가 미끄러져 무릎을 다쳐 두어 달 병원 신세를 지기도 하고, 아내는 뒷산에 취나물을 뜯다가 넘어져 발목뼈가 부러져 한 달 남짓 병원 신세를 졌습니다. 어떤 해에는 옻나무를 만져 온몸이 가려워 몇 주 동안 잠을 설치기도 했습니다. 이 모두 자연을 제대로 알지 못해서 일어난 일입니다.

그러나 크게 걱정하지 않아도 됩니다. 자연 속에서 농사지으며 몇 해 살다 보면 소리만 들어도 쉽게 알 수 있습니다. 스르륵 소리가 나면 아아, 내 옆에 뱀이 지나가는구나! 낫질하다가 애애앵 소리가 나면 가까이에 땅벌 집이 있겠구나! 이렇게 얼른 알아차리고 조심하면 되는 것이지요. 산골에서 살다 보니 책에서보다 자연에서 느끼고 깨달을 때가 훨씬 더 많습니다. 사람은 만물의 영장이 아니라 그저 자연 속의 한 부분이라는 것을 저절로 깨닫습니다. 자신을 낮추고 또 낮추어 늘 겸손하게 살아야 한다는 것을 깨닫지 않을 수가 없습니다.

그런데 그게 말처럼 쉽지 않습니다. 눈에 보이지 않는 '마음'이란 녀석이 바람만 불면 이리저리 흔들립니다. 그럴 때마다 다시 마음을 다잡습니다. 도종환 시인이 쓴 시처럼 "흔들리지 않고 피는 꽃이 어디" 있겠습니까?

사람 농사

해가 바뀔수록 농사지으려고 들어오는 사람(귀농)보다, 여러 가지 까닭으로 전원생활을 누리고 싶어 들어오는 사람(귀촌)이 많습니다. 귀농이든 귀촌이든 시골로 삶터를 옮기고 나면 2~3년 동안은 찾아오는 손님이 많습니다. 도시에서 인연을 맺었던 사람들이 시도 때도 없이 찾아오니까요. 어찌 사나 궁금해서 찾아오기도 하고, 식구들 데리고 놀러 오기도 하고, 가끔 일손을 거들려고 찾아오기도 합니다. 아무튼 바쁘고 고달픈 도시에서 귀한 틈을 내어 찾아오는 소중한 손님들입니다.

5월 날씨가 한여름만큼이나 무더운데 이웃집 할머니가 혼자 양파밭 김을 매면서 비지땀을 흘리고 있습니다. 한두 시간이라도 일손을 거들어 드리고 싶었지만, 내 코에서 단내가 푹푹 날 처지라 어쩌지 못하고 그냥 지나치고 말았습니다. 농사철엔 집집마다 일손이 모자라 이웃을 도울 겨를이 없고, 마음 놓고 밥 먹을 틈조차 없을 때도 많습니다.

이렇게 바쁜 농사철에 갑자기 도시에 사는 후배 부부가 놀러 왔습니다. 그런데 하루 내내 감자만 캤습니다. 우리 집에 감자 캐러 온 게 아니라 아름다운 자연 속에서 하루쯤 쉬었다 가고 싶어서 찾아왔는데 말입니다. 그것도 모르고 하루 내내 감자만 캐게 했으니 얼마나 저를 원망했겠습니까?

며칠 뒤, 후배 아내가 감자 캐고 나서 무릎과 허리가 아파 한의원과 통증의학과 병원에 다니며 큰 고생을 했다는 말을 듣고는 미안한 마음이 들었습니다. 감자를 가장 좋아한다던 후배 아내가, 이제는 감자를 보기도 싫다고 합니다. 잠시 쉬려고 찾아왔는데 생고생을 했으니 오만 정이 다 떨어졌을 것입니다. 시골 풍경이 좋아 시골에서 살고 싶다던 후배 아내가, 시골에 살고 싶은 마음이 싹 사라졌다는 말까지 한답니다.

수십 년 동안 '농사 근육'이 붙은 농부들도 몸이 고달픈데, 농사 근육도 없는 도시 손님들이 농사일을 하면 골병들기 쉽습니다. 농사일이란 똑같은 동작을 되풀이하기 때문입니다.

그 일을 겪고 나서는 찾아오는 손님들이 농사 일손을 거들겠다고 해도 말립니다(체험으로 한두 시간이야 할 수 있겠지만). 바쁜 농사철에 조금만 일손을 거들어도 큰 도움이 되지만, 그 욕심마저 버립니다. 귀한 틈을 내어 찾아온 도시 손님들이, 자연 속에서 지친 몸과 마음을 치유하고 돌아갈 수 있도록 정성을 쏟습니다. 그래야만 농부를 존중하는 마음이 저절로 일어나고, 농부들이 애써 농사지은 곡식과 과일과 채소들을 그 어떤 보약보다 귀하게 여길 테니까요.

도시 사는 사람들은 감자를 언제 심는지, 양파는 언제 뽑는지, 보리와 밀은 언제 익는지, 녹두가 익기 시작하면 날마다 따야 하는지 한 달에 한 번 따야 하는지 잘 알지 못합니다. 나도 도시에 살 때는 아무것도 몰랐으니까요. 아무튼 농촌이든 자연환경이든 농부들 힘만으로는 살릴 수 없습니다. 전체 인구의 95% 이상이 도시에서 살아가고 있으므로, 반드시 도시인들이 함께해야만 살릴 수 있습니다. 그래서 '사람 농사'를 가장 소중하게 여기는 것입니다.

그 손님
덕으로

고즈넉한 산골 마을에서 살다 보니 가끔 이런저런 인연으로 사람들이 찾아옵니다. 도시에서 일부러 틈을 내어 한두 가족이 같이 찾아오기도 하고, 학교와 도서관에서 학생들이 찾아오기도 합니다. 그러나 죽은 귀신도 벌떡 일어나 일손을 돕는다는 바쁜 농사철에 찾아오면 괜스레 몸과 마음이 바빠집니다.

그렇다고 찾아온다는 손님한테 날짜를 미루어 달라거나 오지 못하게 할 수는 없습니다. 왜냐하면 그 손님은 나름대로 바쁜 시간을 내어 일정을 잡았기 때문입니다. 도시에서 46년을 허둥지둥 바쁘게 살아온 나는, 어느 누구보다 그 마음을 잘 알고 있습니다. 그래서 특별한 일이 없을 때는 기쁜 마음으로 손님을 맞이합니다.

그러나 아내와 나도 삶이 서툴고 보잘것없는 사람인지라 바쁜 농사철에 몸과 마음이 지칠 때는, 손님맞이하는 것이 그리 편하지 않습니다. 그럴 때마다 술 좋아하고 사람 좋아하던 외삼촌 말씀을 떠올립니다.

"사람 사는 집에 사람이 자주 찾아와야지. 사람은 저마다 다른 복을 가지고 태어났거든. 사람이 찾아와야 저마다 가진 복을 서로 나눌 수 있지. 사람이 찾아오지 않으면 나쁜 귀신들이 찾아와 집안을 망치고, 자손들 앞날까지 다 망쳐."

그런데 도시 아이들이 왔다 가면 여러 가지 문제가 생깁니다. 콩밭을 밟아 엉망으로 만들어 놓거나, 장독을 깨기도 합니다. 그리고 마당에 심어 둔 꽃을 마구 꺾기도 하고, 이웃집 닭한테 돌을 던지며 괴롭히기도 합니다. 어떤 아이는 살아 움직이는 닭을, 닭으로 보지 않고 기름에 튀겨 먹는 통닭으로 보는지 친구들한테 이렇게 말합니다. "야야, 저기 통닭 봐라. 저 통통한 다리 뜯어먹으면 맛있겠다." 이런 도시 아이들을 보면 온갖 생각이 다 듭니다.

'그림책에서만 닭을 보았지, 한 번도 살아 움직이는 닭을 눈으로 보지 못한 아이들이라 그렇겠지. 그래도 그렇지, 살아 움직이는 닭한테 돌을 던지고 닭 다리를 보고 뜯어먹고 싶다니. 아무리 철없는 아이들이라 하더라도 그건 아니지. 닭도 귀가 있는데……'

도시 아이들뿐만 아니라 어른들도 마찬가지입니다. 산길에서 아버지뻘 되는 농부를 보아도 인사는커녕 담배를 물고 다니고, 남의 집 밤나무에 달린 밤을 제 것처럼 함부로 따고, 텃밭에 심어 둔 상추를 식구들 먹을 만큼 뜯어 가라고 하면 하나도 남기지 않고 다

뜯어 가고, 남의 집 방문을 자기 집처럼 열고는 구경 삼아 기웃거리고, 먹다 남은 음식과 쓰레기를 아무 데나 그냥 두고 가기도 합니다.

도시에서 찾아온 아이들이나 어른들이 다 그런 것은 아니지만, 이런 모습을 보면서 지난날 도시에서 살던 내 모습을 떠올려보았습니다. 나도 도시에서 살 때는 자연이 무엇인지, 생명이 무엇인지, 밥 한 숟가락이 어디서 나오는지도 모르고 살았지 싶어 얼굴이 달아오를 때가 한두 번이 아닙니다. 돈만 있으면 무엇이든 다 할 수 있다고 생각하면서, 함부로 살아온 어리석고 못난 내 모습이 바로 저런 모습이었겠지요.

아내와 나는 손님 찾아오는 날이 다가오면 바쁘다는 핑계로 어질러놓은 집 안팎을 정리하고, 마실 차를 준비하고, 편안하게 쉴 수 있게 감나무 아래 있는 평상을 깨끗하게 닦고, 나누어 먹을 수 있는 상추와 풋고추와 같은 먹을거리도 미리미리 챙겨 둡니다.

그리고 농부들이 사람과 자연을 병들게 하는 독한 농약을 쓰지 않고 농사지으려면, 많은 땀과 용기가 필요하다는 것도 말해주면서 논밭으로 데려갑니다. 백 번 천 번 말하는 것보다 한 번 눈으로 보는 게 오래오래 가슴에 남을 테니까요. 틈이 나면 맨발로 흙길을 밟게 하고, 흙을 한 줌 손에 쥐고 흙냄새를 맡아 보게 합니다. 귀한 시간을 내어 찾아온 손님들이 농촌에 와서 감동을 느끼고 돌아갈 수 있도록 정성을 쏟는 것이지요.

그 손님들이 다시 도시로 돌아가, 산골 마을에서 보고 듣고 겪고 느끼고 깨달은 만큼 농부를 아끼고 존중하겠지요. 농부들이 애써 농사지은 농작물을 돈으로 계산하거나 함부로 버리지는 않겠지요. 그 손님들은 하늘이 보내 주신 소중한 선물입니다. 농부들은, 오늘도 그 손님들 덕으로 기쁜 마음으로 농사지으며 살아갑니다.

몸으로
배운 대로 살고

작은 산길에 밤이 툭툭 떨어집니다. 맛있고 귀한 밤이 줍는 사람 하나 없어 이리저리 돌아다니다 썩기도 하고, 지나가는 자동차에 짓밟혀 으깨지기도 합니다.

'산골 마을에 아이들이 있으면 얼마나 좋을까? 산길에 떨어진 밤이 이리저리 돌아다니다 썩거나 자동차에 짓밟혀 으깨질 틈도 없겠지. 아이들 웃음소리를 하루 내내 들을 수 있는 그런 날이 올 수 있을까? 아이들과 함께 산길에 떨어진 밤을 줍고, 고구마와 땅콩을 캐고, 수수를 털고, 대추를 따고, 밥상에 둘러앉아 햅쌀로 밥을 지어 먹을 수 있는 그런 날이 온다면 얼마나 좋을까?'

양파 모종에 물을 주고 산길을 내려오면서 혼자 꿈같은 생각을 하는데 순남이 할머니를 만났습니다.

"할머니, 옛날에는 농기계가 없었는데 우찌 살았습니까?"

"아이고오, 힘들었제. 다 호미와 괭이로 일했으이 얼매나 힘들

있는지 몰라. 자식은 많고 시동생과 시누이에, 시부모까지 삼대가 같이 살았다 아이가. 밥상을 하루 열두 번은 더 차렸을 끼라."

"참 고생이 이만저만이 아니었겠네요. 요즘 같으면 단 하루도 못 살고 다 도망가고 말겠지요?"

"머라 카노. 하루가 뭐꼬. 단 한 시간도 못 살고 도망갈걸."

"그런데 그때는 우찌 참고 살았습니까?"

"어린 자식들 보고 살았다 아이가. 농사일과 살림살이 아무리 힘들어도 어린 자식새끼들 입에 밥 들어가는 거 보모 피로가 확 풀리지. 그라고 동네 아이들 왁자지껄 노는 소리만 들어도 힘이 절로 났다 아이가. 그때만 해도 우리 마을 사람이 100명이 넘었어야. 지금은 열댓 명도 안 되지만."

"아아, 결국은 아이들이 있어 힘들어도 참고 살았다 이거네요."

"그렇지, 아이들이 없었으모 무슨 재미로 살았겄노. 지금 생각하모 먹고살기 어려워도 그때가 더 재미있고 좋았다니까. 지금이야 오만 게 다 있고, 먹을 게 많아도 사는 재미가 없어야."

"할머니, 요즘은 먹을 게 많아도 마음 놓고 먹을 게 없어요. 아이들 서너 명 가운데 한 명이 아토피에 걸려 고생을 한다잖아요."

"그래, 맞어. 우리 손자 놈도 온몸이 가려워서 밤새 제 살을 긁어 대느라 잠을 못 잔다는구먼."

"아이들이 자연에서 멀어져서 아토피가 점점 더 많아지는 건 아닐까 하고 생각하는 분들도 있다고 해요."

"그라모 농촌에 와서 흙을 만지고 농사짓고 살모 저절로 낫겠네."

“예, 그래서 아이들과 함께 농촌으로 돌아오는 사람이 늘어난
대요.”

“흙이 보약이구만.”

“그렇지요. 할머니가 여든 해 넘도록 건강한 몸으로 농사일을
할 수 있는 힘은, 보약인 흙과 한평생 같이 살아서 그럴 거예요.”

순남이 할머니는 한평생 산골에서 농사지으며 사셨습니다. 그
러나 단 한 번도 남을 가르치려 들지 않습니다. 날마다 보약인 흙
과 함께 땀 흘려 일하고, 몸으로 배운 대로 살고, 스스로를 가르치
며 살아오셨습니다. 그 삶이 곧 참교육인 것을 하늘이 다 압니다.

미안하고
고마운 사람

아내와 나는 해마다 겨울철이면 다음 해 논밭에 무얼 심고 거둘 것인지 서로 의논하면서 '농사 그림'을 그립니다. 씨감자는 돌담 밭에 3월 중순에 심어야 하므로 3월 초순에 거름 뿌려 갈아 두어야 하고, 샘밭 녹두는 거름이 없어도 잘 자라므로 거름 걱정하지 않아도 되고, 녹두 거두어들이고 나면 양파 심을 준비하고, 개울밭 마늘은 9월 하순에 심어야 하므로…….

이 시대, 지구를 살리는 마지막 희망이라는 '가족소농'은, 사람과 자연을 괴롭히는 농약과 화학 비료와 비닐 따위를 쓰지 않고 농사지으려고 안간힘은 다 씁니다. 그래서 돌려짓기(윤작)와 섞어짓기(혼작)를 합니다. 그래야만 땅심(땅이 식물을 길러 내는 힘)이 좋아지고 수확량도 떨어지지 않으며, 병충해도 많이 생기지 않습니다. 아무튼 산골 마을엔 땅이 귀하므로 농사 그림을 잘 그려야만 땅을 잘 살려서 살림을 꾸릴 수 있습니다.

아내는 하도 자연재해가 심하고 농사일이 힘들어 양파 심을 밭을 손으로 일구지 말고 농기계를 빌려 쓰자고 합니다. 300평 남짓 되는 산밭에 거름을 뿌리고 괭이로 밭을 일구려면 부지런히 해도 사나흘은 걸립니다. 그러나 농기계로 하면 서너 시간이면 다 할 수 있습니다. 나이 들수록 편리한 농기계의 유혹에서 벗어나기가 쉽지 않습니다. 농기계를 쓰면 기름이 들고 냄새도 나고 시끄럽기도 합니다. 자연환경에 좋을 리가 없습니다. 더구나 트랙터와 같은 농기계는 값도 비싸고 한번 고장 나면 수리비도 만만찮아 살 엄두가 나지 않습니다.

그래서 마을의 농기계 가진 사람에게 땅을 갈아 달라고 부탁할 때가 가끔 있습니다. 땅을 갈 때는 새참과 수고비도 잘 챙겨 드려야 합니다. 그 무엇보다 어려운 것은 작은 논밭은 농기계 주인이 서로 하지 않으려 한다는 것입니다. 돈벌이도 안 되고, 까딱 잘못하면 농기계가 고장이 나고 위험하기도 하기 때문입니다.

산골 마을에 들어와서 오래 묵은 산밭을 빌려 개간하여 농기계를 쓰지 않고 괭이와 삽과 호미와 낫으로 농사지었습니다. 그랬더니 해가 갈수록 땅이 폭신폭신 기름져져 무얼 심어도 농사가 잘 되었습니다. 트랙터로 밭을 일구면 눈에 보이는 겉흙은 부드러워지지만, 그 아래 흙은 무거운 트랙터에 짓눌려 딱딱해집니다. 더구나 땅속에서 논밭을 갈아 주는 지렁이가 농기계에 치여 거의 다 죽어 버리니까 땅이 더욱 딱딱해지는 것이지요.

마을 할머니들이 해마다 우리 밭에 감자를 캐면서 말씀하십니다. "아이고, 땅이 숨을 쉬네야." "땅이 살았구먼. 이 집 감자 캘 때는 호미가 필요 없어야. 손으로 캐도 잘 캐진다 아이가." "지렁이가 이렇게 많은 땅은 오랜만에 보네. 이 집 감자 이름은 '지렁이 감자'라 하모 되겠다." 이런 말씀을 들으면 저절로 신바람이 납니다.

오늘도 아내와 나는 녹두밭에 마주 앉아 녹두를 땄습니다. 날마다 두세 시간은 부지런하게 따야 합니다. 마을 길가에 있는 밭이라 부지런하게 일할 수밖에 없습니다. 왜냐하면 마을 할머니들이 지나가다 까맣게 익은 녹두가 보이면 가만있지 않기 때문입니다. "야야, 우짤라고 그라노. 녹두가 까맣게 익었는데 얼릉 가서 따야지. 녹두 농사 지으려면 부지런해야제." "사람 입에 들어가는 기 무섭다니까. 어쨌등가 부지런해야 거둘 게 있어야." 이런 말씀을 듣고 나면 게으름을 피울 수가 없어 아무리 더운 날이라도 녹두를 땁니다.

아내는 비지땀을 흘리며 〈칠갑산〉 노래를 가사를 바꾸어 부릅니다. "녹두 따는 아낙네야. 온몸이 흠뻑 젖는다. 무슨 설움 그리 많아 녹두마다 눈물 심누나." 아내 노랫소리를 들으면서 문득 녹두장군이 떠올랐습니다.

새야 새야 파랑새야
녹두밭에 앉지 마라.
녹두꽃이 떨어지면
청포장수 울고 간다.

나도 모르게 이 노래를 흥얼거리는데 가슴이 먹먹해졌습니다.
'녹두꽃이 녹두장군이라면 청포장수는 힘없고 가난한 백성들이겠
지. 그래서 녹두꽃이 떨어지면(죽으면) 청포장수가 통곡을 한다는
거겠지.' 이런 생각을 하며 아내를 보았습니다. 얼굴이 햇볕에 익
어 빨갛고 이마에 땀은 비 오듯이 흘러내립니다. 참 미안하고 고맙
습니다. '가난하고 철없는 사내를 만나 이런 고생을 다 하는구나!'
생각하니 어찌 미안하고 고맙지 않겠습니까?

팔순 잔치에
보낸 선물

아끼는 고향 후배 '아버님 팔순 잔치' 초대를 받았습니다. 집에서 햅쌀밥에 된장찌개 끓여서 소박하게 잔치를 준비한다며 꼭 참석해 주면 좋겠다고 합니다. 그 말을 듣고는 기쁜 마음으로 일정을 살펴보았습니다. 그런데 하필이면 그날이 도시 학생들이 농촌 체험 하러 오는 날이라 가지 못하게 되었습니다. 미안한 마음으로 축하 편지와 녹두와 참깨를 고이 싸서 택배로 보내 드렸습니다.

아버님, 그동안 잘 지내셨습니까? 먼저 마음을 다해 팔순을 축하드립니다. 이날까지 아무 탈 없이 건강한 모습으로 저희들 곁에 계셔서 생각만 해도 마음 든든합니다. 무엇보다 힘들고 어려울 때마다 기댈 언덕이 되어 주신 아버님께 어찌 은혜를 다 갚을 수 있겠습니까? 그런데 바쁘다는 핑계로 자주 찾아뵙지도 못하고, 더구나 팔순 잔치에도 일정이 있어 못 가게 되어 무어라 드릴 말씀이 없습니다.

작은 정성이지만 비탈진 산밭에서 아내와 같이 농사지은 녹두와 참깨를 보내 드립니다. 비록 돈으로 따지면 몇 푼 안 되겠지만, 산골 농부의 작은 정성이라 여기고 받아 주시면 고맙겠습니다.

녹색 콩인 녹두는 100가지 독을 풀어 주는 명약이라 불릴 만큼 해독 작용이 뛰어나다고 합니다. 혈액 속에 있는 독소를 밖으로 내보내어 혈액의 흐름을 원활하게 하고, 신장 기능을 튼튼하게 해 주어 이뇨 작용이 잘 되도록 한답니다. 때때로 녹두밥이나 녹두죽을 드시면 피로를 푸는 데도 좋다고 합니다. 그러나 녹두는 성질이 찬 식품이라 몸이 찬 분은 많이 드시면 안 되며, 해독 작용이 뛰어나기 때문에 한약을 드실 때도 조심해야 한답니다.

참깨는 고혈압 예방에 효과가 큰 오메가3 지방산이 있으며, 항암 효과도 있다고 합니다. 더구나 대장을 부드럽게 하여 변비를 없애 주고, 위 점막을 보호한답니다. 사람들이 회를 먹을 때 참기름에 찍어 먹는 까닭은, 참기름이 식중독을 예방하는 효능이 있기 때문이랍니다.

아버님, 별것도 아닌 농산물을 팔순 잔치에 보내면서 자랑만 늘어놓았습니다. 아버님도 젊은 시절에 농사를 지어서 아시겠지만, 농부들은 농산물이 곧 사람을 살리는 보약이라는 마음으로 농사를 짓습니다.

아버님, 날이 갈수록 도시에서 살던 사람들이 농촌으로 삶터를 옮기고 있습니다. 저도 황매산 자락 작은 산골 마을에 들어와 젊은 사람들과 '열매지기공동체'를 만들어 사람과 자연을 괴롭히는 독한 농약과 화학 비료와 비닐을 쓰지 않는 유기농업을 하며 살고 있습니다.

옛날엔 다 이렇게 살았는데, 어찌 이게 자랑거리가 되겠습니까? 그래도 자연환경을 살리려고 힘든 농사일을 묵묵히 하고 있는 젊은 농부들을 보면 참으로 뿌듯합니다.

아버님, 언제까지나 저희 곁에서 늘 든든한 언덕이 되어 주시기 바라며 틈을 내어 꼭 찾아뵙겠습니다. 다시 한번 팔순을 축하드리며 이만 줄입니다. 산골 농부 서정홍 드립니다.

택배를 보내고, 이틀 뒤에 아버님한테서 전화가 왔습니다.

"이 사람아, 이 늙은이가 무어 좋다고 편지와 귀한 선물까지 보내셨나? 여태 살면서 이렇게 귀한 선물은 처음 받아 보았다네. 돈으로 따질 수 없는 선물이지. 고마우이. 틈을 내어 식구들 다 데리고 꼭 찾아오시게나. 마산에는 바다가 있어 회가 싱싱하다네. 내가 한턱낼 테니까."

오전 내내 산밭에서 김을 매다 돌아와 고달픈 몸으로 전화를 받았습니다. 갑자기 힘이 솟고 사는 맛이 납니다. 산골 농부가 흘린 땀을 귀하게 여겨 주시는 아버님 마음을 가슴에 품고 잠시 하늘을 우러러보았습니다. 오늘따라 하늘이 너무 맑아 눈이 부십니다.

귀한
보물

스무 해 내내 한 해도 거르지 않고 산밭을 일구어 감자를 심습니다. 첫째는 아내가 가장 좋아하므로, 둘째는 이웃들과 나누어 먹기 쉬우므로, 셋째는 오래 두고 먹을 수 있으므로, 넷째는 소화가 잘 되어 아이고 어른이고 다 좋아하므로, 다섯째는 다른 작물보다 병해충에 강해 농사짓기 수월하므로, 여섯째는 여러 가지 음식을 만들 수 있기 때문입니다. 감자밥, 감잣국, 감자부침, 감자찌개, 감자볶음 그리고 삶아 먹을 수도 있고 구워 먹을 수도 있습니다.

나는 감자 꽃을 가장 좋아합니다. 그래서 씨감자 심어 놓고 하얀 감자 꽃이 피기를 마냥 기다립니다. 혼자 감자밭에 앉아 감자 꽃을 바라보고 있으면 어쩐지 마음이 편안해지고, 하찮은 욕심마저 사라집니다. 그리고 감자 한 알 한 알 귀한 보물처럼 여기던 어머니 생각이 납니다.

　내 나이 스물에 돌아가신 어머니를 생각하며, 해마다 6월 하지 무렵이면 감자를 캐러 갑니다. 새벽 4시쯤 일어나 몸을 풀고 호미와 오리궁둥이(앉아서 일할 때 쓰는 의자)를 챙겨서 산밭으로 가면 어렴풋이 앞이 보입니다.

　감자는 도 닦는 마음으로 천천히 조심스럽게 캐야 합니다. 손목에 힘이 없거나 조금만 딴생각을 해도 호미에 찍힙니다. 크고 좋은 감자가 호미에 많이 찍히는 날은 이런 생각이 듭니다. '팔 생각만 하지 말고 이웃들과 나누어 먹으라는 뜻이겠지.' 이렇게 스스로 위로하면서 감자를 캡니다.

　감자를 캐서 20~30분 남짓 두둑 위에 올려놓고 물기를 말린 다음 호미에 찍힌 감자, 굼벵이가 파먹은 감자, 너무 작거나 못생긴 감자, 햇빛을 받아 한쪽이 새파랗게 변한 감자를 가려냅니다. 이렇게 상품(?)이 안 되는 감자를 가만히 보고 있으면 어쩐지 마음이 짠합니다. 먹는 데는 아무런 지장이 없는 감자를 이런저런 까닭으로 가려내려니 어찌 마음 편할 리 있겠습니까?

　아무튼 귀한 딸 시집보내듯이 감자 한 알 한 알 흙을 털고 택배 상자에 넣습니다. 도시 사람들과 마음을 나누고 싶어 감자 상자 안에 시가 있는 편지도 한 장 넣습니다. 산골 농부가 쓴 서툰 글이지만, 바쁜 삶을 돌아보면서 잠시나마 여유를 찾는다면 얼마나 좋을까요?

농부 마음

삼월, 얼었던 땅이 풀리자
얼씨구 기다렸다는 듯이
산밭을 일구어 씨감자 심고

사월, 감자 싹이
고루고루 잘 올라오도록
아침저녁으로 기운을 불어넣고

오월, 하얀 감자 꽃이 피면
이때다 싶어
감자알 굵어져라 북주기를 하고

유월, 땡볕 아래 비지땀 흘리며
감자를 캐어 택배 보내 놓고
어찌나 마음 설레는지요

도시 집집마다 감자 삶는 냄새
식구들 둘러앉아 모여 감자 먹는 모습
생각만 해도 흐뭇합니다

황매산 기슭 작은 산골 마을, 고요한 산밭에서 행복하게 자란 감자입니다. 아내와 제가 행복한 마음으로 감자를 심고 가꾸었으므로 감자도 행복하게 자랐습니다. 저희는 사람과 자연을 살리느라 스무 해 내내 농약과 화학 비료를 쓰지 않았습니다. 그래서 건강한 땅에서 자연의 기운을 그대로 받고 자랐습니다. 맑은 날은 따뜻한 햇볕을 받고, 비가 내리면 비를 맞으며, 새소리, 풀벌레 소리, 바람 소리 들으며 자랐습니다. 더구나 두둑에 비닐을 쓰지 않아, 감자가 단단하여 오래 두고 드실 수 있고 맛과 영양이 뛰어날 것이라 생각합니다.

상자 안에는 음식에 따라 고루고루 쓸 수 있도록 크고 작은 감자가 섞여 있습니다. 저희는 관행농법(농약과 화학 비료와 비닐을 사용하는 농법)으로 키운 감자와 견주어 값을 정하지 않습니다. 농부들 스스로 생산비를 계산하여 값을 정한 것이오니, '서로'를 살리는 정당한 값이라 여겨 주시고 맛있게 드시면 고맙겠습니다. 해마다 이런 마음을 알고 감자를 주문해 주신 여러분께 온 마음 다해 고마운 인사를 드립니다.

그래도 사람만이
희망이라

"아아, 알립니다. 여름 휴가철을 맞이하여 마을 청소를 하고자 합
니다. 아침 일찍 드시고, 청소 도구를 가지고 6시까지 마을회관 앞으
로 한 분도 빠짐없이 모여 주시기 바랍니다."

오늘 오전에는 생강밭에 김을 매려고 마음먹었는데, 갑자기 마
을 청소라니? 농사일이든 마을공동체 일이든 날씨에 따라 정하므
로, 마을 사람들에게 일일이 물어보고 결정할 수는 없습니다. 그
러므로 아무리 자기 집 농사일이 바쁘다 하더라도 마을공동체 일
부터 먼저 해야 합니다.

6시도 되기 전에 벌써 마을 어르신들이 예취기와 낫으로 풀을
베고, 할머니들은 앉아서 풀을 뽑거나 여기저기 비질을 하고 있습
니다. 나는 조금 늦게 닿아 미안한 마음으로 더욱 부지런히 마을
길과 개울 둘레 풀을 쳤습니다. 그리고 도시 사람들이 틈틈이 찾

아와 함부로 버리고 간 담배꽁초, 술병, 음료수병, 병뚜껑, 비닐, 과일 껍데기 따위를 치우면서 문득 이런 생각이 들었습니다.

'언제까지 도시 사람들이 함부로 버리고 간 쓰레기를 농부들이 치워야 하나. 칠팔십 어르신들은 이른 새벽부터 다랑논에서 김매느라 비지땀 줄줄 흘리는데 말이야. 한 해, 한두 시간이라도 농사일 거들지는 못할망정 가져온 쓰레기라도 가져가면 얼마나 좋으랴.'

우리 마을 육각정은 참나무 숲 사이에 있고, 바로 옆에 큰 개울이 있어 쉬어 가기 참 좋습니다. 그래서 여름 휴가철이 아니더라도 도시 사람들이 찾아와 쉬었다 갑니다. 마을 어르신들은, 비지땀 흘리며 청소하면서도 수십 년 내내 아이들 그림자조차 볼 수 없는 산골에 찾아와 준 것만으로도 고맙다고 합니다. 그 고운 마음은 어디서 나오는 걸까요?

나는 육각정 둘레에 누가 버렸는지조차 알 수 없는 낡은 소파와 유리병 따위를 짐차에 가득 싣고, 재활용센터에 갖다주었습니다. 소파 하나 버리는 데 4,000원을 달라고 하여, 2개 8,000원 주었습니다. 도시 사람이 버리고 간 소파를 돈까지 주고 버려야 하다니!

아무튼 여름 휴가철이면, 우리나라 산과 강과 바다는 도시 사람들로 북적거리겠지요? 그이들이 쉬었다 간 곳에는 온갖 쓰레기로 가득하겠지요? 마을 어르신이 쓰레기가 많은 까닭은 쓰레기 같은 인간이 많이 다녀갔기 때문이라 했습니다. 그 말씀을 들으면서 쓰레기 더미에 깔려 악취를 뿜어 대는 내 모습을 보았습니다. 도시에서 아무 생각도 없이 함부로 쓰고 버리며 살던 못된 버릇이 산골까지 따라왔으니, 어찌 악취가 나지 않겠습니까?

우리나라 산골마다 흙(고향)을 버리지 않고 살아가는 늙으신 농부님들이 있습니다. 천성이 모질고 독하지 못한 덕(?)으로, 가난한 부모 만나 잘 배우지 못한 덕(?)으로, 한평생 농사만 지으며 살아가는 농부님들이 있습니다. 농부님들이 없다면 어찌 우리가 생명이 깃든 밥상을 차릴 수 있겠습니까? 어찌 이 나라 경제가 이만큼 성장할 수 있었겠습니까?

참된 휴식이란 해야 할 일을 하지 않고 그저 쉬는 것이 아니라, 마땅히 해야 할 일을 하는 것입니다. 자기 안에서 휴식을 찾지 못하고 남 따라 장에 가듯이 사는 사람이 많습니다. 농촌(자연)을 마치 '관광 코스'처럼 여기고, 여기저기 돌아다니며 갖가지 쓰레기를 버리고 가는 사람이 많습니다.

목적도 없이 여기저기 돌아다니는 만큼 쓰레기를 많이 버려야 할 테고, 지구 온난화로 자연재해는 더욱 늘어날 것인데 어디서부터 희망을 찾아야 할까요? 아니, 갈수록 돈과 편리함에 길들여지는 우리에게 희망이 있을까요?

잊지 않겠습니다

사람은 누구나 남의 덕으로 삽니다. 아무리 똑똑하고 돈이 많은 사람이라 하더라도 혼자 살 수는 없으니까요. 농부인 내가 고작 할 수 있는 일은 농작물을 심고 가꾸는 일입니다. 그것도 2,000평쯤 되는 산밭에 곡식을 가꾸고 300평쯤 되는 언덕에 심은 두릅, 엄나무, 감나무, 대추나무, 뽕나무, 매실나무, 보리수나무 들을 돌보는 일입니다.

내가 사는 17평짜리 작은 흙집 한 채 지을 때도 '내 손'으로 한 게 거의 없습니다. 집을 지을 때 필요한 벽돌, 나무, 철재, 타일, 전기선, 구들, 호스, 못, 볼트, 너트와 같은 수백 가지가 넘는 부속품도 돈을 주고 샀을 뿐입니다. 그렇다고 돈만 있다고 집을 지을 수 있는 것은 아닙니다. 빈집을 허물고, 터를 다지고, 기초 공사를 하고, 기둥을 세우고, 벽돌을 쌓고, 지붕을 덮고, 구들을 놓고, 전기선을 깔고, 타일을 붙이고, 돌담을 쌓고, 감나무 아래 평상 하나 만드는 일까지도 다른 사람 손길이 없었다면 엄두도 못 냈을 것입니다.

그뿐이 아닙니다. 날마다 쓰는 호미와 괭이 같은 농기구조차 내 손으로 만들지 못합니다. 그래서 아침에 일어나 옷 입을 때, 신문 볼 때, 밥 먹을 때, 산길 걸을 때, 산밭에서 일할 때, 집에 돌아와 편안하게 쉴 때, 저녁 먹고 책을 읽거나 음악을 듣다가 잠자리에 들 때…… 사람답게 살 수 있게 해 준 모든 것에 고마운 마음 잊지 않으려고 합니다. '내 손'으로 한 게 거의 없는데도 이렇게 많은 것을 누리며 살 수 있다니! 어찌 고마운 마음이 들지 않겠습니까?

도시 삶을 정리하고 작은 산골 마을에 뿌리내리기까지 어려움이 참 많았습니다. 더구나 천수답(비가 와야만 모를 내고 기를 수 있는 논)을 빌려 농사를 지으려니 여간 힘들고 어려운 게 아니었습니다. 한 해 쓸 거름조차 마련하지 못해 걱정이 이만저만이 아니었지요.

마음이 간절하면 하늘이 돕는다고 하지요. 한번은 내가 거름 걱정을 하고 있는 줄 알았다는 듯이, 사천에 사는 흙사랑농장 강기갑 선배님(전 민주노동당 국회의원)이 큰 짐차에 거름을 가득 싣고 캄캄한 밤에 찾아왔습니다.

"아니, 선배님! 한밤중에 이 먼 곳까지 어인 일인지요?"

"산골에 뿌리를 내렸다기에 어찌 살고 있나 둘러보고, 농사지으려면 거름이 있어야 할 것 같아 싣고 왔네그려."

"아무리 그래도 그렇지. 지금 밤 10시가 넘었는데 피곤한 몸으로 운전하시다 사고라도 나면 어쩌시려고요?"

"좋은 일은 생각날 때 바로 해야지. 자꾸 미루다 보면 언제 하게 될지 모르겠더라고."

"어쨌든 이 고마운 은혜를 어찌 다 갚아야 할지요?"

"어허, 은혜라니! 농사 선배로서 당연히 해야 할 일인 것을."

지난 6월, 산밭에서 감자 캐던 날이었지요. 고성에 사는 성마리오농장 김성호 선배님이 찾아왔습니다.

"선배님, 이곳을 어찌 알고 찾아오셨습니까?"

"농민회 사무실에 주소를 물어보고 찾아왔구먼."

"자동차도 없이 버스를 타고 여기까지?"

"어어, 쓸데없는 소리 말고 시원한 물이나 한잔 주게. 이른 아침에 집을 나와 버스 몇 번 갈아타고 왔더니 목이 마르구먼."

"아직 몸도 성치 않은데……."

"이 사람아, 몸은 움직여야 낫지. 병은 가만있으면 더 심해져. 그건 그렇고 집도 없고 땅 한 떼기 없이 산골에 뿌리내리려면 돈이 필요하지. 첫해는 이것저것 사야 할 것도 많거든. 문득 옛날 생각이 나서 보태 쓰라고 몇 푼 가져왔으니 그냥 받아 주게."

선배님은 아픈 몸으로 버스를 몇 번 갈아타고 찾아와서는, 달랑 물 한잔 마시고는 돌아갔습니다. 선배님이 주고 간 봉투를 열어 보니 몇 달 생활비 하고도 남을 돈이 들어 있었습니다. 교통비조차 없어 사람을 만나지도 못하고 살던 때라, 얼마나 큰 보탬이 되었는지 모릅니다.

　오늘 이날까지 쓸데없는 욕심 부리지 않고 농부로 살아온 힘은, 한평생 나누고 섬기며 살아온 선배님들 덕입니다. 내가 편리하게 쓰는 모든 것을 만들어 준 사람들 덕입니다. 그래서 고마운 마음 잊지 않으려고 합니다. 그 마음 잊지 않아야만 잿빛으로 가득한 세상이 환해질 테니까요.

못생긴
감자만 남아

　가까운 이웃 마을에 여든 살 동갑내기 할머니와 할아버지가 살고 계십니다. 산골에서 한평생 농사지어 딸 셋, 아들 셋 키우느라 가까운 바다 여행 한번 가지 못했습니다. 두 분 모두 찢어지게 가난한 집안에서 태어나는 바람에, 한글을 쓰거나 잘 읽지도 못합니다. 그런데도 아들딸들이 대학까지 졸업할 수 있도록 뒷바라지를 다 했습니다. 덜덜거리는 낡은 경운기 하나로 논 열 마지기, 밭 다섯 마지기를 다른 사람 손 빌리지 않고 두 분이 여태 농사지었습니다.

　그런데 지난해, 갑자기 할머니가 쓰러져 혼자서는 밥을 못 드시고 대소변도 할아버지가 돕지 않으면 누실 수가 없게 되었습니다. 그 뒤로 할아버지가 저를 만나면 가끔 가슴속에 쌓인 이야기보따리를 풀어놓습니다.

　"도시에 사는 자식들은 병든 할멈을 자꾸 요양원에 보내자 하네그려. 나는 그럴 때마다 절대 요양원에 보낼 수가 없다고 화를 벌컥 낸다네. 이렇게 깊은 산골에 나 하나 믿고 시집왔는데, 병들 었다고 요양원에 보내고 나모 우찌 밥을 먹고 잠을 잘 수 있겠는 가? 요양원, 말이 요양원이지. 한 번 가면 두 번 다시는 집에 돌아 올 수 없다는 걸 다 알고 있는데, 그걸 알면서 할멈을 그곳에 보내 면 내가 천벌을 받지, 천벌을 받아. 그러니까 다시는 내 앞에서 요 양원 같은 소리 꺼내지도 말라고 큰소리를 지른다네.”

할머니가 자리에 눕자마자 할아버지는 한평생 제 몸같이 살피 고 돌보던 논밭을 이웃들한테 다 물려주었습니다. 오늘 낮에 이웃 들은 감자밭으로 마늘밭으로 가고 없는데, 담벼락 아래 할아버지 홀로 앉아 담배를 피우고 계셨습니다.

“할아버지, 왜 혼자 나와 계십니까? 할머니는 조금씩 나아지시 는지요? 맛있는 거 사 들고 자주 찾아뵙는다는 게 마음먹은 대로 잘 안 됩니다. 말만 이웃사촌이지, 아무런 도움도 되어 드리지 못 해 정말 무어라 드릴 말씀이 없습니다.”

“이 사람아, 무슨 말을 그리 하시나. 농사일 바쁜데 이렇게 마 음 써 주는 것만 해도 고맙네그려. 마을 사람들이 잘 알다시피 큰 아들은 서울에서 세금 받아먹고 사는 공무원이지. 큰딸은 부산 에서 중학교 선생 하고 있어야. 그리고 둘째 딸은 도회지에서 옷 장사 한다고 맨날 바쁘다 바쁘다 하지. 한 달에 한두 번이 아니라 1년에 한두 번도 잘 안 와. 맨날 맨날 그리 바쁜데 병든 제 어미 생 각이나 하겠는가? 돈만 뜯어 갈 줄 알지.”

"할아버지, 그래도 마산에 사는 작은 아드님은 자주 와서 집안일을 돕잖아요."

"우리 작은아들 녀석은 고등학교 졸업하자마자 작은 공장에 들어가서 여태까지 일하고 있다네. 그 아들이 쉬는 날만 되면 찾아와서 제 어미 보살펴 주고 크고 작은 집안일까지 다 해 준다네. 얼마나 다행인가. 집집마다 못 배운 자식이 효도한다는 말이 그냥 나온 말이 아닐세. 등골 빠지게 농사지어 자식들 대학 보내고 뒷바라지 해 봤자 남는 게 없네그려. 오늘도 마을회관에서 노인네들이 모여 넋두리를 늘어놓더구먼. 요즘 학교에서는 효자를 안 기르고 불효자식만 기른다고."

할아버지 푸념을 들으며 문득 '굽은 나무가 선산을 지킨다'는 말이 떠올랐습니다. 어찌 못생긴 나무만 그렇겠습니까? 우리 산밭에서 캔 잘생긴 감자는 모두 도시에 팔려 나가고, 호미에 찍히고 벌레에 먹힌 못생긴 감자만 남아 농부를 지키고 먹여 살립니다.

찜질방
가는 날

바쁜 농사철이 다가오기 전에 황토 찜질방에 갑니다. 마을 아지매들 모시고 갑니다. 아내가, 마을 아지매들이 걸을 수 있을 때 한 번이라도 더 찜질방에 모시고 가고 싶다며 오늘 날짜를 잡았습니다. 아침 9시 30분에 우리 집 앞에서 만나기로 했는데, 9시가 되기도 전에 거의 다 모였습니다.

한 해 두어 번 찜질방에 갈 때마다 찰밥도 하고, 식혜도 만들고, 떡도 하고, 나물과 미역국까지 끓여 갑니다. 아지매들은 모두 잔칫날처럼 마음이 들떠 있습니다. 무엇이 그리 좋은지 주름진 얼굴마다 웃음꽃이 활짝 피었습니다. 산골 마을에 살다 보니, 이런 게 진짜 잔치구나 싶습니다.

"어젯밤엔 이상하게 잠이 안 와야. 오랜만에 찜질방 간다니까 좋아서 그런가. 잠이 와야 잠을 자지."

"니도 잠이 안 오더나. 나도 마음이 설레서 잠이 안 오더라니까."

일흔이 넘은 아지매들이 주고받는 말씀을 가만히 듣고 있으면, 내가 저절로 순해지고 착해집니다.

이제 다 모였습니다. 이런저런 이야기를 나누며 고물 짐차에 여섯 분, 승용차에 다섯 분, 한 자리도 빠짐없이 옹기종기 타고 찜질방으로 갔습니다. 아내는 지난해처럼 찜질방 주인부터 만났습니다.

"사장님, 저희는 황매산 산골에서 왔습니다. 지난해에도 왔는데 기억하실지 모르겠습니다. 산골 아지매들 모시고 소풍 삼아 도시락을 싸 왔는데, 여기서 점심을 먹어도 되겠습니까? 먹는 음식을 가져오면 안 되는 줄 알면서 이런 부탁을 드려 죄송합니다."

참 다행스럽게도 찜질방 사장님이 괜찮다고 하셨습니다. 더구나 찜질방에서 운영하는 식당에 자리까지 내주시는 바람에 아주 편안하게 점심을 먹을 수 있었습니다. 고달픈 세상살이에 이렇게 고운 사람을 만나면 살맛이 절로 납니다.

사철 내내 하루도 빠짐없이 어르신(할아버지) 세 끼 밥상을 차리던 아지매들은, 점심을 드시고서도 집에 갈 생각을 하지 않습니다. 무엇이 그리 좋으신지 웃음이 끊이질 않습니다.

"나는 오늘, 우리 영감한테 찜질방 간다고 말했어야. 말하기가 무섭게 따라올라고 하는 걸 겨우 달랬다니까."

"내야 뭐 영감 죽고 없으니 그런 걱정은 없구먼."

"찜질방에 한 번 왔다 가모 욱신거리던 무릎과 허리가 덜 아프다 아이가."

"그래그래, 농사일이야 죽어야 끝이 나지. 다음 달에도 또 올까?"

"사는 거 별거 있나. 이리 모여 밥 묵고 살믄 되지."

아지매들은 여태 살아온 이야기와 살아갈 이야기를 나누느라 시간 가는 줄 모릅니다. 오후 4시가 넘어서야 찜질방에서 나와, 다시 짐차와 승용차에 나누어 탔습니다.

"찜질방에 다녀왔더니 10년은 더 젊어진 것 같네. 기분도 좋고 하니 노래 한 자락 뽑아 보거래이."

"맞다, 맞어. 노래 한 자락 뽑아 보자. 누가 먼저 해 보거래이."

내 뒤에 앉은 우동 아지매가 "해당화 피고 지는 섬마을에 철새 따라 찾아온 총각 선생님……" 흘러간 옛 노래를 부릅니다. 목소리가 어찌나 햅쌀밥처럼 구수한지 가만히 듣고만 있어도 기분이 좋습니다. 옆에 앉아 있던 장대 아지매도 한 곡 부릅니다.

"야 야 야 내 나이가 어때서 사랑에 나이가 있나요. 마음은 하나요 느낌도 하나요. 그대만이 정말 내 사랑인데 눈물이 나네요. 내 나이가 어때서 사랑하기 딱 좋은 나인데. 어느 날 우연히 거울 속에 비춰진 내 모습을 바라보면서 세월아 비켜라. 내 나이가 어때서 사랑하기 딱 좋은 나인데."

찜질방 가는 날은, 농사 걱정과 세상 걱정까지도 다 내려놓을 수 있습니다. 그리고 사람 관계가 서툴러 혼자 상처받고 움츠려 있던 '나'를 가만히 내려놓을 수 있습니다.

3부

세상이 아프면
우리도 아프다

산골 마을
겨울 풍경

새해가 밝아 온 지 보름이 지났는데도 여전히 산골 마을회관 문은 굳게 닫혀 있다. 지난해, 가을걷이 마무리할 무렵에 농사일에 지쳐 말할 힘도 없다는 샘골 할머니가 푸념을 늘어놓으며 하신 말씀이 생각난다.

"이놈의 농사일은 죽어야 끝나지. 끝이 없는 자식 농사하고 똑같은 기라. 얼릉 땅이 꽁꽁 얼어붙어야 쉬지. 안 그라모 우찌 쉬겠노."

산골 할머니들이 죽자 사자 일할 수 있는 힘은 어디서 나오는 걸까? 그나마 마음 놓고 쉴 수 있는 겨울이 있기 때문이리라.

산골 할머니들은 겨울이면 집집마다 아궁이 장작불 때 놓고, 아픈 몸 이끌고 마을회관에 모인다. 수다도 떨고, 떡국과 호박죽도 끓여 먹고, 〈6시 내 고향〉도 보고, 가벼운 험담(?)도 늘어놓으며 지낸다. 그런데 지난해부터 지금까지 코로나19로 마을회관 가까이도 못 가고 있다. 오갈 데가 없어진 것이다. 참으로 안타깝기만 하다.

도시에 사는 친구한테 전화가 왔다.

"정홍아, 산골은 코로나19랑 아무 상관 없제. 물 좋고 공기 맑은 데서 사는 자네가 부럽네. 좁은 아파트에 갇혀 꼼짝도 못 하고 있으니까 자네 생각이 절로 나네그려. 나도 시골로 내려가야 하나 고민 중이라네."

나는 이런 전화가 올 때마다 비슷한 대답을 한다.

"무슨 소리고. 도시가 힘들모 산골도 힘들다. 더구나 자식들이 다 도시에 사는데 우찌 마음이 편하겠노. 마을 어르신들은 코로나19로 자식들도 집에 오지 말라고 하지. 다른 지역 사람들은 아예 오지 말라고 펼침막까지 붙여 놓은 마을도 많다니까. 산골도 사람 사는 곳인데, 자식이든 친구든 찾아오는 사람이 있어야 살맛이 나제. 도시보다 조금 덜할 뿐이지, 세상 사는 거 다 비슷하다네. 세계화 시대라 코로나19고 미세먼지고 피할 길이 없다네. 기후 변화에서 기후 위기라는 말까지 쓰는 세상이잖아."

이런 대답을 푸념 삼아 해 놓고 전화를 끊고 나니 어쩐지 쓸쓸했다. 어쩌다 이런 세상이 왔을까. 지난해를 돌아본다. 1월은 역대 가장 따뜻한 달, 2월과 3월은 고온 현상, 4월은 낮은 기온이 이어지면서 역대 가장 쌀쌀했고, 6월은 7월보다 더웠다. 50일 넘게 이어진 장마로 고추는 탄저병이 들어 다 뽑아내고, 생강은 뿌리가 썩어 수확도 하지 못했다.

"야야, 이런 일은 태어나서 처음이다야. 마스크 쓰고 살아야 하

는 코로나도 처음이지만, 콩이고 팥이고 농사가 이리 안 되는 해
는 처음인기라."

지난해, 여든한 살인 느릿재 할머니가 하신 말씀이 생각난다.
지구촌 전체가 통제 불가능한 자연재해에 시달리고 있는 것이다.
아내와 산길을 걸으며 알 수 없는 두려움이 밀려온다.

"여보, 올해는 내가 좋아하는 감자를 심을 수 있을랑가? 아이
들 좋아하는 옥수수와 땅콩도 심어야 하는데?"

늘 잘 웃고 어떤 일이든 긍정적인 아내는 별것도 아니라는 듯이
대답을 한다.

"그리 예민해 가지고 우찌 살라고 그라요. 아직 봄이 오려면 한
참 멀었는데 벌써 농사지을 생각을 하요. 고마 내일 일은 내일 생
각합시다요."

아내 말대로 내가 다른 사람보다 예민한 건가? 예민한 사람들
은 자기 성격에 주의를 기울이면, 예민하지 않은 사람보다 자기 일
을 더 잘 성취해 낼 가능성이 높다고 한다. 제발 그랬으면 좋겠다.
좋고말고.

남자라는
이름으로

엊그제 설날 아침에 아내와 둘이서 차례를 지냈다. 도시에 사는 자식들한테 오지 말라고 했다. 산골 마을에는 나이 드신 어르신이 많아 혹시라도 코로나19에 걸려 안타까운 일이라도 생기면? 귀농한 지 16년이나 지났지만 산골 어르신들이 보기에는 아직도 '도시에서 들어온 놈'이다. 백 번 잘하다가 한 번 잘못해도 "들어온 놈은 어쩔 수 없다"는 말을 듣기 쉽다. 나쁜 감정으로 하시는 말씀은 절대 아니다. 만일 그렇다 하더라도 오랫동안 이곳에서 뿌리내리며 살고 계신 어르신들 말씀이라 잘 새겨들어야 한다.

코로나19가 아무리 지독하다 해도 사람이 움직이지 않으면 끝나는 것이다. 그런데 사람이 많이 움직이는 설에 혹시라도 마을 어르신 가운데 누가 코로나19라도 걸리면 '비상사태'가 일어날 것이다. 그러니 한평생 후회할 일을 만들고 싶지 않아 자식들도 오지 말라고 하는 것이다.

복잡한 도시에 살 때는 이웃집에 누가 사는지 모르고도 살아갈 수 있었지만, 산골에서는 이웃이 없으면 살 수가 없다. 두 번 다시는 안 볼 것처럼 다투고도 어린아이처럼 금방 친해지는 까닭은 서로 기대어 살 수밖에 없기 때문이다. 바쁜 농사철엔 죽은 귀신 손이라도 빌리고 싶은데, 사람 손은 얼마나 귀하겠는가. 더구나 고된 일은 여럿이 함께하면 몇 배로 능률이 오른다. 농사철이 아니더라도 마을 잔치를 하거나 마을회관에서 밥을 나누어 먹을 때도 함께해야만 한다. 올해처럼 눈이 많이 내리는 해는 한두 사람이 어찌 그 많은 눈을 치울 수 있겠는가. 함께하기에 가능한 일이다.

그런데 '함께'라는 말 속엔 여성들의 땀이 훨씬 많다. 농기계 쓰는 일이야 대부분 남자들 몫이지만, 여성들은 그 밖에 자잘한 집안일에 밭일까지 해도 해도 끝이 없다. 어떤 행사나 모임 때, 음식을 준비하는 일이나 먹고 난 그릇을 치우는 일도 여성들이 다 한다. 열일곱 살에 산골에 시집와서 나이 여든이 넘도록 돈 한 푼 만져 보지 못한 할머니도 있고(돈 관리를 남자가 하니까), 무릎이 닳아 다리를 절룩거리면서도 농사일로 병원에 갈 엄두를 내지 못하는 할머니도 계신다.

나는 가끔 이런 생각을 한다. '유모차乳母車'를 '아기차'라 하면 안 될까? 아기는 누구나 돌보아야 하니까. '남녀'를 '여남'으로, '남녀평등'을 '여남평등'이라 하면 안 될까? '남' 자를 꼭 앞에 써야만 할 까닭이라도? 처가는 그냥 '처가'라 하는데 왜 시가는 '시댁'이라 하는가? 그냥 처가, 시가라 하면 안 되는 걸까? 꼭 외할머니와 친

할머니로 나누어야 하는가? 살고 계신 지역을 따서 합천 할머니, 당진 할머니라 하면 되는데? 남성을 우월하게 만드는 말, 말, 말들이 언제부터 나를 그 안에 가두었을까?

어머니와 아버지가 돌아가셨을 때 누나가 셋이나 있는데도 친척들은 모두 남자(형)와 장례 문제를 의논하고 상주 역할도, 영정과 위패를 드는 것도, 부조금 나누는 것도 모두 남자가 결정하고 누나들은 뒤치다꺼리를 했다. 성별에 따라 역할을 한정하고 차별하는 일이 곳곳에 깔려 있는데도 알면서 모른 척한 죄는 더 깊고 크다. 나이 들고 내 모습 쪼그라들고 나서야 부끄럽고 미안한 생각이 불현듯 밀려온다. 불평 한마디 하지 않고 당연한 듯이 긴긴 세월 살아 내신 어머니와 어머니의 어머니께 머리를 숙인다. 머리 숙일 수밖에 없다.

드디어
봄이 왔다

얼었던 땅이 슬슬 풀리기 시작하면 온몸이 근질근질하다. 농사철이 왔다는 걸 몸이 가장 먼저 눈치를 채는 것이다. 아내와 나는 아침마다 몸과 마음을 스스로 다스리기 위해 풍욕風浴을 한다. 말 그대로 바람으로 목욕을 하는 것이다. 아침잠을 시원하게 깨우고 굳은 몸을 푸는 데는 풍욕만큼 좋은 게 없다고 여겨 하루도 빠지지 않고 풍욕을 한다. 기후 변화로 몸살을 앓고 있는 생태계를 살리는 데도 보탬이 되는 풍욕은, 아이고 어른이고 누구나 돈 한 푼 들이지 않고도 할 수 있다. 기름 한 방울 들이지 않고도 할 수 있는 목욕이니까 말이다.

풍욕은, 아침에 잠자리에서 일어나 창문을 열고 옷을 벗은 다음, 이불을 덮었다 들췄다 하면서 가볍게 몸을 푸는 것이다. 신선한 바람을 온몸으로 맞이하다 보면 자연(바람)의 소중함을 깊이 깨달을 수 있고, 조금 들뜬 마음을 가라앉히고 잡념을 줄이는 데도 더없이 좋다.

오늘 아침에도 아내와 풍욕을 마치고 아침밥을 먹고 산밭으로 갔다. 엊그제 봄비가 내려 냉이와 쑥이 나 보란 듯이 쑥쑥 올라왔다. 납작 엎드려 있던 시금치도 파릇파릇하고, 칼슘과 비타민이 많아 위를 보호하고 빈혈과 감기를 예방해 준다는 쪽파도 손가락 길이만큼이나 맛있게 자랐다. 낮은 언덕엔 머위가 자라고 논두렁 가엔 돌나물도 얼굴을 내밀었다.

"여보, 봄이라 밖에 나오기만 하면 신바람이 나요. 백화점이나 마트보다 더 싱싱한 먹을거리가 산밭에 천지예요. 봄이 오면 들녘에서 저절로 자라는 것만으로도 한 상 차릴 수 있어요. 하루하루 살면 살수록 신기하고 기적 같은 일이 수두룩해요. 농촌에서 사는 게 이렇게 좋은데, 그동안 왜 도시에서 살았는지 모르겠어요. 지금 생각하면 참 어리석고 바보 같았다는 생각이 들어요. 자연에 기대어 살면서 자연이 뭔지도 모르고 살았으니 말이에요."

나는 아내가 어린애처럼 맑게 내뱉는 소리를 들으며 삽과 괭이로 산밭을 일구었다. 지난주엔 씨감자 심을 밭 300평을 다 만들었다. 이젠 나누어 먹을 상추, 케일, 당근, 치커리, 쑥갓 들을 심으면 된다. 거름을 뿌리고 밭을 일구기 전에 생활비에 보탤 작물과 나누어 먹을 작물을 정한다. 그래야만 욕심을 줄일 수 있고 농사일도 재미있기 때문이다. 돈을 받고 파는 작물은 아무래도 마음이 더 쓰이기 마련이다. 그러나 나누어 먹을 작물은 밭을 일굴 때부터 마음이 가볍고 기분이 좋아진다. 더구나 생활비를 마련하려고 짓는 농사는 아무리 정성을 쏟아도 실패할 때가 많다. 그런데 나누어 먹으려고 짓는 농사는 정성을 쏟지 않아도 어찌 그리 잘되는지 알다가도 모를 일이다.

'내가 심고 가꾼 작물을 모두 돈을 받고 팔기만 하면 삶이 얼마나 쓸쓸하고 고달플까? 농부는 나누어 먹는 재미가 그 무엇보다 쏠쏠하기에 농사짓는 게 아닐까?' 혼자 이런저런 생각을 하며 괭이질을 한다. 아내는 그 사이, 얼마나 재빠르게 손을 놀렸는지 소쿠리에 봄나물이 가득하다. 16년 전, 식구들을 모두 도시에 두고 작은 산골 마을에 혼자 들어와 남의 집과 논밭을 빌려 농사지으며 사는 나를 원망하던 아내가, 그 사이 이렇게 변할 수 있다니! 스승의 스승인 자연의 힘이 아니고서야 어찌 가능한 일이겠는가.

귀한 거
본다야

이웃 산골 마을에 귀농한 젊은 부부가 아기를 안고 우리 집에 놀러 왔다. 할머니들이 아기를 가만히 보더니 신기한 듯이 말씀을 늘어놓으셨다.

"아이고, 오늘 귀한 거 보네야."

"맞다 맞아. 산골에서 몇십 년 만에 보는 기고."

"야야, 이래 귀한 거는 돈 주고 봐야 한다니까."

할머니 몇 분이 정말 만 원짜리를 아기 손에 쥐여 주시며 덕담까지 해 주셨다. 처음엔 '귀한 거'란 게 무얼 말하는 건지 잘 몰랐다. 다 듣고 나니까 '귀한 거'가 아기라는 것을 알았다. 농촌에서 얼마나 아기 보기가 어려웠으면 돈을 주고 봐야 할 만큼 귀한 보물이 되었을까. 그 말씀이 비록 농담이겠지만 어쩐지 쓸쓸한 마음이 가시지 않았다.

나는 황매산 자락 나무실 마을에 귀농을 하여 뜻있는 농부들과 모임을 만들었다. 가까운 이웃 마을에 나보다 먼저 귀농한 젊은이도 있고, 뒤따라 귀농한 젊은이도 몇몇 있어 우리 집에서 여섯 사람이 첫 모임을 가졌다. 한 달에 한 번, 집집마다 돌아가면서 모임을 갖기로 하고, 참석하는 사람은 모두 반찬을 한 가지씩 가져오기로 했다. 모임을 준비하는 가정은 부담 없이 밥만 지으면 된다. 그리고 내가 사는 마을이 '나무실'이라 자연스럽게 '나무실공동체'라 모임 이름을 지었다. 날이 갈수록 귀농한 젊은이들이 늘어남에 따라 '열매지기공동체'라 이름을 바꾸고, 가족이 함께 참석하기로 했다.

모임 때는 가장 먼저 한 달 동안 살아온 이야기를 나눈다. 대부분 농사 이야기가 많고, 집안일과 걱정거리를 함께 나누기도 한다. 나는 모임 때마다 이 시간이 가장 좋다. 공동체 식구들을 통해 나를 들여다볼 수 있고, 다른 사람을 더 깊이 알게 되고, 깊이 알게 될수록 함께 희망을 찾을 수 있기 때문이다. 살아온 이야기를 나누고 나면 달마다 안건을 올려 토론하고 결정한다. 그동안 밀양송전탑반대대책위 방문, 제주강정마을해군기지건설반대대책위와 서울 철거마을 농산물 전달, 세월호 참사 현장 방문, 물대포를 맞고 돌아가신 백남기 농민 진상 규명 집회 참석과 같은 일을 함께하면서 정이 더욱 깊어졌다.

더구나 산골 아이들과 함께 놀 수 있는 '강아지똥학교'와 청소년들과 함께하는 '담쟁이인문학교'를 만들기도 하고, 청년 농부들에게 해마다(3년 동안) 조건 없이 100만 원을 지원하기 위해 '청년 농부 지원금' 통장을 만들었다. 도시에 사는 뜻있는 분들이 기부를 하기도 하지만, 대부분 공동체 식구들 스스로 이름을 밝히지 않고 기부를 한다. 이 가운데 혼자 할 수 있는 일은 아무것도 없다. 뜻을 모아 함께하지 않으면 아무리 작은 일도 이룰 수 없는 것이다.

지금은 공동체 식구들이 여섯 가구(16명)다. 그 가운데 청년 농부 정구륜, 김수연, 서와는 농사지으며 꿈을 키우고 있다. 농촌이 농사만 짓는 농장이 아니라 사람이 살아가는 마을이 될 수 있도록 오늘도 책을 읽고, 시를 쓰고, 기타를 치고, 토종 종자 모임을 만들어 쉬지 않고 공부하고 있다. 나는 가끔 산밭에서 청년 농부들과 일을 하면서 이렇게 말한다. "동지들, 이런 산골에서 나는 참 복도 많다야. '귀한 거' 자주 본다야. 돈 주고 봐야 하는 거 아이가?" 아기만큼이나 청년이 귀하니까 말이다.

먹고 사는 일

합천군 여기저기에 펼침막이 붙었다.

코로나19 확산 방지를 위해 황매산 방문을 자제해 주시기 바랍
니다.

마을 방송에서는 황매산 주차장에 차 세울 곳도 없이 관광객
이 몰렸단다. 그래서 도로에 밀려드는 승용차들 때문에 길이 막
혀 마을버스도 들어오기 어렵단다. 그러니 불편하더라도 참아 달
란다. 마을 방송을 들으며 마을 아지매와 감자밭에 김을 매고 북
주기를 하면서 이런저런 이야기를 나누었다.

"아이고오, 우짤라고 저리 돌아다니노. 저리도 돌아다니고 싶나?"

"요즘 도시 사람들은 집에 가만있으모 갑갑해서 우울증 걸린답
니다."

"맨날 날만 새면 일하는데 무슨 우울증이고."

"아지매, 도시 사람들은 하루 종일 숨도 쉬지 않는 아스팔트와 콘크리트 건물에 갇혀 사니까 우울증이 자주 온답니다. 농부들처럼 바람 부는 들녘에서 여럿이 함께 일하고 밥을 나누어 먹으면 우울증이 우찌 걸리겠습니까?"

"아무튼 황매산에 철쭉은 와 피노. 공휴일마다 비가 와서 얼릉 꽃이 져 버려야 도시 사람들이 안 오지. 저래 돌아다니모 언제 코로나가 멈추노?"

"맞습니다. 코로나로 마을회관 문을 닫은 지가 1년이 넘었습니다."

"요즘 코로나 때문에 없던 병도 생긴다고 모두 걱정이 많더만."

"마을회관에 모이지를 못하니까 없던 병도 생기지 않겠습니까?"

"방에 혼자 앉아 있으모 자식 걱정, 먹을 걱정, 죽을 걱정까지 온갖 생각이 다 든다 아이가. 그라이 없던 병도 생기는 기라. 그걸 요즘 '회관병'이라 하더만."

농촌 마을회관은 어르신들이 모여 밥을 나누어 드시며 서로 안부를 묻는 곳이다. 농사일에 지친 몸을 달래는 곳이다. 텔레비전 연속극을 보며 자기 일처럼 같이 울기도 하고 웃기도 하는 곳이다. 때론 남의 흉을 보다가 서로 다투기도 하고, 언제 다투었느냐는 듯이 아이처럼 금세 웃기도 하는 곳이다. 도시 사는 자식들 걱정에 눈시울을 붉히기도 하고, 온갖 이야기보따리를 풀어놓는 곳이다. 더구나 온갖 지혜와 정보를 주고받으며 희망을 나누는 곳이

기도 하다. 그런데 그곳이 문을 닫았다. 그러니 어찌 '회관병'이 들치 않겠는가.

이 세상에서 가장 듣기 좋은 소리가 마른 논에 물 들어가는 소리와 자식들 목구멍에 밥 넘어가는 소리다. 그 소리 듣기가 좋아, 온몸이 닳고 삭도록 농사지으며 살아오신 어르신들이다.

그래서 도시 사람들한테 부탁한다. 농촌 어르신들이 '회관병'에서 벗어날 수 있도록, 코로나19가 끝날 때까지라도 제발 돌아다니지 말아 달라고. 더구나 무리 지어 돌아다니지 말아 달라. 이름난 산과 들로 승용차를 몰고 돌아다니며 뿜어 대는 매연으로 어찌 자연만 병들게 하겠는가? 자라나는 아이들도 머지않아 온갖 병으로 앓게 되지 않겠는가?

산과 들에 꽃이 필 때, 농부들은 하늘의 별만큼이나 일이 많다. 모 심을 준비를 해야 하고, 양파밭과 마늘밭에 김을 매고, 감자밭에 북주기도 해야 한다. 생강을 심고 짚을 깔고 짚이 날아가지 않게 줄을 쳐야 한다. 고추, 여주, 호박, 참깨, 수세미, 가지, 오이, 옥수수, 콩도 심어야 한다.

꽃구경도 좋고 스트레스 푸는 것도 좋지만, 단 하루만이라도 농촌 어르신들과 땀 흘리며 일을 해 보시라. 먹고 사는 일이 그 어떤 일보다 소중하다는 것을 온몸으로 느낄 수 있을 테니까 말이다. 아무튼 농촌 어르신들이 '회관병'에서 벗어나, 남은 나날 오순도순 살아갈 수 있게 제발 무리 지어 다니지 말아 주기 바란다. 이것도 욕심이려나?

새처럼
자유롭게

도시에서 살 때는 내가 잘하는 게 무언지, 내가 무엇을 좋아하고, 어떤 일을 하면 신바람이 나는지, 내가 하는 일이 세상에 어떤 영향을 끼치는지, 깊이 생각할 틈도 없이 바쁘게 살았다. 어린 자식들 먹여 살리느라 바쁘게만 살았다. 공장에서 사무실에서 잔업에 특근까지 죽자 사자 일해서 집주인에게 월세를 주고 주택부금, 정기적금, 국민연금, 건강보험, 갖가지 세금 한 푼 떼어먹지 않고 부지런히 살았다. 도시에선 가만히 나를 돌아보거나 외로울 틈조차 없었다. 가끔 하늘을 우러러보는 것조차 사치라는 생각이 들만큼 바쁘게 살아도 살림살이는 나아지지 않았다. 더구나 상사들한테 밉보여 일터를 잃지는 않을까 걱정이 되어 약삭빠르게 자리 지키며 불안한 마음까지 끌어안고 살았으니, 어찌 자유로울 수 있으랴.

새처럼 훨훨 자유롭게 살고 싶었다. 가진 게 없어도 하루하루를 내가 내 삶의 주인이 되고 싶었다. 그 꿈을 이루기 위해 도시 삶을 시원하게 정리하고 농부가 되었다. 세상에 태어나서 드디어 내 삶을 스스로 선택할 수 있는 농부가 된 것이다. 마흔일곱, 젊지도 늙지도 않은 나이였다. 산밭에 하얀 감자 꽃이 필 때마다 그때가 떠오른다.

아내와 자식들을 도시에 두고 합천 황매산 자락 나무실 마을에 혼자 들어와 다 쓰러져 가는 빈집을 빌려 군불을 때고 잠을 자던 날을 생각하면 아직도 가슴이 뛴다. (3년 뒤에 아내도 스스로 도시 삶을 정리하고 농부의 아내가 아닌, 농부가 되었다.) 그리고 남의 산밭을 빌려 삽과 괭이로 감자밭 이랑을 만들고 씨감자를 심고 산길을 내려오던 날, 그날도 잊을 수가 없다. '아직 3월 봄바람이 찬데 씨감자가 춥지는 않을까? 캄캄한 땅속에서 식구들과 떨어져 어떤 생각을 할까? 꽃을 피워 주렁주렁 식구(열매)들을 거느릴 생각을 할까? 6월이면 내 손으로 농사지은 감자가 도시 사람들 밥상에 오를 수 있겠지.' 수확도 하기 전에 혼자 이런저런 생각을 하며 얼마나 마음 설렜는지 모른다. 더구나 2005년 2월 2일 국가에서 농부로 인정하는 '농지원부'가 나오던 날은 기뻐서 잠을 이루지 못했다. 그날 나는 마음속으로 다짐을 했다. '내 입에서 바쁘다는 말은 나오게 하지 말자. 그리고 바쁘게 살지 말자. 천천히 뒤도 돌아보고 옆도 돌아보며 살아가자.'

6월이다. 농부들은 한 해 가운데 가장 바쁜 농사철이다. 그런데 나는 같은 말이지만, 한 해 가운데 가장 일이 많은 농사철이라 한다. 바쁘다는 말은 하지 않기로 스스로 다짐을 했으니까 말이다. 바쁘게 살면 나를 돌아볼 틈도 없는데 어찌 이웃을 돌아볼 수 있겠는가.

오늘도 아내와 새벽 4시에 일어나 소금으로 이를 닦고, 물 한잔 마시고, 가볍게 몸을 풀고 산밭으로 갔다. 한 해도 거르지 않고, 내 손으로 심은 씨감자가 꽃을 피웠다. 올해도 씨감자는 사람들 먹여 살리라고 3월 꽃샘추위 찬바람 견디며, 캄캄한 땅속에서 홀로 외로움 마다 않고 주렁주렁 열매를 달았다.

농약과 화학 비료 한 줌 뿌리지 않고 비닐조차 쓰지 않고 농사 지은 감자는, 지렁이와 두더지와 굼벵이를 벗 삼아 오늘도 쑥쑥 자라고 있다. 고맙다, 고맙고말고.

고맙고
신나는 일이다

해마다 두 번, 1월과 6월에 농사 계획을 세우고 나면 생명을 품어 살리는 산밭을 두루 다니며 인사를 드린다. 개울 옆에 있어 개울밭, 돌담 앞에 있어 돌담밭, 샘이 있어 샘밭, 박하가 자라 박하밭, 농기계가 들어가지 않아 손으로만 농사짓는 손밭……. 이렇게 밭마다 이름을 불러 주며 감자 캔 밭엔 녹두를 심고, 양파 뽑은 밭엔 들깨를 심고, 마늘 뽑은 밭엔 김장 배추와 무를 심을 거라는 이야기도 들려주며 기도를 드린다.

"하늘과 땅이 있고, 따뜻한 햇볕이 있고, 시원한 비가 내리고, 맑은 구름이 흘러가고, 어김없이 낮과 밤이 찾아오고 봄 여름 가을 겨울이 있어 농사를 짓습니다. 하느님, 부디 이 땅에 심을 농작물이 자연을 벗 삼아 기후 변화와 병해충을 잘 이겨 내고 튼튼하게 자라 사람을 살릴 수 있도록 도와주소서."

2015년 그해도 산밭을 두루 다니며 기도를 드렸다. 그런데 어디선가 이런 소리가 들려왔다. "정홍아, 네가 농부로 산 지 어느덧 10년이 지났는데 여태 무얼 했느냐? 땅에 뿌리내리느라 그리고 식구들과 먹고 사느라 바빴지. 먹고 사는 일, 참으로 소중한 일이지. 그러나 함께 먹고 사는 일은 거룩한 일이야. 이제부터는 가까운 마을에 사는 청년 농부들한테도 관심을 가지고 함께 먹고 사는 일을 찾아 보렴."

그 소리를 듣고 나도 모르게 이웃 마을에 사는 청년 농부들이 떠올랐다. 우리가 사는 산골 마을엔 다행스럽게 청년 농부들(정구륜, 김수연, 서와)이 있다. 그리고 농부가 되려고 준비하는 이도 몇이나 된다. 농사 선배로서 청년 농부들을 위해 무얼 해야 하나 생각하다가 떠오른 게 '청년 농부 지원금'이었다.

그날, 어디선가 들려오는 그 소릴 듣고 농협으로 달려가 통장을 만들었다. 그리고 열매지기공동체(뜻을 같이하는 농부들) 모임 때 제안을 했다.

"여러분이 한 해 농사지어 도시 사람들과 나눈(판매한) 금액 가운데 1%만 '청년 농부 지원금' 통장에 넣어 주면 고맙겠습니다. 그 밖에 다른 수입이 있을 때도 양심에 따라 1%를 뚝 떼어 조건 없이 넣어 주면 고맙겠습니다. 뜻을 함께하는 사람이면 많고 적음을 가리지 않고 누구나 조건 없이 지원금을 낼 수 있습니다.

그러나 지원금을 낸 분의 이름은 밝히지 않습니다. 이 지원금은 농사 선배로서 '오래된 미래'인 농업과 농촌공동체를 지키고 살리려고 애쓰는 청년 농부들에게 꿈과 용기를 심어 주는 데 쓰겠습니다. 청년 농부 대상 나이는 18~40세로 정합니다. 농촌에서 어떤 일을 하든 10평 이상 텃밭을 일구어야 하며, 농촌에서 뿌리를 내리겠다고 약속을 해야 합니다.

지원 금액은 3년 동안, 3월에, 해마다 100만 원씩 지원합니다. 스스로 삶을 아름답게 가꿀 수 있는 행사와 교육 활동에도 지원금을 드립니다. 단 공동체 문화를 일구기 위해 세 가구, 세 사람 이상 활동을 할 때 드립니다. 청년 농부들의 특별한 행사와 교육 참가비는 인원에 상관없이 지원할 수 있습니다.”

그해 3월부터 공동체 식구들이 지원금을 내기 시작했다. 마르지 않는 샘물처럼 쓰면 다시 채워지는 지원금 통장은 아직도 모자람이 없다. 농부들 스스로 농촌공동체를 살리려는 따뜻한 마음은, 청년 농부들의 꿈과 함께 언제까지나 식지 않을 것이다. 참으로 고맙고 신나는 일이다.

농부 한 사람
살리려면

경남 마산에 사는 형수님한테서 전화가 왔다. "삼촌, 더운 날씨에 농사일 너무 많이 하지 마래이. 땡볕에 오래 일하모 큰일 난대이." 덕동에 사는 친구한테서 전화가 왔다. "정홍아, 우찌 지내노? 이리 더운데도 밭에 나가서 일하나? 먹고 사는 거 별거 아이다. 하루 세끼 밥 안 굶고 살모 안 되나. 나이 생각해 가믄서 살살 일해라야."

산골 농부로 살다 보니 걱정해 주는 사람이 참 많다. 가뭄이 들 때에도, 물난리가 날 때에도, 농산물 값이 떨어졌다는 뉴스가 나올 때에도, 때때로 전화나 문자로 걱정해 주는 사람들이 있어 살맛이 난다. 한국 속담에 "걱정이 반찬이면 상다리가 부러진다"는 말이 있다. 자신의 탐욕을 채우려다 일어나는 걱정이 아니라, 남을 위해 걱정하다가 상다리가 부러지면 어떠랴. 남의 일을 마치 자기 일처럼 걱정해 주는 사람들이 있어 여기, 황매산 자락에 뿌리내리고 산다, 나는.

2005년 2월 2일, 국가에서 농부로 인정하는 '농지원부'가 나오던 날! 그날은 세상에 태어나서 가장 뜻깊은 날이었다. 이웃을 모르고 사는 게 더 편한 도시에서 약삭빠르게 자리 지키며 살다가 뒤늦게나마 마흔 중턱에 산골 농부가 되었으니 얼마나 기뻤겠는가. 흙에서 태어나, 흙에서 난 걸 먹고 살다가, 흙이 될 수 있으니 얼마나 마음 설렜겠는가.

그날, 그 기쁨과 설렘을 잊지 않으려고 이 글을 쓴다. 그동안 농부로 살아갈 수 있도록 걱정해 준 사람들을 가만히 떠올려 본다. 한 식구처럼 살 수 있는 작은 산골 마을에 빈집과 논밭을 알아봐 준 정상평 농부님, 작은 흙집을 짓다가 건축 자재 값이 없어 허덕일 때마다 아무런 조건 없이 기꺼이 힘을 보태 준 사람들, 때때로 새참을 손수 만들어 주신 마을 할머니들, 여섯 달 넘도록 돈 한 푼 받지 않고 흙집을 같이 지어 준 김성환 선생, 농사지으려면 거름이 필요하다며 밤 10시가 넘어서 큰 트럭에 소거름을 싣고 찾아온 강기갑 선배, 농촌에 정착하려면 이래저래 생각지도 않게 돈이 들어간다며 버스를 몇 번이나 갈아타고 찾아와 정착금을 주고 간 가톨릭농민회 김성호 선배, 농기구 사는 데 보태라며 봉투 하나를 슬쩍 놓고 간 자동차 정비공인 친구 정종철(프란치스코) 님, 한 달 뒤에 감자와 양파와 같은 농산물을 거둘 것이라는 문자를 보내고 나면 마치 자기 일처럼 여기저기 주문을 받아 주는 사람들, 농약과 화학 비료에 병든 땅을 살리는 '생명농업'을 해 보겠다고 큰

소리치다가 벌레 먹고 볼품없는 농산물을 거두었는데도 아무 말 없이 사 준 사람들, 농산물을 받을 때마다 농사짓느라 애썼다며 택배비에 밥값까지 얹어서 돈을 부쳐 주는 사람들, 산골 어린이들을 위해 만든 '강아지똥학교'와 청소년을 위해 만든 '담쟁이인문학교'를 열 때마다 이름 밝히지 않고 기부해 준 사람들, '열매지기 영농조합법인' 공장 지을 터를 사 주고 건축비를 후원해 준 사람들, '오래된 미래'인 농부를 아껴 주는 그 사람들이 있어 여기까지 올 수 있었다.

어찌 그 은혜를 다 갚을 수 있으랴. 다만 여기, 작은 산골 마을에서, 길을 찾아 가는 청년 농부들과 하루하루 웃음을 잃지 않고 살면 그 은혜를 갚을 수 있을까? 마을 어르신이 말씀하시길, 농부 한 사람 살리려면 백 사람의 관심과 도움이 필요하다고 한다. 백 사람 아니라 열 사람만 있어도 얼마나 신바람이 나겠는가?

우짜모
좋노

마음 졸이던 12호 태풍 '오마이스'가 지나가고 '가을장마'가 왔다.

"하이고, 가을장마가 오면 곡식이 썩는다는데 우짜모 좋노."

이른 아침부터 마을 아지매가 찾아와 걱정을 늘어놓으신다. 대문이 없는 마을이라 언제든지 한 식구처럼 이웃집에 들어갈 수 있다. 스무 집도 안 되는 작은 산골에 대문을 걸어 잠그고 살면 얼마나 삶이 팍팍하겠는가. 대문이 없어야 지나가는 바람도 마당에 쑥 들어와 편안하게 쉬었다 가지 않겠는가.

지난해에는 두 달 남짓 비가 오는 바람에 참깨 농사가 폭삭 망했다. 그나마 우리 마을에서 참깨 씨앗이라도 건진 장대 아지매가 있어 참 다행이었다. 그 씨앗은 장대 아지매가 시집올 때 물려받은 거라고 한다. 그 씨앗이 없었으면 한 마을에서 수백 년 동안 심던 토종 씨앗이 사라지고 말 뻔했다. 아무튼 누가 뭐라 해도 '돈벌이 농사'(대농)가 아닌, 여러 가지 작물을 심어 소박하게 살아가는 '살림살이 농사'(소농)를 짓는 농부가 있어 올해도 참깨 씨앗을 심을 수 있었다.

올해는 한살림 생활협동조합에서 생산자들한테 참깨를 심어 달라고 해서 '사명감'을 갖고 참깨를 심었다. 샘밭 들머리엔 5월 초순에 심고, 살구나무 옆엔 5월 중순에 심고, 돌담밭에는 5월 하순에 심었다. 왜냐하면 기후 변화로 시기를 조금 다르게 심어야 흉년이 들더라도 씨앗이라도 건질 수 있기 때문이다.

지난해에는 생협에서 국산 참깨가 모자라서 참기름을 팔지 못했다고 한다. 아무리 돈이 많으면 무어 하겠는가. 씨앗이 사라지면 먹고 살 수 있는 길이 사라지는데 말이다. 지난해 참깨 씨앗을 살린 장대 아지매가 있었기에 우리 마을 사람들은 올해도 참깨를 심을 수 있었다. 지구를 살리는 마지막 희망이 '소농'이라는 말이 올해처럼 가슴 깊이 다가온 해는 없다.

산골 마을은 거의 다랑논이고 밭도 비탈진 산밭이라 먹고 살려면 서로 도와가며 살아가는 소농일 수밖에 없다. 그런데 먹고 사는 일이 만만찮다. 농사는 때를 놓치면 거둘 게 없는데, 날이 갈수록 기후 변화가 심해 때를 맞추어 농사짓기가 쉽지 않기 때문이다.

8월 20일쯤 심어야 하는 김장 무씨를 가을장마가 길어지는 바람에 심지도 못했다. 생협과 재배 계약을 맺은 유기농 무가 1,500개나 되는데 걱정이다. 이럴 때는 우리 마을 농업 박사님들 (마을 아지매들)을 찾아가 묻는다.

"아지매는 언제 무씨 심을랍니꺼?"

"아무 말도 말고 기다려 보거라이. 비 오는 거 봐 가면서 우리가 심자 하모 심으모 된다. 무씨 심어 놓고 큰 소낙비라도 내리모 무씨 다 떠내려간다 아이가. 때가 되모 알려주꺼마."

그때를 기다리다 어제 무씨를 겨우 심었다.

오늘은 아내와 김장배추 모종을 심고 있는데 소낙비가 쏟아졌다.

"여보, 소낙비 그칠 때까지 기다려 볼까요, 아니면 내일 심을까요?"

"아니, 내일도 모레도 비 소식이 있던데요. 그냥 비 맞고 심읍시다."

"그럽시다. 빨갛게 익은 고추도 따야 하고, 주렁주렁 달린 여주와 가지도 따서 말려야 하고, 대파밭과 당근밭에 김도 매야 하고, 생강밭에 웃거름도 주어야 하고, 마늘밭과 양파밭도 갈아 놓아야 하는데 우짜모 좋노. 며칠 있으모 녹두도 따야 하는데 가을장마는 언제 끝날랑가."

아내 걱정을 덜어 주려는지 비가 멈추었다. 참 고맙다.

10월이다

어느덧 10월이다. 자갈밭 마당에서 한창 꽃을 피우던 채송화는 이제 시들시들하다. 찾아오는 손님들이 키 작은 채송화 앞에 쪼그려 앉아 사진을 찍고는 하였는데, 이젠 다음 해 여름까지 기다려야만 그 모습을 볼 수 있을 것이다.

장독대 옆에 핀 붉은색, 흰색, 보라색 봉숭아는 손만 대면 깍지가 톡 터져서 씨앗이 튀어나온다. 처마 아래 해 질 무렵이면 꽃을 피우던 분꽃은 찬바람 맞을 채비를 하고 있다. 마당 들머리 우체통 옆에 사람 키보다 훨씬 크게 자란 해바라기는 산밭에서 일하고 돌아오는 아내와 나를 보고 고개 숙여 안부를 묻는다.

"가을걷이 때라 몸과 마음이 바쁘고 고달프겠어요? 참, 다랑논 언덕에 쑥부쟁이는 지난해처럼 곱게 피었던가요?"

"아아, 이제야 여기저기 꽃을 피우고 있어요. 어찌나 꽃이 곱던지 마늘을 심다가 일손을 놓고 한참 보고 왔어요."

이렇게 살아 있는 것은 살아 있는 것끼리 하루하루 안부를 묻는다.

이젠 지긋지긋한 가을장마도 그쳤다. 우리 집 작은 마당에는 어느새 가을로 가득 차 있다. 날마다 따서 말리는 녹두는 어찌나 빛깔이 좋은지 눈이 부시다. 토란 줄기는 낫으로 베어 이삼일 그늘에 두었다가, 알맞은 크기로 툭툭 자르고 껍질을 벗겨 다시 먹기 좋은 크기로 잘라 말리고 있다. 두어 달 내내 틈만 나면 따서 말리던 여주는 이젠 끝물이라 작은 녀석도 다 따서 말린다. 얼른 따지 않으면 노랗게 익어 먹을 수가 없기 때문이다.

여태 농사지으면서 올해만큼 고추 농사가 잘된 해는 없었다. 1,000평 넘는 산밭에 수십 가지 작물을 심고 거두면서 농약과 화학 비료와 비닐조차 쓰지 않고 농사짓는다는 게 쉬운 일은 아니다. 그래서 올해는 고추밭 두둑에 종이를 덮어 농사를 지었다. 그 덕인지 모르지만 10월인 지금도 고추가 주렁주렁 달려 빨갛게 익고 있다. 어찌나 고마운지 고추밭에 갈 때마다 인사를 한다.

"고추야, 고맙다야. 이렇게 빨간 빛깔로 주렁주렁 열어 주어 농협 빚도 갚을 수 있겠다야."

오늘 낮엔 앞집에 사는 우동 아지매가 우리 집 대추나무를 보고는 "대추가 다 익었는데 얼릉 따서 말려야 먹을 수 있제. 하이고, 이것저것 농사일이 많으니 대추 딸 시간도 없제" 하신다. 그 말씀을 듣고 김장배추밭에서 배추벌레를 잡다가 얼른 일어나 대추를 땄다. 8월 하순에 씨앗을 심은 가을무는 어느새 잎이 자라 땅

속에 손가락만 한 무가 달렸다. 솎은 무 이파리는 마을 사람들 나누어 주고 우리도 김치를 한 통 담가 두었다. 오늘은 어떤 일이 있어도 녹두를 다 베고 말려야 한다. 그 밭에 거름을 넣고 미리 갈아 두어야 10월 하순에 양파 모종을 심을 수 있으니까.

10월 산밭엔 쪽파, 대파, 마늘, 녹두, 콩, 수수, 강황, 여주, 생강, 들깨, 늦옥수수(10월에 따서 먹는 옥수수), 당근, 비트, 감자(내년에 씨감자 하려고 심은 감자), 호박, 배추, 무, 케일, 상추, 부추, 시금치, 쑥갓 들이 쑥쑥 자라고 있다. 심는 때와 거두는 때가 저마다 다른 농작물이 산밭을 가득 채우고 있다. 농작물이 자라면 농부도 자라고, 농작물이 여물어 가면 농부도 여물어 간다.

양파는
기억할 것이다

여름 땡볕이 물러간 9월 7일, 모종판에 양파 씨앗을 넣고 미리 만들어 둔 산밭에 나란히 놓았다. 모종판이 땅에 고루고루 닿도록 나무판자를 모종판 위에 놓고 자근자근 밟았다. 그리고 50일 동안 양파 모종판에 물을 주었다. 싹이 나기 전까지는 하루에 두 번씩, 싹이 나고 나면 하루에 한 번씩 물을 주었다. 벼농사든 양파 농사든 모종을 잘 키우려면 아기 키우듯이 정성이 많이 들어간다.

어느덧 양파 모종이 쑥쑥 자라 심을 때가 다가왔다. 해마다 양파 모종 심을 때가 다가오면 앞집에 사시는 하동 아지매가 먼저 물어보신다.

"이 집에는 양파 모종 언제 심을 끼고. 미리 날을 잡아야 한다이."

"10월 27일에 심으려고 합니다. 그날 장대 아지매랑 날짜 비워 두이소. 다른 사람보다 며칠 먼저 심으려고 모종도 튼튼하게 잘 키워 두었습니다. 그런데 아지매는 허리 수술하고 나서 몸도 안 좋은데 올해부터는 쉬셔야 합니다. 자녀들도 절대로 일하지 말라고 했다면서요."

"자식들한테 일했다는 말을 해서는 안 되지. 허리가 아파도 몸 살펴 가믄서 천천히 심어 볼 테니까 걱정 마래이. 하다가 허리가 아파서 도저히 못 하겠다 싶으모 내가 알아서 안 할 테니까."

"여든이 넘었는데 허리가 안 아파도 이젠 쉬셔야 할 나이입니다."

"다들 일하는데 혼자 쉬모 심심하다 아이가. 아무튼 이제 우리 마을에도 일할 사람이 자꾸 줄어들어 걱정이구마. 그라이 이 집에도 어렵게 일꾼 얻어다 농사지을 생각 말고, 둘이서 딱 지을 만큼만 하는 게 마음 편해."

"아지매들과 한 해 며칠이라도 같이 일하다 보면 배우고 깨칠 게 얼마나 많은지 모릅니다. 그런데 아지매들이 자꾸 나이가 들고 몸이 아프기 시작하니까 일손 도와달라고 말씀드리기가 여간 미안한 게 아닙니다."

아내는 양파 심는 날이 잡히면 이삼일 전부터 아지매들이 드실 새참과 점심을 준비하느라 바쁘다. 마을 아지매들을 볼 때마다 돌아가신 친정어머니 같다는 아내 얼굴은 그 어느 때보다 환하다. "여보, 오전 새참은 무얼 준비하는 게 좋을까요? 날씨가 쌀쌀하니 따끈따끈한 콩나물국밥이 좋겠지요? 점심때는 오랜만에 당면과 버섯과 채소를 듬뿍 넣은 소고기 전골을 준비할게요. 후식으로 큰 배를 몇 개 사 둘까 해요. 아지매들이 이가 션찮으시니 큰 배를 반으로 잘라 숟가락으로 파서 드실 수 있도록요.”

그렇게 그렇게 해서 정해진 날에 양파 모종을 다 심었다. 가을비가 내리지 않아 며칠째 물을 주었다. 물을 줄 때마다 산밭에 연둣빛 양파 모종이 고개를 쑥쑥 들고는 고맙다고 인사를 한다. 내년 6월 초순, 양파를 거둘 때까지 물을 주고 김을 매고 웃거름을 주고 다시 김을 매야 한다. 농약과 화학 비료와 비닐을 쓰지 않고 농사를 지으니까 더 많이 공부하고 더 많이 부지런해야 한다.

내년 양파를 거둘 때까지 220일 남짓 양파밭에 바람과 구름이 지나가고 단비가 내리고 햇볕이 들고 밤하늘 별과 달이 뜰 것이다. 두더지와 고라니와 아기 다람쥐와 여치들이 친구처럼 찾아올 것이다. 가끔 배고픈 멧돼지가 지렁이를 먹으러 내려올지 모른다. 그리고 양파밭을 볼 때마다 모종을 심은 하동 아지매와 장대 아지매가 흘린 땀과 새참, 점심밥을 준비하던 꽃처럼 환한 아내 얼굴도 떠오를 것이다. 이 모든 것을, 모두 다, 양파는 기억할 것이다.

그 눈물이
있어

누가 내게 '산골 농부로 살면서 가장 소중한 게 무엇이냐?'고 묻는다면 '이웃'이라고 대답하고 싶다. 17년 전이나 지금이나 그 대답은 변함이 없다.

아는 사람 하나 없는 낯선 산골 마을에 들어와 농부로 살고 싶다고 했을 때 빈집을 구해 준 사람도, 땅 한 뙈기 없는 가난한 내게 먹고살아야 한다며 묵은 산밭을 개간해 주고 조건 없이 논을 빌려준 사람도, 지난해 농사를 안 지었으니 먹을 양식이 필요할 거라며 쌀과 콩을 갖다준 사람도, 농사지으려면 거름이 필요하다며 거름을 갖다준 사람도, 옥수수와 땅콩과 상추와 같은 온갖 씨앗을 손에 쥐여 주며 심을 때를 가르쳐 준 사람도, 풀 매는 시기와 북 주는 시기와 거두는 시기까지 자세히 일러 준 사람도, 일손이 모자랄 때마다 자기 일처럼 일손을 거들어 준 사람도, 며칠째 몸이 아파 누워 있을 때 녹두죽을 끓여 준 사람도, 아궁이에 불이 나 집을 다 태워 버릴 뻔했을 때에 119보다 더 빠르게 달려와 불을 꺼 준 사람도, 비탈진 언덕에 풀을 치다가 발목을 삐어 꼼짝 못 하고 앉아 있을 때 병원까지 태워 준 사람도, 바쁜 농사철에 국수 맛있게 삶아 놓고 초대해 준 사람도, 일부러 찾아와서 돈으로 살 수 없는 온갖 지혜를 나누어 준 사람도, 자연 속에서 자연을 닮아 살아갈 수 있도록 못난 나를 이끌어 준 사람도 모두 가까운 이웃이었다.

얼마 전에 서울에 있는 어느 유치원 학부모 강연을 갔을 때였다. "올해, 가까이 사는 이웃을 집으로 초대하여 밥을 나누어 먹어 본 사람이 있으면 손을 들어 보시겠습니까?" 하고 물었더니 어머니들 가운데 한 분이 손을 들었다. 그분을 앞으로 모시고 물었다. "어떤 이웃이기에 집에 초대하여 밥을 나누어 드셨는지요?" 그 어머니는 대답을 하기도 전에 눈물부터 줄줄 흘렸다. 그리고 잠시 뒤, 마이크를 잡고 말했다.

"저는 천주교 신자입니다. 그리고 애를 둘 가진 엄마고요. 오늘 선생님 질문을 받으면서 하도 양심이 부끄러워 나왔습니다. 말이야 바른 말이지요. 도시에서는 바로 옆집이나 앞집에 사는 이웃을 몰라도 살 수가 있습니다. 서로 모르고 사는 게 더 편하기도 합니다. 저는 지금 살고 있는 아파트에서 10년을 살았는데 단 한 번도 이웃을 초대하여 밥을 나누어 먹어 본 적이 없습니다. 마주쳐도 정답게 인사조차 한 기억이 없습니다. 그런데 오늘 아침에 10년 만에 처음으로 마주 보고 사는 앞집 아파트 현관을 두드렸습니다. 점심이나 저녁 초대를 하려고 두드린 것이 아닙니다. 저는 관리소에서 하라는 대로 집 안 소독을 했는데 어느 날부터 바퀴벌레가 생겼습니다. 그래서 관리소 아저씨와 이야기를 나누면서, 마주 보고 사는 앞집 아파트 사람이 맞벌이 부부라 소독을 잘 하지 않는다는 사실을 알아냈습니다. 그 말을 듣고 오늘 아침에 앞집 사람과 싸우기 위해 10년 만에 처음으로 대문을 두드렸습니다. 밥을 나누어 먹자고 두드린 것이 아니라 싸우기 위해서 말입니다. 이웃도 모르고 살아온 이런 내 모습이 너무 불쌍해서 저도 모르게 손을 들고 나왔습니다. 그래서 내일이라도 따뜻한 밥상을 준비하여 그 이웃을 초대하고 싶습니다."

그 어머니 말씀이 끝나자마자 모두 손뼉을 쳤다. 여기저기 눈물을 훔치는 어머니도 있었다. 강연을 마치고 집으로 돌아와 밤하늘을 보았다. 머리 위에 금세 떨어질 것 같은 별들이 산골 마을 고단한 이웃들의 지붕을 환하게 밝혀 주었다.

캄캄한 어둠을
헤치고

어느덧 한 해가 저물어 가고 있다. 지난해처럼 크리스마스 전날 밤에 이웃 마을 청년 농부들과 산타 옷을 입고 산골 아이들을 찾아갔다. 아무 집이나 찾아가는 게 아니다. '우리 집에 산타가 와서 아이들에게 좋은 추억을 나누어 주고 가면 좋겠다'는 부모들한테 미리 신청서를 받은 다음에 찾아간다.

신청서에는 신청하는 부모 이름과 주소, 전화번호와 방문을 바라는 시간, 아이 이름과 나이(학년), 아이가 받고 싶어 하는 '희망 선물', 부모가 아이들에게 바라는 것과 칭찬할 만한 일을 적으면 된다. 그리고 반드시 신청 사연을 적어야 한다. 가정마다 살아가는 처지와 환경이 다르고 아이들도 저마다 성품이 다르기 때문이다.

올해는 두 조로 나누었다. 나는 청년 농부 수연이와 서와, 그리고 숙곰 씨랑 한 조가 되었다. 청년 농부들이 '희망 선물'을 포장하는 동안, 산타 할아버지 역을 맡은 나는 신청 사연을 읽었다.

"우리 아들은 아직 산타를 믿고 있어요. 다른 친구들이 산타가 없다고 하면, 그 친구는 산타한테 선물을 못 받아서 그렇게 믿는다고 해요. 그래서 아이의 그 순수함을 지켜 주고 싶어요. 지난 크리스마스에는 산타 먹으라고 마카롱과 우유도 트리 밑에 두고 잠들 정도로 마음이 고운 우리 아들에게 산타를 꼭 만나게 해 주고 싶어요."

"남편이 연휴에 쉬지도 못하는 직업이라 여태 크리스마스 연휴다운 시간을 가져 보지 못했어요. 그래서 아이들이 더 크기 전에 유튜브가 아닌 진짜 산타 할아버지를 만나는 특별한 크리스마스를 선물해 주고 싶어요."

"우리 아이는 초등학교 5학년이고 부끄러움이 꽤 많지만 도덕성이 강하고 배려를 할 줄 압니다. 아직은 산타 할아버지의 존재를 굳건히 믿고 있습니다. 산타 할아버지가 돈이 많이 없어서 자기 선물까지 주실 수 있을까 하고 고민하고 있습니다."

이런 신청 사연을 읽으면 나도 모르게 힘이 솟고 마음이 가벼워지지만, 어머니 혼자서 아이를 키운다거나, 할머니가 홀로 손자를 키운다는 사연을 읽으면 마음이 짠하다. 지난해에는 코로나19로 집집마다 찾아가지 않았다. 내가 산타 옷을 입고 스마트폰 영상으로 아이들을 만나는 동안, 청년 농부들이 선물을 차에 싣고는 아이들 집 앞에 슬쩍 두고 왔다. 올해는 용기를 내어 마스크를 쓰고 집집마다 찾아가기로 했다.

　나는 신청 사연을 읽고 또 읽고, 아이들 이름도 외우고 마음속으로 자꾸 불러 보았다. 그리고 산타 옷으로 갈아입고 모자와 마스크를 쓰고 수염을 붙이고, 산타 마을 사람들(청년 농부)과 길을 나섰다. 산골 마을이라 찾아간 집마다 분위기는 달랐지만, 아이들은 더없이 곱고 맑았다. 산타가 오면 줄 거라고 언 손을 녹일 수 있는 '손난로'를 주는 아이, 산타가 추워서 손이 얼면 안 된다며 손에 바르는 로션을 주는 아이, '산타 할아버지, 우리 집에 와 주셔서 감사합니다'라는 글을 적은 그림엽서를 주는 아이, 산타가 배고플까 봐 초콜릿과 과자를 주는 아이도 있었다. 산타인 내가 선물을 준 것이 아니라, 준 것보다 수백 배 더 큰 선물을 받는구나 싶었다.

　이 고운 아이들이 한국에 아니, 세상에 태어났다는 것만으로도 축복이고 기적이다. 그러니까 저마다 사람들과 어울려, 멋진 삶을 누릴 수 있기를 바라는 것은 욕심일까? 하늘을 가만히 우러러보니 캄캄한 어둠을 헤치고 달이 떴다.

서로 사랑하고
꿈꾸지 않으면

산골 농부들은 겨울철엔 돋보기를 쓰고 콩을 가리거나, 참기름과 들기름을 짜서 택배로 보내기도 한다. 마을 어르신들은 '바쁜 농사철에 하루 농땡이를 피우면 한 달쯤 굶을 생각을 해야 한다'고 이르셨다. 그러나 겨울철에 하는 일은 오늘 못 하면 내일 해도 되므로 몸과 마음이 한가롭다. 농작물을 키우느라 애쓴 논밭만 겨울 방학이 있는 게 아니다. 농부들도 논밭과 함께 두어 달은 겨울 방학이다.

오늘은 이른 저녁을 먹고 나서 청년 농부들과 차 한잔 마시며 자연스럽게 농업과 농촌에 대한 이야기를 나누었다.

"제가 강연을 다녔던 학교 게시판에 붙어 있는 희망 직종 100가지 가운데 농부는 없었어요. 100가지 가운데 100번째가 '기타'인데, 그곳에도 농부는 없었어요. 그만큼 인기가 없는 아니, 생각도 하지 못하는 직업이 농부예요."

"그럼 어떻게 하면 학생들이 농부가 되려는 꿈을 꿀 수 있을까요?"

"농사가 먹고사는 데 아무 걱정 없고 재미있으면 농부가 되려고 하지 않을까요?"

"그럼 지금부터 농부가 인기 직업이 될 수 있도록 여러분이 제안을 해 보면 좋겠어요."

청년 농부들이 어떤 제안을 늘어놓을까 몹시 궁금했다. 그런데 내가 생각하지도 못한 신선한 제안을 마구 쏟아 냈다.

"공무원이나 회사원처럼 경력수당, 가족수당, 위험수당 같은 제도를 만들면 어떨까요? 농촌에 사는 사람들이 도시에 나가지 않고도 살 수 있도록 농촌주민수당도 주면 좋겠어요. 농촌에서 사는 것만으로도 코로나19보다 수천수만 배 더 무섭다는 지구 온난화와 기후 변화를 줄일 수 있잖아요."

"농사 잘 지으면 상여금도 주고, 퇴직금도 주면 좋겠어요. 나이 들면 편히 쉴 수 있게요."

"농사짓고 싶은 사람에게 나라에서 집과 땅을 빌려주면 좋겠어요. 그리고 정해진 기간 동안 농사를 지으면 그 집과 땅을 농부에게 큰 조건 없이 주면 좋겠어요. 집과 땅을 준다면 가난한 사람들도 농사지을 용기가 생기지 않을까요?"

"어떤 일에 공로가 있는 사람한테 나라에서 유공자 표창을 주잖아요. 나라와 국민을 먹여 살리느라 애쓴 농부들한테도 유공자 표창을 주면 좋겠어요."

"진주에 사는 우리 고모가 암에 걸렸는데 서울대학병원에 가요. 병원 가려면 시간이 많이 걸리고 교통비도 엄청 들어요. 그러니까 서울대학병원이 서울에만 있지 말고, 지역마다 하나씩 있으면 좋겠어요. 큰 병에 걸린 사람들이 서울까지 가지 않아도 마음 놓고 치료할 수 있게요."

"서울에 있는 대학을 모두 지방에 있는 농촌으로 옮기면 어떨까요? 교육이 경쟁이나 전쟁이 아니라 먹을거리와 자연환경을 살리는 희망이 될 수 있게요."

"금방 생각난 게 있어요. 농업에 관련된 일을 하는 사람들이 모두 농촌에 살면 좋겠어요. 농촌과 농업을 살려야 한다는 사람들이 대부분 도시에서 살잖아요. 그래서야 어찌 나라 꼴이 바로 서겠어요."

"청와대, 국회, 대법원과 같은 정부 기관도 작은 도시나 농촌으로 옮기면 좋겠어요. 그래야만 농촌을 살릴 수 있는 정책이나 대안이 제대로 나올 테니까요."

"그보다 독일처럼 농부를 존중하는 '사회적 합의'가 이루어지면 이 모든 일이 저절로 이루어질 것 같아요."

나는 청년 농부들의 끝도 없는 제안을 들으면서 생각했다. 나라 일꾼(정치인)을 잘 뽑아 함께 희망을 찾아야겠다고. 서로 사랑하고 꿈꾸지 않으면 사는 게 아니라고.

스승님
말씀

이놈들아, 어디서 무슨 짓을 하든 어깨 힘 빼고 살아야 혀. 어깨 힘 들어간 놈치고 인간 같은 놈 하나 없어. 돈깨나 있고 권력을 쥐고 있는 놈들 어깨를 가만히 봐. 장관이고 판검사고 어깨 뻣뻣해지면 볼 장 다 본 게야. 그런 막돼먹은 놈하고는 상종을 하지 말아.

어디로 가든 사이비가 많아. 어떻게 가려내느냐고? 둘레를 자세히 살펴보면 천지삐까리야. 부모 재산 물려받아 일하지 않고도 우쭐우쭐 떵떵거리며 사는 놈 있지. 이런 놈은 부모 형제도 이웃도 모르는 망나니야. 사람 안 될 놈이지. 돈 귀한 줄 알아야 사람 귀한 줄 아는 법이거든. 그리고 누굴 만나기만 하면 가르치려 드는 놈 있지. 이런 놈은 남의 말을 잘 듣지 않아. 어디로 가든 잘난 척하고, 고지식한 태도로 상대를 얕잡아 본다 말이야.

사이비 가운데서도 번지르르 말만 잘하는 놈 있어. 그런 놈을

'1급 사이비'라고 하지. 입만 열었다 하면 하나님, 부처님을 거들먹거리거나 법과 정의를 내세우며 핏대를 올리거든. 이런 사이비들은 봄 여름 가을 겨울 단 하루도 땀 흘리며 일하지 않아. 기생충처럼 남의 덕으로 온갖 편리함을 다 누리고 살면서도 제 놈이 잘나고 똑똑해서 그런 줄 알아.

아무튼 속보다 겉을 우러러보고 잘난 척 우쭐거리며 돌아다니는 동물은 인간밖에 없지. 잘못을 저지르고도 뉘우치지 않고 온갖 핑계를 다 둘러대는 동물은 인간밖에 없지. '누가' 없으면 단 하루도 살 수 없으면서 나밖에 모르는 동물은 인간밖에 없지. 먹고 마시고 쓰고 버리는 광고를 날마다 쏟아 내는 동물은 인간밖에 없지. 그 광고에 속아 생각도 없이 사재기를 하는 동물은 인간밖에 없지. 냉장고에 음식을 잔뜩 집어넣고 그 음식이 상하는 줄도 모르는 동물은 인간밖에 없지. 땅을 빌려주고 돈을 받거나 투기 목적으로 땅을 사고파는 동물은 인간밖에 없지. 집을 여러 채 가지고 집세를 받아 먹고 사는 동물은 인간밖에 없지. 빠르게 높게 편리하게 살겠다고 자연환경을 파괴하는 동물은 인간밖에 없지. 자식들한테 가난한 이들과 땀 흘려 일하고 정직하게 살라 가르치지 않고, 공부 열심히 해서 편안하게 살라고 가르치는 동물은 인간밖에 없지. 몇천 년 살 것처럼 두 눈 빨개지도록 탐욕스러운 동물은 인간밖에 없지. 핵무기를 만들어 놓고 다 같이 죽자고 설쳐 대는 동물은 인간밖에 없지. 그러고도 그런 줄도 모르는 동물은 인간밖에 없는 거 맞지?

가난한 부모를 만난 청년들은 날이 갈수록 포기하고 살아야 할 게 늘어난다 하잖아. 그래서 연애, 결혼, 출산, 인간관계, 집, 꿈, 희망까지 포기할 수밖에 없어 '7포세대'라는 말까지 나왔다고 하잖아. 가난한 청년들은 한평생 안 먹고 벌어도 편히 누울 집 한 채 살 수 없다는데 무슨 재미로 살 수 있겠느냐고.

농부인 자네들은, 자연과 사람을 살린다며 농약과 화학 비료도 안 쓰고 비닐조차 쓰지 않고 유기농업을 해서 남은 게 뭔가? 골병만 남았잖아. 남의 자식이 유기농업을 실천하는 농부가 되려고 하면 좋아하지만, 자기 자식이 유기농업을 실천하는 농부가 되려고 하면 발 벗고 나서서 말리는 사람이 어디 한두 사람뿐이겠는가. 희망을 이야기하는 사람은 많은데, '나'를 바꾸려는 사람은 찾기가 쉽지 않으니 안타깝고 슬픈 일이로다.

아침 햇살처럼
빛나는
아이들아

전북 진안 진성중학교 아이들아! 지난 5월 20일, 2시간 남짓 너희들을 만나 이야기를 나누었지. 2~3학년 모두 합쳐 전교생이 9명밖에 안 되는 작은 학교였지만, 둘레에 산과 들이 있어 참으로 편안하게 보였단다. 자연이 살아 있는 이곳에서 너희들 얼굴에 아침 햇살과 같은 빛나는 기운이 번졌으면 좋겠어. 너희들이 행복해야만 어른들도 행복할 수 있으니까 말이야.

오늘은 강연 시간에 말하지 못한 날씨와 흙에 대한 이야기를 나누려 한단다. 너희들이 사는 진안에도 비가 내리지 않아 걱정이 많더구나. 내가 사는 합천에도 비가 내리지 않아 산밭에 심어 둔 마늘과 양파가 배짝배짝 다 말라 죽어 가고 있어. 그래서 6월 초순 무렵에 뽑아야 할 마늘을 요즘 뽑고 있어. 얼마나 땅이 말랐으면 풀도 잘 자라지 않아. 이 모두 지구 온난화와 기후 변화 탓이래. 어쩌면 좋을까? 옛날처럼 기우제라도 지내야 할까? 도시 사람들은 이런 애달픈 농부의 마음을 속속들이 알 수는 없을 거야. 알고 있다 해도 하루하루 먹고사는 게 워낙 힘들고 바빠서 걱정할 겨를이 없을 거야.

슬기로운 이웃집 할머니는 사람들이 편리하게 살겠다고 자연한 테 나쁜 짓을 너무 많이 해서 이런 가뭄이 온다고 해. 그래서 가장 먼저 아스팔트와 콘크리트를 몽땅 걷어 내어 흙을 숨 쉬게 해야 한대. 그런데 가는 곳마다 수천 년 동안 우리를 먹여 살려 온 논과 밭을 없애고, 마을을 지켜 온 산을 깎아 자동차 도로를 넓히느라 난리법석을 떨고 있어. 참으로 안타깝고 슬픈 일이야.

하늘에서 만물을 살리는 비가 내려도, 그 비를 맞이할 흙이 줄어들면 어떤 일이 벌어질까? 흙 위에 열을 뿜어 대는 아스팔트를 깔아 대면 날이 갈수록 심해지는 지구 온난화와 기후 변화는? 가뭄과 폭염은? 식량 위기로 가격 폭등은?

대한민국이 '세계 10대 경제 대국' 반열에 올라섰다는 뉴스를 들으면서 어쩐지 화가 났어. 경제 대국이니 어쩌니 하면서 농촌을 마치 관광지로 생각하는 사람이 늘어나는 것 같아서 말이야. 농촌은 관광지가 아니라 사람들의 목숨을 살려 주는, 없어서는 안 될 소중한 곳이잖아. 아무리 돈이 좋다 해도 사람을 살리는 땅 한 평과 견줄 수는 없잖아. 사람이 돈을 씹어 먹고 살 수는 없으니까 말이야.

몇 달째 비가 내리지 않아 무거운 주전자를 들고 고추밭에 일일이 물을 주고 있는 마을 할머니와 이런저런 이야기를 주고받았어.

“할머니, 비가 내리지 않아 날이 갈수록 농사짓기 어려워지겠
지요?”

“모두 나쁜 버릇이 거머리처럼 붙어서 그래.”

“할머니, 나쁜 버릇이 뭐예요?”

“땀 흘려 일할 생각은 안 하고, 돈만 있으면 차를 타고 놀러 다
닐 생각만 하는 게지. 우리 자식새끼들도 시골 오면 일할 생각은
안 해. 시골 오면 고기 구워 먹고 놀러 다닐 생각부터 하지. 흙이
옷에 묻으면 더럽다고 해. 그 더러운 흙이 제 목숨 살리는 줄도 모
르고.”

할머니와 이야기를 나누면서 다시 깨달았어. 사람을 살리는 것
은, 대통령이나 판검사가 아니라 흙이라는 것을.

농촌에서 흙을 밟고 살아가는 진성중학교 현수야, 단우야, 수
빈아, 난연아, 범준아, 수연아, 현아야, 도현아, 동현아! 작은 학교,
작은 농촌에 산다고 기죽지 말자. 가슴 펴고 당당하게 살자. 만물
을 살리는 흙이 너희들 곁에 있으니.

그만한 가치가
있으니

지난 6월 17일은 충남 홍성에 있는 풀무농업고등기술학교(풀무학교) 강연이 있는 날이었다. 다행스럽게도 강연이 저녁 7시 30분부터라 오전은 마음 편하게 일할 수 있었다. 아무리 바쁜 농사철이라 해도 농촌 학생들 만나는 일은 거절하지 않고 억지로 짬을 내어서라도 간다. 자라나는 학생들이 있기에 농사지을 맛이 나는데 거절해야 할 까닭이 없다.

그날도 새벽 5시에 일어나 천천히 몸을 풀고 산밭으로 갔다. 몸이 피곤해서 조금 더 누워 있고 싶어도 몸이 저절로 일어난다.

"하이고, 이제 당신이나 나나 농사꾼이 다 되어 가네요."

오늘따라 아내가 하는 그 말이 싫지가 않다. 농사지으며 산 지, 고작 17년 지났는데 농사꾼이 다 되어 간다니!

한 해 가운데 6월처럼 몸과 마음이 바쁜 때는 없다. 마늘과 양파 뽑아야지, 감자 캐야지, 들깨씨 뿌려야지, 녹두와 팥 심어야지,

참깨밭, 고추밭, 토란밭, 생강밭으로 두루두루 다니며 김매야지, 해야만 할 일이 산더미처럼 쌓였다. 오늘 오전은 다 잊고 감자만 캤다. 호미에 찍힌 놈, 못생긴 놈, 벌레 먹은 놈, 빛깔 퍼런 놈, 도시 사람들 싫어하는 놈들 다 가려내고 상자에 담았다.

굽은 나무가 선산을 지킨다고, 호미에 찍히고 벌레 먹은 못난 감자가 농부를 살린다. 왜냐하면 잘생긴 감자는 모두 도시 사람들 몫이기 때문이다. 이런 농부의 마음을 몰라 주어도 좋다. 내 손으로 농사지은 농산물로 밥상을 차려, 식구들이 둘러앉아 맛있게 먹는 것만 생각해도 그저 흐뭇하니까 말이다.

감자를 정성껏 상자에 담아 택배 준비를 마치고 점심을 먹고는 풀무학교로 갔다. 풀무학교는 1958년 내가 태어나던 해에 설립한 학교다. 그래서 그런지 남다르게 정이 간다. 학생들을 만나러 가는 것이 아니라 마치 마음 나눌 '동지'를 만나러 가는 기분이다. 학교에 일찍 닿아 30분 남짓 학교를 둘러보았다. 학생들이 손수 심었다는 논에는 모가 자리를 잡아 가고 있었다. 밭에는 여러 가지 채소가 자라고 꽃이 피어 오가는 사람들을 반겨 주었다.

65년이란 긴 세월 동안 흔들림 없이 이 학교를 지키고 살려 낸 선생님들과 학부모, 그리고 학생들이 스쳐 지나갔다. 저절로 머리가 숙여졌다. 나를 안내하던 학생의 어머니가, '풀무학교는 나무 한 그루 함부로 베지 않고 그대로 둔다'며 자랑스러워했다.

농부가 되려는 꿈을 가진 학생들과 두어 시간 농업과 먹고 사는 일에 대해 이야기를 나누었다. 시를 낭송하기도 하고, 서로 질문을 하고 대답을 하기도 하며 뜻깊은 시간을 보냈다. 강연을 마치고 문을 나서는데 한 학생이 물었다.

"선생님, 농부는 별을 노래하는 사람이라고 했잖아요. '농' 자가 무슨 뜻이라 했습니까?"

"이웃 마을에 사는 선배 농부가 그랬다네. 별 진辰에 노래 곡曲을 합쳐서 농農 자가 되었다고 하더군. 별을 노래하는 사람이 농부農夫라고."

그 말을 듣고 환하게 웃으며 돌아서는 학생을 생각하면서 집으로 돌아왔다. 멀고도 어두운 길이 결코 멀거나 어둡지 않았다. '편한 곳보다 되도록 힘든 곳을 택하라. 그만한 가치가 분명히 있다'는 '풀무 직업 십계'를 가슴에 안고 살아가는 학생들이 이 땅에 있어 사는 맛이 난다.

세상이 아프면
우리도 아프다

전화가 왔다.

"서정홍 농부님, 저는 인도주의실천의사협의회에 소속된 의사입니다. 다가오는 일요일 오전 10시에 찾아뵙고 싶습니다. 인원은 13명입니다."

"어떤 목적으로 의사 선생님들이 산골 마을에 오려고 하는지요?"

"농사 일손도 거들고, 농사와 기후 변화에 대한 이야기도 듣고 싶습니다."

"무더운 7월이라 땡볕 아래 김매는 일 말고는 할 게 없는데요. 오전 10시면 농부들도 더워서 일하기 고달픈 시간인데……."

"잘할 수 있습니다. 한두 시간이라도 일손을 거들고 난 뒤에 농부님 말씀을 듣고, 같이 점심을 드셨으면 합니다."

나는 30대 후반부터 40대까지 선배들 가르침에 따라 '생명과 공동체'를 살리는 가톨릭농민회와 우리밀살리기운동 경남부산지역본부에서 일했다. 그리고 2005년에 하던 일을 후배들에게 물려주고, 머리가 아닌 손과 발로 사는 산골 농부가 되었다. 30년 남짓 생명공동체운동을 하면서, 의사와 의대생들이 농촌봉사활동을 하겠다고 연락을 해 온 건 처음 있는 일이다. 더구나 1980년대부터 말로만 듣던 인도주의실천의사협의회(인의협)라는 말에 나도 모르게 귀가 솔깃했다. 그래서 인터넷을 찾아보았다. "세상이 아프면 의사도 아파야 한다." 가장 먼저 눈에 들어오는 이 글을 읽는데, 가슴이 두근거리고 알 수 없는 힘이 솟았다. 메마른 세상에 뜨거운 '동지'를 만난 듯한 느낌이 들었다.

인도주의실천의사협의회가 창립된 때는 1987년 11월 21일입니다. 군사정권에 맞선 민주항쟁과 노동자대투쟁을 겪으면서 뜻있는 의사들이 모였습니다. 그리고 "세상이 아프면 의사도 아프다", "사회를 고치는 의사가 되자"라는 초대 이사장님의 말씀에 모두들 동의했습니다. (……) 경쟁으로 인해 사회에서 고통받는 사람들을 보듬고 보다 평등한 세상을 위해서 함께 걷겠습니다.[*]

이런 뜻을 가슴에 안고 살아가는 의사들과 의대생들이 빈집과 혼자 사는 할머니가 더 많은 산골 마을에 온다고 하니, 어찌 가슴

* 인도주의실천의사협의회 사이트(www.humanmed.org)

이 두근거리지 않겠는가.

드디어 약속한 날이 왔다. 오전 10시쯤 도착한 인의협 사람들과 간단한 자연 체험 프로그램을 시작했다. 한 줄로 서서 앞 사람 어깨를 두 손으로 살며시 잡고, 눈을 감고 걸어갔다. 자연에서 들려오는 소리를 들으며 천천히 천천히 잠자고 있던 다른 감각을 깨우는 프로그램이다. 그러고 나서 산밭에서 장갑을 끼지 않고 맨손으로 김을 맸다. 그래야만 흙을 제대로 느낄 수 있으리라 생각했다. 태어나서 처음으로 풀을 만져 보고 김을 매는 사람이 많았다. 일을 마치고 육각정에 둘러앉아 수박과 간식을 먹으며 이야기를 나누었다.

나는 인의협 사람들에게 물었다.

"단 한순간도 자연이 없으면 살 수 없는 사람이, 오직 자연에 기대어 사는 사람이 언제부터 자연을 떠나 살게 되었을까요? 지구 온난화로 일어나는 자연재해와 단 하루도 바람 잘 날 없는 끔찍한 사건들은, 결국 사람이 자연을 떠나 콘크리트와 아스팔트로 뒤덮인 도시에서 살고부터 늘어난 게 아닐까요?"

철없는 농부가 던진 질문에, 인의협 사람들의 눈빛이 아프게 보였다. 세상이 아프면 어찌 의사만 아프겠는가. 농부도 아프다. 많이 아프다. 그들이 떠난 자리에 밝은 여름 햇살이 가득 내렸다.

아이는
온 마을이
키운다

산골 마을에 서울 손님이 왔다. 3년째 코로나19로 마음 놓고 오가지도 못하다가, 3박 4일 겨우 짬을 내고 용기를 내어 왔다. 더구나 서울과 합천은 큰마음 먹어야만 오갈 수 있는 거리다. 그래서 아내와 나는 사나흘 전부터 귀한 손님 맞을 준비를 했다. 그 손님이 누구냐고? 여섯 살 손자 '서로'다. 이름은 '로'인데 성을 붙여 그냥 '서로'라 부른다. 서로 혼자 온 것은 아니다. 서로 엄마도 같이 왔다. 서로 아빠는 일터에 가는 바람에 어쩔 수 없이 둘이만 왔다.

서로 엄마는 눈이 불편한, 정확하게 말하자면 1급 시각장애인이다. 서로는 엄마 손을 꼭 잡고 서울 마포구 성미산 아래에서 서울역으로, 서울역에서 KTX를 타고 대구역으로, 대구역에서 다시 합천 황매산 자락까지 무사히 왔다. 여섯 살 아이와 눈이 불편한 엄마가 이렇게 먼 거리를! 놀랍기만 하다. 서로 엄마는 서로한테 할머니, 할아버지와 좋은 추억을 만들어 주고 싶어 용기를 내어 왔단다. 어찌 고마운 마음이 절로 들지 않으랴.

'발 없는 말이 천리를 간다'더니, 서울 촌놈 서로가 왔다는 소문이 여기저기 퍼졌다. 이웃 마을에 사는 청년 농부 구륜이가 쌀자루를 등에 메고, 집에서 키우는 토종닭 2마리를 들고 왔다. 은실 님은 바쁜 농사일 제쳐 두고 일일이 간식을 챙겨 주고, 하루네는 손수 농사지은 토마토 한 소쿠리에다 팥빙수까지 만들어 주었다. 이랑이네는 옥수수를 삶아 주었고, 아랫집 선미네는 집에서 우리밀 빵을 노릇노릇 맛있게 구워 왔다. 그리고 마을 할머니가 "산골에서 오랜만에 귀한 거 보았다야. 그냥 보믄 안 되지. 안 되고 말고" 하면서 꼬깃꼬깃 넣어 둔 만 원짜리 한 장을 주셨다. '귀한 거'라는 말은 손자 서로를 두고 하는 말이다. 워낙 아이들 보기 어려운 산골이라 가끔씩 아이들이 보이면 '귀한 거 보았다'며 좋아하신다.

7년 전 어느 날, 셋방살이하며 애써 키운 큰아들이 앞이 보이지 않는 아가씨 손을 잡고 혼인을 하겠다며 찾아왔다. 비록 앞은 보이지 않지만 성격이 밝고 착하다며 힘주어 말했다. "아버지, 앞이 잘 보이는 제가 한평생 '눈'이 되어 살겠습니다." 그때가 엊그제 같은데 손자가 태어나고 어느덧 여섯 해가 지났다. 산골 젊은 이웃들은 그 사연을 안다. 그래서 자기네 식구처럼 반갑게 맞이해 주었다. 더구나 윗마을에 사는 열 살 이랑이와 효준이는 학교 방과후수업도 안 가고 서로와 같이 산과 들로 뛰어다니며 놀아 주었다.

서울 촌놈 서로와 보낸 3박 4일 동안 할아버지인 내가 한 일은 고작 개울에 가서 물고기와 놀고, 잠자리채를 들고 언덕을 누빈 것뿐이다. 산골 이웃들이 먹여 주고 함께 놀아 주었다. '아이는 온 마을이 키운다'는 말은 이럴 때 쓰는 말이구나 싶어 저절로 머리가 숙여졌다.

서로는 다시 서울로 갔다. 서로는 오늘도 엄마 손을 잡고 산책도 하고 시장도 가고 어린이집에도 갈 것이다. 어디든 갈 것이다. 갈 수 있을 것이다. "엄마, 내 손을 꼭 잡고 따라와. 내가 앞이 잘 보이니까 괜찮아" 하면서 말이다. 서로는 엄마에게 방향을 알아내는 나침반이고, 배를 앞으로 나아가게 하는 멋진 노다. 서로와 함께 걸었던 산골 언덕 너머에 오랜만에 저녁놀이 환하다.

아버지,
요즘 무슨 일
하세요?

가끔 도시에 사는 아들 녀석한테 안부 전화를 받는다.

"아버지, 요즘 무슨 일 하세요? 땀 너무 많이 흘리지 마시고 쉬엄쉬엄하세요. 이웃들도 잘 지내시지요?"

내가 만일 도시에 살고 있었다면 아들 녀석이 어찌 이웃들 안부를 묻겠는가. 그리고 농촌을 오직 '관광 대상'으로 여겼을지 누가 알겠는가.

제11호 태풍 '힌남노'가 불어닥쳤을 때도 참으로 많은 분이 안부를 물어봐 주었다. 집과 농작물은 무사한지, 힘든 일은 없는지, 산골 마을 사람들은 모두 잘 있는지, 필요한 것은 없는지, 관심을 갖고 물어봐 주었다. 이렇게 위로와 응원이 가득한 안부 전화를 받고 나면 세상은 참으로 아름답다는 생각이 들고, 없던 힘도 절로 생긴다. 더구나 "요즘 무슨 일 하세요" 하고 물어봐 주는 아들 녀석이 참으로 든든하고 고맙다.

　며칠 전, 막내아들 녀석이 2박 3일 동안 시골집에 머물다 갔다. 갓 돌 지난 손자(우진이) 녀석 돌보느라 아들과 며느리가 하루 내내 매달려 쩔쩔매는 모습을 보고는, 문득 마을 할머니들 하시던 말씀이 떠올랐다.

　“도시 사는 며느리 오거들랑 절대 농사일 시킬 생각 하지 말거래이. 아무리 농사일 바쁘고 일손이 모자라도 겉으로는 일 없다고 해야 한대이. 땅콩과 밤을 맛있게 삶아 놓을 테니 좋은 공기 마시며 산책이나 하고 오라고 해. 그래야 다음에 또 오지.”

　“농사일이고 부엌일이고 이런 거 시키모 두 번 다시는 안 온대이. 그라고 도시에서 하루하루 묵고사느라 고생하는 거 생각하모 안쓰럽잖어.”

　아들 녀석은 2박 3일 동안 함께 지내면서 아버지가 요즘 무슨 일을 하는지 눈으로 보았을 것이다. 아침 5시 30분에 일어나 가볍게 몸을 풀고 산밭으로 가는 아버지를 보았을 것이다. 해보다 먼저 일어나 산밭에 쪼그려 앉아 김장배추 벌레를 잡고, 한자리에 서너 개 올라온 가을무를 솎고, 아침밥 먹고 쉴 틈도 없이 비지땀을 흘리며 마늘밭을 갈고, 옥수수와 가지를 따고, 땅콩을 캐는 아버지를 보았을 것이다. 고구마 줄기와 호박잎을 따서 된장국을 끓이고, 옥수수와 땅콩을 삶는 어머니도 보았을 것이다. 그 모습을 보고 나서야 돌 지난 아들 녀석 입가에 묻은 밥알을 손수건으로 닦아 내지 못하고 제 입으로 넣었을 것이다.

　나는 해 질 무렵에 땅콩을 뿌리째 뽑아서 아들 녀석한테 보여 주었다.

"아버지, 땅콩이 나무에 주렁주렁 달리는 줄 알았어요. 땅속에서 이렇게 주렁주렁 달리는 걸 태어나서 처음 봤어요."

나이 서른아홉이 되어서야 땅콩이 땅에서 열린다는 걸 알게 된 아들 녀석을 보면서 내가 별을 노래하는 농부가 되었다는 게 자랑스러웠다. 내가 농부가 되지 않았으면 아들 녀석은 땅콩을 오직 돈만 주면 살 수 있는 '물건'으로 여겼을지 누가 알겠는가. 그래서 내가 별을 노래하는 농부가 되었다는 게 자식들한테 아니, 자손 대대로 가장 소중한 선물이라는 생각이 드는 것이다.

성직 가운데 가장 훌륭한 성직이라는 농부, 박노해 시인 말처럼 "노벨 문학상 수상자도 그분 앞에선 감히 이름도 못 내민다"*는 농부인 아버지를 우리 아들(젊은이들)도 자랑스럽게 여기고, 농사를 이어받아 주면 좋겠다.

* "농사꾼", 〈박노해의 숨고르기〉, 나눔문화 사이트, 2014년 7월 22일.

딱 한 가지

오랜만에 도시 중학교 진로 특강을 하면서 아이들한테 물었다.

"요즘 어른들한테 배울 수 있는 게 무엇이 있나요?"

여기저기서 손을 들고 대답을 했다.

"영어요. 그리고 수학요."

"국어요."

"선생님, 영업도 배울 수 있어요."

"아니 영업이라니요?"

"우리 아버지가 자동차 영업 사원인데요. 자동차 많이 팔아서 상도 받았어요."

아이들은 그 말을 듣고 교실이 떠나도록 웃었다.

"어른들한테 배울 수 있는 게 또 없을까요?"

"집이나 땅을 사고팔아서 돈 버는 거요."

"주식 투기하다 망하는 거요."

"아무 데서나 막말하고 시치미 떼고 거짓말하는 거요."

"성적이 떨어지면 윽박지르고 겁주는 거요."

"사람 차별하고 무시하는 거요."

"선생님, 똑똑한 어른들한테 배울 게 딱 한 가지 있어요."

"한 가지라? 몹시 궁금하네요."

"저리 살아서는 안 된다는 거요. 따라 살고 싶은 삶은 눈곱만치도 없는데, 입으로만 우릴 가르치잖아요. 초등학교에 다니는 우리 동생도 다 알아요. 우리 미래를 어른들한테 맡겨서는 안 된다고요."

"여러분 이야기를 듣고 있자니 기가 막히는군요. 어른이라는 이름이 부끄러워 얼굴을 들 수가 없네요."

어른은 무엇이 옳고 무엇이 그른지를 알고 무엇을 해야 하고 무엇을 하지 말아야 하는지를 알고 실천하는 사람이다. 어른은 곧 '얼'(정신)이 살아 있는 사람이다. 그런데 아이들 눈에 비친 어른은 '얼'이 살아 있는 사람이 아니라 '얼'이 빠진(얼빠진) 사람일지 모른다는 안타까운 생각이 들었다.

학생들한테 다시 물었다.

"어른들한테 이런 거 배운 사람은 없나요? 남한테 지고도 행복해지는 법. 어떤 일이든 최선을 다하지 않아도 자유롭게 사는 법. 잘나고 똑똑한 사람보다 사람과 자연을 섬기는 사람을 우러러보는 법. 자기 몸과 마음을 스스로 지키고 다스리는 법. 스멀스멀 밀려오는 숱한 탐욕을 줄이는 법. 지구 가열화와 기후 위기를 줄이기 위해 비행기를 타지 않고 걸어서 여행을 즐기는 법. 나무 한 그루 지렁이 한 마리 소중하게 여기는 법. '오래된 미래'인 농업과 농촌과 농부를 살리는 법. 다음 세대를 위해 단순하고 가난하게 사는 법. 땀 흘리며 정직하게 살아가는 사람에 대한 예의를 지키는 법. 바느질과 요리를 하는 법. 제 손으로 밥상을 차리고 밥상 앞에 머리 숙이는 법. 나를 살리고 서로를 살리는 대화법. 밝은 미래를 꿈꾸는 시민사회단체에 이름 밝히지 않고 기부하는 법. 모두가 가난하면서도 모두가 넉넉하게 사는 법. 사람을 있는 그대로 존중하고 사랑하는 법. 큰 시련이 닥치면 흔들리다 다시 일어서는 법. 자기 빛깔과 속도로 '나답게' 그리고 함께 멋들어지게 살아가는 법……. 이 가운데 어른들한테 배운 게 몇 가지나 되나요?"

"선생님, 요즘은 돈만 있으면 못 할 게 없는 세상인데 그딴 걸 누가 가르치나요? 우린, 똑똑한 어른들이 시키는 공부만 해도 제정신이 아니에요."

공부만 해도 제정신이 아닌 아이들과 2시간 내내 질문을 던지고 대답을 들으며 마음이 아팠다. 땀 흘리며 일하고 정직하게 살 생각은 쥐꼬리만큼도 없고 머리에 지식만 가득 찬 '똑똑한 어른들'이 아이들을 손아귀에 쥐고 좌지우지하고 있으니 어찌 마음이 아프지 않겠는가.

가만히
아이들 이름
불러 본다

　설레는 마음으로 기다리던 11월 12일(토), 경남 창원 합포여자중학교 교사 세 분이 학생 20명을 데리고 '문학기행'을 오기로 한 날이다. 아내와 나는 이른 아침부터 손님맞이 준비하느라 눈코 뜰 새 없이 바빴다. 산골 마을에 뿌리내린 지 17년이 지났지만 우리 마을엔 학생이 한 명도 없다. 다른 마을도 거의 마찬가지다. 지구촌 코로나19로 오고 싶어도 오지 못하던 도시 학생들과 교사들이 올해부터 가끔씩 찾아오고 있다. 얼마나 기쁘고 반가운 일인가.

　어느덧 오전 9시 40분이다. 반가운 손님을 맞이하느라 지나가던 바람도 잠시 멈추고, 마을 텃새들이 노래를 부르고, 개가 짖고 소가 울어 댔다. 드디어 참나무 아래 넓은 쉼터에 버스가 섰다. 학생들이 하나둘 내렸다. 서로 인사를 나누고 난 뒤, 한 줄로 서서 광목천으로 눈을 가리고 앞사람 어깨를 두 손으로 살며시 잡고 걸었다. 고달프고 바쁜 일상을 내려놓고 잠시 자연에서 들려오는 소리를 들어 보는 시간이다. 개울을 지나 오르막과 내리막을 지나 가을걷이 끝난 다랑논으로 가서 논둑에 한 줄로 앉았다. 그리고 광목천을 자기 손으로 천천히 풀고, 다랑논 한쪽에 짚으로 무대를 만들고, 한 사람씩 그 무대에 서서 느낌과 깨달음을 나누었다.

흐르는 물소리와 새소리가 너무 맑고 좋았다는 아이, 햇볕이 이렇게 따뜻한 줄 몰랐다는 아이, 태어나서 논에 처음 들어와 봤는데 어쩐지 몸과 마음이 편안하고 느낌이 부드럽다는 아이도 있었다.

"눈만 뜨면 시끄러운 자동차 소리가 들리고 콘크리트 건물이 가슴을 답답하게 했어요. 오늘, 산골에 와서 친구들과 다랑논을 함께 밟아 보고 탁 트인 자연 속에 있으니까 여유가 생기는 것 같아요."

떨리는 목소리로 울먹이면서 말하는 세은이를 바라보면서 함께 눈시울을 붉히기도 했다.

어릴 때부터 공부와 경쟁에 지친 아이들이 잠시라도 자연의 품에 안겨 낮은 언덕을 뛰어다니며 감을 따고, 혼자 개울에 앉아 말없이 흐르는 물을 바라보기도 하고, 슬며시 내 곁에 다가와 구절초 한 송이 주고 가기도 하고, 안경 닦으라며 내 손에 작은 수건을 쥐여 주기도 하고, "봄날샘, 내일 다시 와도 되지요?" 말하고는 얼굴을 붉히기도 하고, "봄날샘, 제 손 한 번만 잡아 주세요. 요즘 골치 아픈 일이 너무 많아서요. 농사짓는 손이 생명을 살리는 손이라 했잖아요. 그 손으로 제 손을 잡아 주면 힘이 날 것 같아요"

하고는 손을 내밀기도 했다. 아이들을 집으로 돌려보내고 산길을 홀로 걸으며 아이들 이름을 불러 보았다.

샛별, 혜람, 예빈, 수정, 예은, 예림, 소윤, 보미, 나영, 나영(학년도 같고 반도 같고 이름도 같은 김나영이는 반 친구들이 생일을 기준으로 봄에 태어난 나영이는 '봄나영', 가을에 태어난 나영이는 '가을나영'이라 부르기도 한단다), 서영, 가현, 서진, 세은, 지현, 수민, 보미, 호정, 정화, 시은이 그리고 아이들이 다칠세라 낮은 돌층계 하나하나 내려올 때도 두 손을 꼭 잡아 주고 그림자처럼 따라다니던 강은주 선생님, 강은숙 선생님, 김영경 선생님, 프로그램 진행을 도와주고 시 낭송까지 해 준 버스 기사님 얼굴도 떠올려 보았다. 해맑은 아이들 덕일까? 몇 달 만에 비가 내린다. 바짝바짝 말라 가던 마늘과 양파와 김장배추와 무가 얼씨구, 좋다! 춤을 춘다.

명당이
따로 있는 게
아니다

2022년 한 해가 저물어 간다. 이제 산골 마을 논과 밭은 모두 겨울 방학에 들어갔다. "아이고, 농사일이 오데 끝이 있는가. 고마 죽어삐야 끝나지." 마을 어르신들이 죽어야 끝난다던 농사일도 잠시 방학이다. 이젠 틈틈이 뒷산에 가서 내년 가을까지 아궁이에 넣을 장작을 하거나 밭두둑에 비닐 대신 쓸 부엽토를 긁어 놓으면 된다. 그리고 장날에 가서 겨울 간식으로 먹을 옥수수와 현미 뻥튀기를 하고, 무를 썰어 겨울 햇볕에 말릴 때이다.

밤이 오면 아내랑 돋보기를 쓰고 벌레 먹거나 쪼그라진 녹두와 팥을 가려내고, 빛깔 좋고 잘생긴 녀석들은 미리 주문한 분들한테 택배로 보내야 한다. 가끔 두더지가 파헤쳐 놓은 마늘밭과 양파 밭에 가서 두둑을 꾹꾹 밟아 준다. 그래야만 긴 겨울 내내 뿌리가 얼어 죽지 않는다. 농약과 화학 비료와 비닐조차 쓰지 않고 농사 지으려니 생각보다 잔손질이 많이 간다. 그래도 겨울철 일은 서두르지 않아도 되고, 오늘 못 하면 내일 해도 그만이라 여유가 있다.

얼마 전, 이웃 마을회관에 들렀다. 젊어서 고향 마을을 떠나 도시에서 살고 있는 어르신이 찾아와, 어릴 때부터 고향을 지키며 살고 있는 어르신과 이야기를 나누고 있었다. 남 이야기 같지 않아서 어르신들이 주고받는 이야기를 그대로 '명당'이란 제목으로 시로 옮겼다.

명당

서정홍

우리 마을은 명당이라

훌륭한 인물이 많이 나왔잖어

샘골 어르신 큰딸 교장 됐지

덕수양반 둘째 아들 대기업 부장 됐지

만덕이네 집에 공무원이 두 명이나 나왔지

그리고 상욱이네 막내아들은 검산가 뭔가……

이 사람아, 명당이면 무엇 하나

고향 담벼락은 자꾸 무너지고

애들이 씨가 말라

중학교고 고등학교고 문 닫은 지 오랜데

그러니까 우리 마을은 명당이 아닐세

당장 몹쓸 귀신이 나올 판인데 명당은 무슨?

낳아 주고 길러 준 고향은 나 몰라라 하고

도시에서 돈깨나 벌었다고 말이여

가끔 고향 찾아와

돈 몇 푼 던져 주고 가면 뭐 하겠나

태어나고 자란 고향에서 흙 밟으며

함께 살아야 명당이 되는 게지

- 《그대로 둔다》(상추쌈)

한평생 고향 땅을 버리지 않고 농사지으며 살고 있는 어르신의 한숨 섞인 말씀이 아직도 귀에 쟁쟁하다. 어르신 말씀대로 명당이 따로 있는 게 아니라, 함께 오순도순 살면 명당이 되는 것이라는 생각이 든다. 가끔 고향 찾아와 돈 몇 푼 던져 주고 가는 '훌륭한 인물' 많다고 해서 명당이 되는 게 아니니까 말이다.

산골에서 조금만 벗어나면 길가 여기저기 빛바랜 펼침막이 자랑삼아 겨울바람에 펄럭인다. "○○○ 씨 장남 외무고시 최종 합격을 축하합니다." "○○○ 씨 막내딸 사법고시 합격을 축하합니다." 남보다 몇 배 더 부지런히 공부해서 높은(?) 자리에 오른 것을 시샘하는 것은 절대 아니다. 펄럭이는 펼침막을 볼 때마다 나도 진심으로 축하해 주고 싶다. 다만 펼침막에 이름 붙어 있는 분들은 대부분 고향을 떠난 사람이다. 다시 고향으로 돌아올 가능성이 거의 없는 사람이다.

나는 가끔 이런 펼침막이 곳곳에 걸리는 꿈을 꾼다. 'OOO 씨 큰아들이 영혼 없는 도시에서 살다가, 드디어 마음 다잡고 고향 마을로 돌아온 것을 축하합니다.' '도시로 나간 OOO 씨 막내딸이 농촌 총각과 혼인을 하여, 오래된 미래인 고향으로 돌아온 것을 축하합니다.' 바보같이 나만 이런 꿈을 꾸는 걸까?

4부

마지막
유언

부치지 않은
편지

"서 시인, 자네나 나나 국민학교(초등학교) 졸업하자마자 낮엔 공장에서 일하고 밤엔 야간학교 다녔지. 열네 살, 그때부터 지금까지 식구들 먹여 살리느라 부지런히 살아온 죄밖에 없잖은가. 그런데 갑자기 내 몸에 무서운 암이 자라고 있다는 의사 선생 말을 듣고는 온몸에 힘이 빠져 목구멍으로 밥이 넘어가지 않는다네."

새해 아침, 마치 삶을 다 내려놓은 듯 힘없는 자네 전화를 받고는 앞이 어질어질했다네. 아픔과 절망으로 가득 찬 자네를 떠올리며 이 글을 쓴다네.

자네는 도시에서, 나는 산골에서 이날까지 빠듯한 살림살이에 자식 뒷바라지하느라 오직 일밖에 모르고 살았지. 특기와 취미 생활이 모두 '일'뿐이라는 우스갯소리를 하면서 말일세. 그러니 몸속에 병이 자라는 줄 어찌 알았겠느냐고. 입에 풀칠하기도 어려웠던 58년 개띠 해에 태어난 우리는, 제대로 숨 쉴 틈도 없이 바쁘게 살아왔잖은가. 그러니 낭만과 여유는 우리 몫이 아니었지.

병이란 잘못된 생활 습관 때문에 오는 거라고 쉽게 말하지만, 사람한테 찾아온 병을 어찌 생활 습관 탓으로만 돌릴 수 있겠는가. 병이란 고단한 삶의 훈장 같기도 하고, 있는 힘을 다해 살아온 영광스러운 상처라고도 하지 않던가. 그러니 자네 잘못만은 아니라네. 함께 풀어 가야 할 숙제일세.

긴 노동 시간과 불안한 일자리, 끝없는 경쟁과 성과주의에 내몰린 지친 영혼들. 어질고 정직하게 살아갈수록 더 가난해지는 비열한 현실, 아무리 부지런히 일해도 희망이 보이지 않는 미래. 혼자 힘으로는 어찌할 수 없는 미세먼지 나쁨 때론 매우 나쁨, 갈수록 심해지는 지구 온난화와 기후 변화. 이런 현실 속에서 안 아픈 게 이상한 거잖아. 누구나 아프게 되는 거잖아. 우리 몸은 쇳덩어리가 아니니까 말일세.

그러니까 숨기지 말고 아프면 아프다고 말하게나. 그래야 함께 돌볼 수 있지. 그래야 함께 희망을 찾을 수 있지. 그리고 과거든 현재든 그 무엇이든 걱정거리 잠시 내려놓고 쉬엄쉬엄 숲속을 걸어 보게. 걷다가 지치면 나무 그늘에 앉아 지그시 눈을 감고 새소리, 바람 소리 들어 보게. 무거운 짐이 조금 가벼워지리라 생각하네. 병이 다 나으면 더없이 좋겠지만, 병이 다 나아야만 행복한 건 아니지 않은가. 병이 없어도 불행한 사람이 하도 많은 세상이니까 말일세.

남한테 휘둘리지 않는 길은, 자기 몸은 자기가 스스로 돌보는

데서 열린다고 하더군. 틈을 내어 《내 몸이 최고의 의사다》, 《통증보감》, 《스스로 몸을 돌보다》와 같은 책을 읽어 보시게. 자네나 나나 먹고사느라 바빠 '나'를 지킬 책 한 권 마음 다잡고 읽은 적이 없지 않은가? 오랜 친구로서 내가 자네한테 할 수 있는 게 이런 말밖에 없다니, 정말 미안하네. 아무튼 아픈 것도 서러운데 마치 죄인처럼 기죽고 살지는 말게.

새해부터는 아픈 몸이 다른 사람한테 짐이 되지 않으면 좋겠네. 아이든 어른이든 넉넉한 사람이든 가난한 사람이든 '사람'으로 태어났다는 것만으로 누구나 걱정 없이 치료받을 수 있으면 좋겠네. 때가 되면 정든 사람들의 따뜻한 보살핌 속에서 편안하게 죽음을 맞이할 수 있으면 좋겠네. 우리 함께 그 길을 찾아 보세나. 혼자 꿈을 꾸면 꿈으로 그치지만, 함께 꿈을 꾸면 그 꿈이 현실이 되지 않겠는가.

58년 개띠가
70년 개띠에게

2023년 올해는 1차 베이비붐 세대를 상징하는 '58년 개띠'가 65세가 되는 해다. 내년에는 노인 인구가 1000만 명쯤 될 것이라 한다. 전체 인구의 약 20%다. 10년 뒤, 2033년에는 58년 개띠가 유병노후有病老後 나이인 75세가 된다. 앓아누운 노인들이 많아져 사회 복지 비용이 늘어나는데, 2차 베이비부머(1968~1974년생, 635만 명)가 줄지어 노인 집단에 들어선다. 노인이라고 해서 무시하거나 업신여겨서는 안 된다. 노인이 편안하고 행복한 삶을 누려야만 모두가 편안하고 행복한 삶을 누릴 수 있다. 그리고 노인이 존중을 받으며 편안한 죽음을 맞이할 수 있어야 한다. 왜냐하면 누구나 노인이 되기 때문이다.

인도 라다크 지방은 인도에서도 인구가 가장 적은 오지다. 해발 3,000m가 넘는 고지대다. 서방 기자가 무척 가난한 라다크 노인에게 "현대인들이 불행한 이유가 무엇이라고 생각하는지요?" 하고 묻자 노인은 이렇게 말했다고 한다.

"아마도 당신들이 가지고 있는 좋은 옷과 가구와 재산들이 지나치게 많기 때문에, 거기에 마음을 빼앗겨 기도하고 배우면서 차분히 자신을 되돌아볼 시간이 없어서일 것이다."

그리고 이런 말도 했다고 한다.

"나는 바깥세상에 사는 사람들이 식탁과 의자와 카펫을 갖고 편안하게 산다고 들었다. 쌀과 설탕 등 행복에 필요한 모든 것을 갖고 있다고 들었다. 나는 보리떡과 죽밖에는 먹을 것이 없다. 하지만 나는 행복하다. 이가 다 빠져서 많이 먹을 수도 없다. 당신들은 좋은 옷을 입었지만 보다시피 내 옷은 다 해진 누더기다. 그런데도 바깥세상에는 많은 불행이 있다고 들었다."

나는 58년 개띠다. 올해 65세 노인이 되었다. 라다크 노인만큼 가난하지는 않지만, 농사짓지 않으면 먹고살 수 없다. 더구나 혼인한 자식들도 달셋방 신세라 어디 기댈 데가 없다. 부모한테 기대지 않는 것만으로도 다행으로 생각해야 한다.

그래도 산골은 몸만 움직이면 살아갈 수 있다. 숨 쉬기 좋은 작은 흙집이 있고, 기름과 가스가 없어도 장작만 있으면 한 해 내내 따뜻한 온돌방에서 잘 수도 있다. 맑은 공기와 돈 한 푼 내지 않고도 마음 놓고 마실 수 있는 골짝 물도 있다. 땀을 씻겨 주는 시원한 산바람과 바라만 보아도 든든한 마을 뒷산 소나무 숲과 아침마다 찾아와 노래 불러 주는 산새들도 있다. 텃밭에는 언제나 싱싱한 푸성귀가 있고, 산과 들에 자라는 산나물과 들나물은 돈

한 푼 없어도 먹을 수 있다. 장독대에는 된장과 간장과 고추장이 있어 보기만 해도 든든하다. 문만 열고 나가면 쉼 없이 흐르는 깨끗한 개울물과 보면 볼수록 빛나는 별도 있다. 그 무엇보다 아이들처럼 토라졌다가 금세 웃고 지내는 산골 어르신들이 계신다. 산골엔 이 세상에 있는 모든 돈과 황금을 다 준다 해도 바꿀 수 없는 소중한 보물이 늘 곁에 있다.

12년 뒤엔 70년 개띠가 '65세 노인'이 될 것이다. 세월은 강물처럼 흐른다. 흐르는 강물을 어찌 붙잡을 수가 있겠는가. 그래서 70년 개띠들에게 부탁한다. 12년 뒤, '미래 세대에 모든 걸 물려주고 남은 삶을 사는 뒷방 늙은이'가 아니라 미래 세대에 좋은 영향을 끼치는 '든든한 노인'이 될 수 있게 오늘부터 멋진 '인생의 그림'을 그려 보자. 자연 속에서, 이웃들과 함께 배우고 가르치며 자유롭게 살 수 있게. 스승의 스승인 자연 속에서 땀 흘려 텃밭을 일구며 '오래된 미래'를 꿈꿀 수 있게.

어느 봄날
저녁에

얼마 전, 읍에 사는 군의원이 찾아와 "산골에 살면서 불편한 점은 없나요?" 하고 물었다.

"스스로 선택한 삶이라 크게 불편한 건 없어요. 다만 마을마다 혼자 사는 어르신이 갈수록 늘어나 걱정이에요. 10년 뒤엔 산골 마을이 어떻게 변할까요? 생각만 해도 안타깝고 쓸쓸해요. '노인 한 사람의 죽음은 도서관 하나가 불타 없어지는 것과 같다'는 아프리카 속담도 있잖아요. 제가 이 마을에 뿌리내릴 때만 해도 팔팔하던 60대 어르신들이, 지금은 모두 80대가 됐거든요."

내 말을 가만히 듣고 있던 군의원은 오히려 내가 더 걱정이 된다는 듯이 말했다.

"산골 마을에 살지 말고 읍으로 나와서 살아요. 편리하게 아파트에 살면서 자동차로 출퇴근하듯이 농사지으면 되잖아요. 읍 인구가 늘어나면 복지 시설이 늘어나고 의료 시설도 좋아지고요. 그렇게 되면 농촌도 살 만하지 않겠어요? 농촌 인구도 늘어나고요.”

“군의원님, 산골 마을에 있는 집은 다 어떻게 하지요? 농사야 출퇴근하듯이 짓는다 해도 살 집은 있어야 하잖아요. 아파트를 빌린다 해도 우선 돈이 있어야 하고요?”

군의원을 돌려보내고 쓸쓸한 마음을 안고 산밭으로 갔다. 오랜만에 흠뻑 내린 봄비로 여기저기 감자 싹이 쑥쑥 올라오고 있었다. 3월 중순에 씨를 뿌린 대파, 상추, 케일, 쑥갓, 시금치 싹도 파릇파릇 올라왔다.

나는 날마다 보고 또 봐도 신비하고 감동스러운 연둣빛 새싹 앞에 가만히 앉아 생각에 잠겼다. 하루하루 시시때때로 돌보지 않으면 안 되는 농사를 자동차 타고 출퇴근하듯이 지을 수 있을까? 기름 한 방울 안 나는 나라에서, 더구나 날마다 왔다 갔다 자동차 매연을 뿜어 대면서 농사를 짓는다는 게 올바른 일일까? 산골엔 편리함이나 돈으로 따질 수 없는 게 하늘에 별만큼이나 많은데……. 그 가운데 한 가지만 들어 보자.

중고등학교 학생들은 가끔 서로 다투기도 하고 몰래 담배를 피우고 술을 마시다 들키기도 한다. 가까운 지역에 있는 몇몇 중고등학교에서는 그럴 때마다 학생총회(식구총회)를 열어 스스로 정한 규칙(약속)을 어긴 학생들을 어떻게 하면 좋을지 토론하고 결정을 한다. 학생들은 그 결정에 따라 내가 사는 산골에 와서 사오일이나 또는 칠팔일 남짓 먹고 자면서 농사를 짓기도 한다. 농부들과 어울려 감자를 캐고 감잣국을 끓이거나 감자전을 부치고,

똥거름 나르다 지치면 맨발로 산책을 하거나 눈을 감고 개울에 앉아 흐르는 물소리를 듣기도 한다. 비지땀 흘려 일하고 밥을 먹는 학생들은 그릇에 붙은 참깨 한 알도 남기지 않고 다 먹는다.

"봄날샘, 농사일하고부터는 참깨 한 알이 예사로 안 보여요. 내 몸 같아요."

"날마다 일하러 가는 엄마 아빠와 이웃들이 너무 소중하게 보여요."

"함께 일하고 함께 사니까 사는 맛이 나요."

학생들은 함께 어울려 땀 흘려 일하면서 이런 깨달음도 스스로 얻는다. 그런데 농부들이 읍에 나가 아파트에 살면 학생들과 어찌 이런 체험을 같이 할 수 있으랴.

아무리 똑똑하고 재산이 많은 부모나 훌륭한 교사라 해도 할 수 없는 일이 있다. 자연(농촌)만이 할 수 있는 일이 있는 것이다. 작은 마을이 살아야 아이들이 살고 나라가 살지 않겠는가. 돈과 편리함으로 비틀거리는 시대지만, 자연이 살아 있으면 길은 있을 것이다. 정치든, 교육이든, 우리네 삶이든 정답은 없지만 길은 반드시 있을 것이다.

여기는 모두
진짜잖아요

도시 사는 아들네가 찾아왔다. 여기저기 허물어져 가는 빈집이 많아 을씨년스럽게 보이는 산골에 찾아오는 까닭이 무얼까? 혼자 가만히 생각해 보니 찾아오는 까닭이 세 가지쯤 되는 듯하다. 첫째는 아직 두 돌도 안 된 아기를 돌보다 몸과 마음이 지칠 때고, 둘째는 이런저런 골치 아픈 일로 산바람 쐬면서 머리 식히고 싶을 때다. 셋째는 제 어미가 해 주는 '산골 밥상'을 받아 먹고 싶을 때다. 농사철에 일손 거들고 싶어 오는 것이 아니다. 그걸 잘 알고 있으면서도 반갑게 맞이한다. 삶이 고달프면 언제든 오라고 덧붙여 말하기도 한다. 왜냐하면 도시에서 하루하루 버티고 사는 것만으로도 기특하다는 생각이 들기 때문이다.

도시는 경쟁에서 이기지 않고는 살아남기 쉽지 않은 곳이다. 지구촌에 돌림병이 야단법석을 떨 때 아들 녀석이 그랬다.

"아버지, 코로나19가 겁나는 게 아니에요. 아내와 애랑 먹고사는 일이 더 겁나요.”

그렇겠지. 먹고사는 일보다 더 소중한 일은 없을 테지. 먹고사
느라 바빠 마음 나눌 따뜻한 벗이나 이웃을 사귈 여유나 낭만도
없을 테지. 그러니까 하루 내내 초미세먼지 마시는 것보다 더 팍팍
한 삶을 살고 있을 테지.

더구나 번개처럼 다가오는 월세에다 아파트 관리비와 전기 요금
과 전화 요금 그리고 생활비 들을 감당하기 쉽지 않을 것이다. 돈
이 없으면 단 하루도 살기 어려운 곳이 도시니까. 이런 현실에 식
구들 데리고 산골에 오려면 교통비도 만만찮을 것이고, 준비할 게
한두 가지가 아닐 것이다. 그래도 틈이 나면, 아니 틈을 내어 산골
에 오려고 애를 쓴다.

“아버지, 저희 집 가까이 ‘키즈 카페’란 곳이 있어요. 50분간 머
무는데 아이 한 명에 1만 8,000원을 내야만 해요. 작은 공간에
아이 서너 명을 집어넣고는 플라스틱으로 만든 모종삽으로 플라
스틱으로 만든 무를 뽑는 놀이를 해요. 심지어 실리콘으로 만든
지렁이도 있어요. 가짜 꽃을 가짜 화분에 심기도 하고요. 그리고
보호자 한 명에 입장료가 3,000원이고 차도 ‘울며 겨자 먹기’로 사
마셔야 해요. 그런데 산골에 오면 아기가 자동차에 치일 걱정을 하
지 않고 마음껏 놀아도 되지요. 진짜 흙바닥에 앉아 종일 공짜로
놀 수도 있잖아요. 그 무엇보다 여기는 가짜가 아니고 모두 진짜
잖아요. 그래서 여기 안 올 수가 없어요. 어머니 아버지는 귀찮고
힘들겠지만요.”

아내는 며느리가 하는 말을 들으며 배시시 웃는다. 진짜를 알아보는 며느리가 대견해서일까?

아들네가 하룻밤 자고 도시로 돌아가자마자, 창원에서 알고 지내던 어머니 한 분이 찾아왔다. 아내와 나는 봄나물 가득한 밥상을 차려 드렸다. 같이 밥을 먹고 쑥차 한잔 나누면서 말했다.

"너무 힘든 일이 한꺼번에 찾아와 어찌 살아야 할지 몰라 앞이 캄캄했어요. 그런데 산골에 와서 따뜻한 밥 한 그릇 먹고 나니까 힘이 생기고 살아야겠다는 생각이 들어요. 죽을 용기로 다시 살아 볼게요. 오늘, 너무 고맙습니다."

아내와 나는 그 말을 듣고 어찌나 고마운지 가슴이 짠했다. 밥 한 그릇 나누는 일이, 절망에 빠진 사람을 살릴 수도 있다는 생각이 들었다. 밥을 나누는 일은, 하늘과 땅과 모든 자연에게서 '밥을 받는 일'이다. 그러니까 사람을 살리는 일은 결국 하늘과 땅과 모든 자연이 하는 일이다. 농부는 그저 손 한번 거들 뿐이다. 참 고맙다.

더
늦기 전에

도시 사람들은 집 밖을 나가기만 하면 문화 혜택을 누리며 여가 활동을 할 수 있고, 살아가는 데 필요한 물건을 손쉽게 구할 수 있다(물론 돈이 있어야 하지만). 학교, 학원, 도서관, 병원, 약국, 영화관, 백화점, 마트, 놀이터, 공원, 운동장, 헬스장, 목욕탕, 식당, 카페 들이 줄지어 서서 손님들을 기다리고 있다. 그런데 농촌 사람들은 집 밖을 나가면 눈에 보이는 게 산과 들이고 비닐하우스고 축사들이다. 내가 사는 산골 마을은 미장원도 없어 큰 면 소재지나 시 지역까지 가야만 한다. 치과도 한두 시간 차를 타고 진주, 창원, 대구까지 가는 사람이 많다.

한국농촌경제연구원이 전국 읍·면에 살고 있는 농촌 주민 700명을 대상으로 문화·여가 활동 실태를 조사한 결과에 따르면, 농민이 가장 많은 시간을 보내는 것은 텔레비전 보기, 라디오와 음악 듣기로 나타났다고 한다. 문화 혜택을 누릴 곳이 거의 없고, 있다 해도 돈과 시간이 없다. 농촌은 30~40년 전이나 지금이나 크게 달라진 게 없다.

20년 남짓 농사짓다 보니, 어느덧 나도 모르는 사이에 손가락 마디마디가 휘고 손바닥과 발바닥에 굳은살이 박였다. 몇 시간 동안 쪼그려 앉아 김을 매고 나면 무릎과 허리가 끊어질 듯이 아파 "어이구우" 소리가 저절로 나온다. 나는 가파른 언덕에서 예취기 작업을 하다 미끄러져 무릎 수술을 했고, 아내는 마을 어르신들과 뒷산에 취나물 뜯으러 갔다가 넘어져 발목 수술을 했다. 어찌 우리 부부만 그렇겠는가?

오늘 아침에 아내가 물었다.

"여보, 우리 몇 해나 더 농사지으며 살 수 있을까요?"

얼마 전에 마을 어르신이 하시던 말씀이 떠올라 얼렁뚱땅 대답을 했다.

"몸뚱이 아껴 무어 하게요. 사람 살리는 농사에 써야지요."

오늘따라 저녁노을이 보기 좋게 물들었다. 하루 내내 비지땀 흘리며 감자밭에 북을 주고 돌아오는데, 몇 억을 들여 지어 놓은 텅 빈 마을회관(노인회관)이 눈에 쏙 들어온다. 몸이 12개라도 모자란다는 농사철에, 마을회관을 지나가다 문득 이런 생각이 든다.

농촌 마을회관에, 나라에서 월급을 받는 정규직 청년이 한 사람 있으면 얼마나 좋을까? 농민들이 갑자기 몸이 아프거나 다치면 가까운 보건소에 모셔 가고, 큰일이 생기면 119에 연락도 하고, 아침마다 혼자 사시는 분들 방문도 하고, 농사짓다 등이 굽거나 골

병들지 않도록 몸을 살리는 운동도 같이 하고, 농한기에는 영화 상영도 하고, 한글 모르는 어르신들을 위해 한글반도 열고, 사람과 자연을 살리는 친환경농업도 가르쳐 주고, 철마다 나오는 건강한 농산물 판매도 돕고, 새로운 정보도 알려 주고, 해와 바람과 물로 에너지 공급을 늘리고, 함께 살아가는 데 꼭 필요한 교육 프로그램도 짜고…….

이런 일을 잘하려면 나라에서 관심 있는 청년들을 모아 '농촌 마을 정규직 청년학교'를 열어 마땅한 교육을 받게 해야겠지. 졸업하면 자격증도 주고 말이야. 그렇게 되면 전국에 있는 3만 개가 넘는다는 마을회관이 사람들로 북적거리고 희망이 넘쳐 나지 않을까. 3만 명이 넘는 청년에게 우리 겨레 '생명의 텃밭'인 농촌을 살리는 좋은 일자리를 줄 수도 있겠지. 앞으로 닥쳐올 지구 가열화와 기후 위기도 줄일 수 있고 말이야. 너무 지나친 생각은 아니지 싶다.

우리 모두
한 식구

지난 6월은 몸이 12개라도 모자랄 만큼 바빴다. 지구 온난화와 기후 변화로 농작물을 심고 거두는 시기가 해마다 달라 온 마음을 다 쏟아야만 했다. 장마가 오기 전에 가장 먼저 마늘을 뽑아서 사나흘쯤 밭두둑에서 말렸다. 기온이 너무 올라가면 마늘이 화상을 입을 수 있으므로, 마늘대로 마늘을 덮어 가면서 한 줄로 펼쳐서 말렸다. 마늘대가 두꺼운 홍산 마늘은 이레쯤 말렸다. 마늘대를 잘라서 바로 건조기에 말리는 농부도 있지만, 소농들은 그냥 자연 바람에 말린다. 그리고 끈으로 묶어서 바람이 잘 통하는 창고 천장에 걸어 두었다.

마늘 작업이 끝나고 나서는 양파대를 5cm쯤 남기고 잘랐다. 그리고 사나흘 뒤에 뽑아서 그늘에 열흘쯤 말렸다. 말릴 때도 창고 안에 비닐을 깔고 그 위에 차광막 같은 그물을 깔아서 말렸다. 땅에서 올라오는 습기를 막아야 제대로 잘 마르기 때문이다. 올해는 양파 주문이 적어 양파즙을 조금 짰다.

드디어 하지 무렵에 감자를 캤다. 감자밭은 300평 남짓 된다. 새벽 4시쯤 일어나 간단하게 몸을 풀고, 앞이 흐릿하게 보이기 시작하면 호미로 감자를 캔다. 캐다 보면 호미에 감자가 찍힐 때가 많다. 하필이면 크고 잘생긴 녀석들이 잘 찍힌다. 더구나 날씨는 덥고 비지땀은 흐르고 손목에 힘이 빠질수록 더 많이 찍힌다.

캔 감자는 그늘에서 물기를 말린 다음, 껍질이 벗겨지지 않게 보물 다루듯이 하나씩 하나씩 상자에 넣어 택배로 보냈다. 너무 크거나 작은 녀석들은 빼고, 벌레 먹거나 쭈글쭈글 못난 녀석들도 빼고, 잘생기고 매끈한 녀석들만 잘 가려 '먹는 농부'들한테 택배로 보냈다.

아내와 나는 도시 소비자를 한 식구라 여겨 '먹는 농부'라 부른다. 농작물은 대부분 직거래하므로 먹는 농부들과 미리 재배 계약을 해서 심고 가꾼다. 그러니까 밭에 거름 뿌리고, 이랑을 만들고, 씨앗이나 모종 심을 때부터 먹는 농부들 얼굴이 떠오른다. 그래서 농약과 화학 비료와 비닐조차 쓸 수가 없다. 이런 마음을 알아주는 먹는 농부들이 있어 몸은 고달프고 힘들지만 농사지을 맛이 절로 난다.

그런데 오늘 낮에 양파즙을 택배로 받은 먹는 농부한테서 전화가 왔다.

"양파즙이 상자 안에서 터졌어요. 헤아려 보니 4개가 터졌네요. 다른 건 다 괜찮아요. 그러니까 아무 걱정 마시고 참고로 해 주세요.”

저녁 무렵에 다른 먹는 농부한테서 전화가 왔다.

“양파즙이 터져 엉망진창인데요. 택배 기사님이 터진 양파즙 상자를 비닐에 싸서 그냥 두고 갔어요. 당장 환불해 주세요. 먹고 싶은 생각이 싹 달아났어요.”

전화를 받은 아내는 얼이 빠진 사람처럼 멍하니 하늘만 쳐다보았다. 농사철에는 잠자는 시간도 아깝다던 아내가 눈시울을 붉히며 말했다.

“어떤 일이 생기더라도 잘잘못을 따지기 전에, 서로 존중하는 마음을 품고 이야기를 주고받으면 좋으련만…….”

나는 가만히 아내를 바라보았다. ‘여보, 먹는 농부가 무턱대고 따지기부터 하니까 서운하지요. 그래도 우리 모두 한 식구잖아요. 한 식구끼리 서로 보듬어 안고 살아갑시다. 우리는 별을 노래하는 농부農夫잖아요.’ 아내한테 차마 이 말을 꺼내지 못하고, 나도 멍하니 하늘만 쳐다보았다. 오늘따라 저녁노을이 곱게 물들었다.

오랜만에
비가 그쳤다

7월 내내 장맛비가 내려 들녘이 쑥대밭이 되었다. 20년 남짓 농사지으면서 '쑥대밭'이란 말을 처음 쓴다. 낮밤 가리지 않고 시도 때도 없이 비가 내려 개울에 있는 다리가 물에 잠겼다. 위험을 무릅쓰고 이웃집 다랑논을 타고 빙빙 돌아 산밭으로 가서, 비를 쫄딱 맞으며 들깨 모종을 심었다. 7월 말인데도 들깨 모종을 심지 못한 이웃이 많다.

가을 당근을 심을 때가 지났는데 아직 밭에 거름도 뿌리지 못했다. 이맘때면 주렁주렁 열려야만 하는 오이와 가지는 그림자도 볼 수가 없다. 토마토는 물러 터져 저절로 떨어졌다. 참깨는 비바람에 넘어져 고개를 처박거나 흙을 뒤집어쓰고 서로 엉켜 있다. 대파는 잎이 노랗게 병이 들어 하늘만 쳐다보고 있다. 땅콩밭이고 박하밭이고 어디고 하얀 선녀벌레가 달라붙어 수액을 빨아먹느라 야단법석이다. 마을 어르신들도 올해는 선녀벌레 때문에 걱정이 태산이다. 아무튼 박하는 수확도 못 하고 다 잘라 버렸다. 봄 당근은 뽑을 때가 되었는데? 잠깐 비 그친 사이에 한두 개 뽑아서 먹어 보니 다른 해보다 맛이 없었다. 그래서 미리 주문한 분들한테 전화를 걸었다.

"주문한 당근을 보내 드리려고 한두 개 뽑아 먹어 보았더니 맛이 싱겁습니다. 그래서 보내 드릴 수가 없습니다. 맛이 없어도 드시겠다면 돈을 받지 않고 보내 드리겠습니다."

"시장에서 당근을 사지 않고 기다린 보람이 있네요. 맛이 조금 없으면 어때요. 음식을 맛으로만 먹는 건 아니잖아요. 그리고 긴 장마철에 농부가 어찌 농사지은 당근인데 그냥 받다니요? 5kg 한 상자 더 보내 주세요. 오늘 송금하겠습니다."

이런 전화를 받고 나면 살맛이 절로 나고 농사지을 힘이 솟는다. 세상엔 고마운 사람이 하늘의 별만큼이나 많다는 생각이 든다. 그래서 어떠한 처지에서도 농사를 포기하지 않고 들녘으로 달려가는지도 모른다.

오랜만에 비가 그쳤다. 집집마다 마당 빨랫줄에 빨래가 바람에 흔들린다. 그 바람을 맞으며 마을 어르신들이 모여 푸념을 늘어놓는다.

"하이고, 내 팔십 평상 비가 이리 많이 온 거는 처음이다야. 시도 때도 없이 막 쏟아부으이 농작물이 우찌 살아 남겠노."

"고추가 빨갛게 익기도 전에 물러 터져서 쑥쑥 다 빠져 뿌리네. 자네 집에 고추 농사 잘되믄 조금 나누어 주게. 농사꾼이 고추를 돈 주고 사 먹을 수 있겠나. 흐흐."

"고성댁, 올해 참깨는 어떻노?"

"어떻긴? 지나가다가 보질 않았나. 잘 자라나 싶었는데 비바람에 다 자빠져서 엉망이구먼."

"그래, 참깨 농사는 집 안으로 거두어들일 때까지는 풍년이라는 말을 하면 안 되는 농사지. 농사 잘 짓고도 햇볕에 말릴 때 비가 자꾸 오면, 참깨가 달린 채로 다 썩지."

마을 어르신들의 푸념을 듣다 보니 윗마을에 사는 청년 농부 서와가 한 말이 떠오른다.

"봄날샘, 제가 94년 개띠니까 올해 서른한 살이잖아요. 농사짓고 산 지 어느덧 10년이나 됐더라고요. 농사짓다 보니까 기후 위기가 아주 가깝게 느껴져요. 절벽 끝에 서 있는 듯 아주 위태롭게 말이에요. 한 해 한 해가 크게 달라요. 농부들의 일터는 점점 더 위험해지고 있어요. 저는 다만 다음 해에도 씨앗에 싹을 틔우고, 새싹을 기다리고, 마침내 세상에 고개를 내민 연둣빛 생명을 돌보고 싶어요."

아름다운
유산

　고마운 분들 덕으로 정성스럽게 지은 작은 흙집. 흙집 방 안에 별을 노래하는 농부가 될 수 있도록 이끌어 준 손때 묻은 책. 고달픈 농사일에 지쳐 돌아오면 기다렸다는 듯이 반갑게 맞아 준 작은 구들방. 손님들과 둘러앉아 아픔과 희망을 함께 나눈 오래된 밥상과 찻잔.

　가을에서 봄까지 전기와 기름 없어도 따뜻하게 잘 수 있게 만든 아궁이와 이웃 마을 청년 농부 구륜이가 준 아궁이 땔감. 앞마당에 옛 주인이 심은 늙은 감나무와 가죽나무. 산골 이웃이 선물로 준 고운 단풍나무. 가까운 텃밭에서 철마다 자라는 부추, 상추, 토마토, 케일, 치커리, 고추, 들깨, 참깨, 취나물, 오이, 가지, 옥수수, 토란, 여주, 땅콩, 감자, 양파, 마늘, 박하, 대파, 쪽파, 무, 배추, 생강, 시금치, 쑥갓……

　마당 왼쪽에 보기만 해도 넉넉해지는 장독. 그 안에 든 간장, 된장, 고추장, 매실, 오미자, 솔잎, 산야초 원액. 장독대 앞에 해마다 저절로 피고 지는 노란 수선화, 봉숭아, 맨드라미, 채송화, 분꽃, 천리향, 민들레, 괭이밥, 접시꽃……

마당 오른쪽 은행나무 아래엔, 황금보다 귀한 똥오줌을 사람과 자연을 살리는 거름으로 만들어 주는 그윽한 생태 뒷간. 농사일 마치고 아내랑 가끔 밤하늘 별을 바라보는 흔들의자. 돌과 흙으로 만든 무쇠솥 거는 아궁이. 그곳에 넣고 삶아 겨우내 밥상에 오를 무시래기와 묵나물.

산길 옆에 마르지 않고 샘물이 흘러나오는 샘밭. 벗들과 함께 돌을 쌓아 만든 돌담밭. 바로 아래 개울이 흐르는 개울밭. 여러 식구들 먹여 살린 향긋한 박하밭. 창고 안에 해보다 먼저 일어나 묵묵히 함께 일해 준 닳고 닳은 호미와 괭이와 낫과 손수레와 삼태기. 마을 설매실 어르신이 돌아가시기 전에 선물로 만들어 주신 지게.

낮은 언덕배기에 심은 아내가 좋아하는 엄나무와 뽕나무, 대추나무, 감나무, 배롱나무, 앵두나무, 매실나무, 석류나무, 살구나무, 두릅나무, 돌배나무. 밭가에 유정란을 생산하는 농부님이 준 닭거름과 흙살림에서 가져온 유기농 거름.

늘 그 자리에서 마을을 가만히 내려다보는 뒷산 소나무. 들머리에서 마을을 품고 있는 큰 느티나무. 힘들고 돈벌이도 안 되지만 그래도 묵힐 수 없는 산골 다랑논과 비탈진 산밭. 마을 사람들이 한 해 내내 먹고도 남을 도토리를 육각정 둘레에 그저 떨어뜨려

주는 참나무. 그 아래 쉼 없이 흐르는 맑은 개울물. 개울물 속에 노니는 물고기들. 가끔 도시에서 찾아오는 아이들. 아이들이 좋아하는 고추잠자리와 노랑나비와 여치와 메뚜기와 뭉게구름과 새들과 개똥벌레와 달과 별. 아침마다 우리 집에 찾아와 안부를 묻는 텃새와 철마다 피고 지는 들꽃과 은은한 풀벌레 소리와 산길을 제집처럼 돌아다니는 강아지와 고양이 그리고 너구리와 오소리와 고라니.

그 무엇보다 가난과 자연을 벗 삼아 온갖 기쁨과 희망, 때론 고단함을 함께 나누며 살아가는 산골 이웃들. 그 이웃을 스승으로 모시고 사는 열매지기공동체 젊은 농부들. 힘든 현실 속에서도 청년들과 희망을 버리지 않고 앞으로 나아가는 담쟁이인문학교 사람들. 이 시대 희망인 청년 농부 구륜, 수연, 서와 그리고 자연을 품에 안고 사는 민호, 기범, 경락, 재훈, 심정, 창희, 상우, 준하, 유비, 희준, 예림, 이랑, 효준……

여러분을
초대하고 싶다

미리 알려 주면 누구나 쓸 수 있는 '공유공간 시시'는 합천군 가회면에 있다. 내비게이션이 시키는 대로 가다 보면 두세 번쯤은 '어, 이 길이 맞나?' 싶을 만큼 깊은 산골 마을이다. 공유공간 시시란 이름에는 세 가지 뜻이 담겨 있다. 사는 게 조금 시시하면 어때, 나답게 살아가면 되는 거지. 시가 찾아오는 공간. 시시콜콜한 이야기가 피어나는 공간. 이름 하나에도 이런 멋진 이야기가 있다니! 시시, 생각만 해도 마음이 편안하고 낭만이 흘러넘친다.

다가오는 10월 2일(월) 오후 2시부터 5시, 시시에서 여럿이 함께 모여 신나는 잔치를 연다. 2시부터 장터를 열고 3시부터 5시까지는 지역 곳곳에서 음악을 좋아하는 청년들이 모여 '시시숲밭 콘서트'를 연다.

장터에서는 어떤 물건을 팔까? 산청 '콩살림'에서 국산 콩으로 만든 된장, 간장, 고추장, 청국장을 가지고 온다. 산골 마을에서 부모님 일을 돕고 있는 박기범 청년은 매콤한 떡볶이를, 나무실 마을에 사는 한경옥 농부는 유기농 감자전을, 하루 님은 샌드위치와 커피를 판다. 광주에서 우리 밀과 지역 농산물로 빵을 만드는 '빵과 장미' 서수민 님도 온다. 그저 빵을 팔려고 오는 게 아니다. 빵 한 덩이가 밥상에 오르기까지 과정을 손님들에게 전하려고 온다. 땅(자연)과 사람 사이를 연결하는 빵을 굽고 싶은 아름다운 청년이다. 생각만 해도 든든하다. 서울에 살다가 올해 산청으로 온 정인 님은 집에서 만든 밤잼을 들고 온다. 정성스럽게 가을을 맞이하고 싶어 뒷산에서 딴 밤으로 만들었다고 한다. 시천면에 살고 있는 해미와 우용 님은 지난해 겨울 손수 깎아 말린 곶감으로 잼을 만들어 온다.

푸른과 종혁 님은 원지에서 산다. 몇 해 전, 두 사람은 마을 큰 나무 아래서 혼인식을 올렸다. 지난해 태어난 딸 '서로'는 이제 막 걸음마를 뗐다. 서로 할머니가 정성껏 농사지은 콩으로 콩나물을 길러 가져온다. 재영 님은 생비량면에 산다. 세 아이 아빠라서 농장 이름을 '컨츄리파파'라고 지었다. 농장에서 닭을 키워 유정란 생산을 한다. 날마다 달걀을 낳아 주는 고마운 닭들이 농장에 사는 동안 건강하고, 행복할 수 있게 애쓰고 있다. 동곡 마을 청년 농부 서와와 수연이는 농장에서 손수 기른 양파로 양파잼을 만들어 온다. 양파잼을 팔아 노래 앨범을 내 보겠다는 야심 찬 목표가 있다.

나는 3시부터 열리는 '시시숲밭 콘서트'를 시작하기 전에 이야기가 담겨 있는 '이야기 경매'를 할 예정이다. 세상에서 가장 재미있고 멋진 경매에 여러분을 초대하고 싶다. 돈 많은 사람한테 물건을 파는 경매가 아니라, 꼭 필요한 사람을 찾아 돈 받지 않고 그냥 건네주는 경매다. 경매 물건은 이날 참석하는 사람들이 가져온다. 집집마다 잘 쓰지 않지만 아직 쓸 만한 물건이면 무엇이든 가져와도 좋다. 곡식, 간식, 헌책, 새 책, 옷, 신발, 그릇, 찻잔, 차, 우산, 양산, 장난감, 무엇이든 다시 '쓸모'를 찾아 주고 싶은 물건이면 다 좋다.

농촌이라고 해서 농사만 짓는 곳이 아니다. 어린이들과 청년들과 어른들이 함께 모여 노래하고 춤추고 신나는 잔치를 열다 보면 농촌도 사람 살 만한 곳이 되지 않겠는가. 절망에서 희망으로…….

기적은
여기서부터

어느 시인은 사람만이 '문제'라 하고, 어느 시인은 사람만이 '희망'이라 한다. 결국 문제든 희망이든 사람이 만들어 가는 것이다.

오늘 낮에 부산에서 어머니 손을 잡고 우리 집에 찾아온 아이가 산밭에 떨어진 밤을 줍다가 이렇게 말했다.

"엄마, 신발 밑에 더러운 흙이 묻었어요."

한 해 가운데 가장 바쁜 가을걷이 때라, 산길마다 논밭에서 나온 농기계가 떨어뜨리고 간 흙덩이가 수두룩하다. 그 흙이 도시 아이 눈에는 목숨을 살리는 흙이 아니라 그저 더러운 흙으로 보였을까?

농부들은 흙에서 산다. 흙을 닮아 살갗도 흙빛이다. 농부들은 논밭에서든 마을 길에서든 만나기만 하면 '살리는 이야기'만 한다.

"자네 밭에 김장배추와 무는 우찌 그리 잘 자라는가? 무슨 비법이라도 있는가?"

"내년엔 다랑논에 벼농사 안 짓고 콩 심을 거라며? 흙이 좋아 콩 농사도 잘될 걸세."

내가 도시에서 살 때는 무얼 살리는 얘기보다는, 어떻게 하면 돈을 벌어 편히 살 수 있을까에 대한 얘기를 더 많이 늘어놓았다.

아무튼 참 농부들은 돈부터 셈하고 농사짓지 않는다. 그저 자연 순리대로 때가 되면 씨앗을 뿌리고 거두며 살아갈 뿐이다. 이렇게 살아가는 농부를 귀한 눈으로 보아 주는 분들이 있어 사는 맛이 난다. 지난달 신문에 쓴 "여러분을 초대하고 싶다"를 읽고 합천 가회 산골 마을을 찾아 준 독자분들께 이 자리를 빌려 머리 숙여 고마운 인사를 드린다. 수원에서 대구에서 경주에서 김해에서 부산에서 서산에서 진주에서 산청에서 참으로 많은 분이 와 주셨다.

그날 청년 농부들이 '시시숲밭 콘서트'를 시작하기 전에 '이야기 경매'를 열었다. 이야기 경매는 돈 많은 사람한테 물건을 파는 경매가 아니다. 뜻있는 분들이 기부한 물건을 꼭 필요한 사람을 찾아 돈 받지 않고 그냥 건네주는 경매다. 아무런 조건 없이 이야기 경매에 기부한 자연산 송이버섯, 한살림 홍삼, 생강 유과, 텀블러, 그릇, 옷, 모자, 가방, 책…… 그 먼 길을 달려와 주신 것만으로도 고마운데, 이렇게 산골 농부들을 지지하고 응원해 주시다니! 그 덕분에 참여한 분들이 평생 잊지 못할 따뜻한 추억을 가슴에 안고 돌아갈 수 있었다.

그날, 그 무엇과도 견줄 수 없는 '아름다운 기적'이 수없이 일어났다. 그 가운데 하나는 '까치밥'(기부한 돈)이다. 큰 알림판에 1만 원, 5,000원, 1,000원짜리 돈을 자석으로 붙여 두었다. 돈이 필요한 사람이면 누구나 그 돈을 떼어서 갖고 싶은 물건이나 먹고 싶은 음식을 사 먹을 수 있다. 그래서 아이들이나 청년들이 그 돈을 떼어 우리밀 빵과 감자전을 사 먹기도 하고 필요한 물건을 사기도 했다.

그런데 시간이 흐를수록 붙여 둔 까치밥보다 더 많은 까치밥이 그 자리에 붙었다. 예닐곱 살쯤 되어 보이는 아이가 까치밥을 떼어 가지 않고 오히려 까치밥을 붙이고 있었다. 슬그머니 다가가서 물었다.

"까치밥으로 먹고 싶은 걸 사 먹어도 되잖아. 그런데 왜 까치밥을 붙이고 있지?"

그 아이는 가을 하늘처럼 맑은 눈으로 나를 보며 말했다.

"제 돈을 다른 사람이 써 주면 기분이 좋아질 거 같았어요. 그래서 붙였어요."

그 말을 들으면서 어린이는 어른의 스승이라는 말이 생각났다. 그리고 사람만이 문제가 아니라 사람만이 희망이라는 생각이 들었다. 그래, 희망이다!

스승님 뒤를
따라

이 시대 참스승이 누구냐고? 천 번 만 번 물어도 대답은 똑같다. 한평생 농사지으며, 그것도 '돈벌이 농사'가 아닌 '살림살이 농사'를 지으며 살아오신 산골 할머니이시다. 그분들은 학교 문 앞에도 못 가 보고 한글 맞춤법과 띄어쓰기가 뭔지도 잘 모르신다. 그러나 자연 순리에 따라 이웃들과 땀 흘려 일하고 정직하게 살다 보면 반드시 '착한 뒤끝'이 있다는 것쯤은 어느 누구보다 잘 아신다.

"사람이 그냥 밥 묵고 살다 죽으모 되지. 밥 묵고 살자고 남을 속이고 괴롭히모 쓰겠냐? 돈 좀 벌어 보겠다고 집을 두세 채 가지고 장난치는 것도 그렇고. 투기로 땅을 사고파는 것도 그렇고. 죽을 때까지 다 쓰지도 못할 돈을 많이 갖고 있는 것도 그렇고. 그게 다 천벌 받을 짓이야. 집이고 땅이고 돈이고 누가 많이 가지모 가난한 사람은 우찌 묵고 살겠노? 가난한 사람들이 부지런히 일해서 우리 멕이고 재우고 입히는데……. 새와 벌레도 집이 한 채잖아. 그라이 천벌이 따로 있는 게 아니야. 씰데없이 많이 갖고 있는 게 천벌이야.”

그분들은 수십만 권, 수백만 권 팔렸다는 베스트셀러 책 한 권 읽지 않았다. 성경이나 경전이 무언지도 모른다. 수십 억, 수백 억 큰돈을 쏟아부어 으리으리하게 지은 콘크리트 교회에 가지도 않았다. 그러니까 사이비 성직자들이 입만 살아서 부르짖는 ‘이웃을 내 몸같이 사랑하라’는 그따위 소리는 듣지도 못했다. 그러나 이웃이 없으면 단 하루도 살 수 없다는 것은 어느 누구보다 잘 아신다. 더구나 자기에게 손해를 끼치는 사람조차도 그냥 이웃으로 받아들이며 한평생 사신다.

“아이고, 저 인간은 욕심이 배 밖으로 나왔어야. 한평상 한동네 살아도 김치 쪼가리 하나 나눠 먹는 꼴을 못 봤으이. 저 인간은 아무리 찔러도 피 한 방울 안 나올 거여.”

모였다 하면 다시는 안 볼 사람처럼 험담을 늘어놓던 산골 할머니들은, ‘그 인간’이 농사일 바쁘다 하면 자기 일처럼 달려가서 일해 주신다. 며칠 전, 그 인간의 아들이 장가갈 때는 이른 아침부터 온갖 허드렛일을 다 해 주셨다. 사람이 어떻게 살다 어떻게 죽어야 하는지를 다 아시는 것이다.

그분들은 태어나서 지금까지 명함 한번 만들지 않았다. 자랑삼아 비행기 타고 해외여행 한번 돌아다니지 않았다. 그러나 그분들은 겨울 햇살 잘 드는 마루에 앉아 하루 내내 단돈 1,000원도 안 되는 떨어진 나락 포대를 바느질하고 계신다. 30년 전에 장날 가서 사 온 플라스틱 바가지가 햇볕을 보면 금방 상한다며 집 안으로 들여놓으신다. 더구나 구멍 난 양말과 떨어진 신발을 신고 다녀도 부끄러워하지 않으신다.

20년 넘도록 중풍에 걸려 누워 있는 할아버지를 손수 밥을 떠먹여 드리고 똥오줌도 다 받아 내시는 산골 할머니는 다 아신다. 할아버지를 요양병원에 보내고 나면 두 번 다시는 볼 수 없다는 것을. 기쁠 때나 슬플 때나 몸이 성할 때나 병들 때나 함께 살겠다는 입에 발린 맹세 같은 건 하지 않았지만, 떠나는 순간까지 아끼고 섬겨야 한다는 것쯤은 잘 아신다.

잘 배우고 똑똑한 사람이 가르쳐서 깨달은 것이 아니다. 하나님이나 부처님을 믿는다고 깨달을 수 있는 것도 아니다. 자연 속에서 자연을 따라 자연의 한 부분으로 자연스럽게 살면서 몸으로 깨달은 것이다. 온몸으로 저절로 깨달은 것이다.

밥이 있어
여기까지 왔다

오랫동안 마을 사람들이 한데 모여 따뜻한 밥 한 그릇 나누어 먹을 곳이 없어 애태우다, 2019년에 마을회관을 지었다. 지금 생각해도 그날이 봄날 연둣빛 새순처럼 새록새록 떠오른다.

농촌 마을은 몇 가구 이상 모여 살면 나라에서 마을회관을 지어 준다. 그런데 마을회관 지을 터는 마을에서 구해야만 했다. 그런데 내가 이 마을에 들어오고 13년이 지나도록 그 터를 구하지 못해 애를 먹었다. 2017년 어느 날, 마을회관 지을 수 있는 터를 하동 할머니가 내어 주셨다. "갈수록 마을 사람들이 나이 들고 몸도 불편해지는데 함께 쉴 수 있는 곳이 필요하다"며 그냥 내어 주셨다. 나는 그 말을 듣고 어찌나 기쁜지 밥을 먹지 않고도 배가 부르고 잠까지 설쳤다.

그러나 마을회관 지을 터에 언덕이 있어 굴착기로 평탄 작업을 하고, 언덕 쪽에는 큰 돌을 쌓아야만 했다. 그래야만 큰비가 와도 언덕이 무너지지 않기 때문이다. 한평생 농사밖에 모르고 살아온 가난한 마을 사람들은 집집마다 기쁜 마음으로 기금을 냈다. 그리고 오래전에 마을을 떠난 분들도 마을회관 짓는다는 소식을 듣고 곳곳에서 기금을 보내 주셨다. 그 덕으로 토목 공사를 시작했다.

합천군과 가회면 담당 공무원 그리고 고마운 분들의 정성으로 마을회관을 다 짓고 나서 주방 비품을 사러 가던 날, 설렘과 기쁨에 찬 어르신들 얼굴을 잊을 수가 없다. 그런데 마을회관을 짓기까지 도와주신 분들 모시고 잔치를 열려고 준비하고 있는데, 지구촌에 코로나19가 터졌다. 마을회관을 다 지어 놓고도 들어가서 밥 한 그릇 제대로 나누지 못하고 몇 해가 그렇게 흘러갔다.

새해를 맞아 마을 사람들이 모여 올해는 돈이 들더라도 마을 잔치를 열자고 뜻을 모았다. 그래서 지난 16일에 윗마을 어르신들과 면사무소 직원들, 농협 직원들을 초대해 점심을 나누어 먹었다. 손님들이 오순도순 모여 앉아 점심을 드시며 덕담 나누는 모습을 가만히 보고 있으니 참으로 흐뭇했다. 밥을 굶고 사는 시절이 아니라서, 밥 한 그릇 나누어 먹는 게 무어 그리 대단한 일은 아니다. 그렇지만 '밥'이 있어 여기까지 왔다는 생각을 하니, 밥 앞에 저절로 고개가 숙여졌다.

100가지 곡식 가운데 쌀(밥)이 으뜸이다. 죽은 사람 입에 넣어 준다는 쌀. 그래서 저승까지 가지고 간다는 쌀. 100가지 약보다 좋다는 쌀. 나누어 먹으면 먹을수록 이웃을 도울 줄 아는 착한 마음이 저절로 생긴다는 쌀. 수천 년 우리 겨레의 목숨을 이어 온 쌀. 사람은 쌀로 지은 밥을 나누어 먹어야 한다. 흩어진 식구들 한데 모으는 밥. 산 사람 죽은 사람 이어 주는 밥. 밥을 나누어 먹어 본 사람만이 사람 귀한 줄 알고 깊은 정이 무엇인지 안다.

물 한 방울 귀한 가뭄 때 논물을 서로 대려고 고함지르던 이웃들도, 험담하는 소릴 듣고는 두 번 다시는 안 볼 사람처럼 돌아서던 이웃들도, 밥상 앞에 앉으면 마음이 가라앉는다. 온갖 미움과 원망도, 그 어떤 실수와 잘못도 그냥 이해하고 용서한다. 농촌 공동체 속에서는 서로 나누고 섬기지 않으면 기쁜 마음으로 살아갈 수 없으며, 살아도 산 것이 아니다. 새해에는 더 자주 모여 밥을 나누어 먹어야겠다. 우정과 사랑이 넘치도록!

봄이 와서
참 좋다

지난해 11월부터 지금까지 지구 가열화로 날씨가 따뜻하고 비가 많이 내렸다. 이러한 기상 환경이 봄철로 이어지면 지난해 늦가을에 심어 둔 양파에 노균병 같은 병이 늘어날 것이다. 그래서 경상남도농업기술원에선 지금부터 여러 가지 약제(농약)를 바꿔 가며 뿌려야 한단다. 한 종류 약제를 뿌리면 그 약제에 내성이 생겨 효과가 줄어들기 때문이다.

'여러 가지 독한 농약을 뿌리면 양파는 살아날지 모르지만 흙은 병들고 지하수도 오염될 것이다. 농약은 개울로 흘러 강으로 바다로 갈 것이다. 그리고 사람들 몸속으로 들어갈 것이다. 앞으로 병든 농작물을 살리려고 서너 번 뿌리던 농약을 대여섯 번 뿌려야 할 것이다. 그래도 안 되면?'

이런 생각을 하면 어쩐지 쓸쓸하다. 아무튼 겨울이 지나가고 산골 마을에도 봄이 오고 있다. 지난겨울엔 집과 마을회관에서 움츠리고 계신 마을 아지매들과 '몸살림운동'을 함께 해 보았다. 말 그대로 스스로 몸을 살리는 운동이다. 머리를 들고 허리를 세우고 가슴을 펴는 단순한 운동이다. 그냥 가벼운 체조라고 할 수도 있다. 서서도 할 수 있고 앉아서도 할 수 있고 누워서도 할 수 있는 운동이다.

산골은 밭농사가 많아 하루 내내 쪼그려 앉아 일하는 아지매들은 허리와 무릎, 어디 한 군데 성한 데가 거의 없다. 산골인 우리 마을은 작은 병원에 가려고 해도 버스를 타고 30~40분쯤 가야 하고, 조금 큰 병원에 가려면 1시간 넘게 가야만 한다. 어지간하면 아파도 참고 만다.

그래서 겨울엔 마을회관에서 아지매들과 날마다 몸살림운동을 해 보자고 마음을 먹었다. 아지매들한테 소원을 물어보면 하나같이 이렇게 말씀하신다.

"안 아프고 살다가 잠결에 죽는 기다. 아파서 자식들 고생시키모 큰일 아이가."

그 소박한 소원을 조금이나마 이루어 드리고 싶었다.

"우리 모두 될 수 있으모 병원에 안 가고 살아야 합니더. 병원에서 주는 약 먹고 나면 속이 더부룩할 때도 많지예. 더구나 병원에 가려면 시간과 돈도 많이 들고요. 그러니까 남의 힘 빌리지 않고, 스스로 몸을 다스릴 수 있는 운동을 같이 해 보입시더. 저녁밥 늦게 드시면 소화가 잘 안 되니까 일찍 드시고 7시쯤 오이소."

아지매들은 집에서 저녁밥 드시고 마을회관으로 오신다. 혼자 사시는 아지매들은 날마다 오신다. 손으로 머리부터 발끝까지 두드리기, 발목 돌리기, 발바닥 누르기, 손목과 어깨 돌리기, 어깨 치기, 누워 만세 부르기, 팔꿈치 받치고 손 털기……. 이런저런 운동을 같이 하다 보면 1시간이 금방 간다. 아지매들은 겨울철에 혼자 집에 있거나 마을회관에 모여도 거의 페트병에 물을 채운 베개를 베고 누워 계신다. 때론 텔레비전을 보면서 이웃들 이야기를 늘어놓으신다. 그 시간에 같이 웃고 힘차게 운동을 하는 아지매들 얼굴에 웃음꽃이 활짝 피는 걸 보면, 나도 모르게 힘이 절로 솟는다.

"아이고, 선상님 오셨네요. 요즘은 집에 혼자 있어도 여기서 배운 운동을 하거만요. 온몸을 두드리고 나모 우찌나 시원하고 기분이 좋은지 몰라요."

"늙은이들 건강하게 살라고 맨날 이리 운동을 가르쳐 주어 고마버서 우짜지요. 물이라도 한잔하고 가이소."

이런 말씀을 들으며 이번 겨울, 별 탈 없이 잘 보내고 새봄을 맞는다. 다시 봄이 와서 참 좋다.

밥 한 숟가락에
기대어

이웃에 사는 농부들과 '7일 단식'을 시작했다. 단식하기 한 달 전부터 육식을 하지 않고 음식도 조금씩 줄여 나갔다. 3일 전부터는 죽을 먹었고, 단식하는 날부터는 물과 죽염만 먹었다. 먹을 양식이 없는 것도 아닌데 왜 단식을 하느냐고? 바쁜 농사철이 되기 전에 지친 몸과 마음을 스스로 어루만져 줄 수 있는 길이 단식이라 생각했기 때문이다.

단식을 하는 방법이나 까닭은 사람마다 다르다. 나이가 다르고 몸과 마음 상태가 다르므로 다를 수밖에 없다. 나는 단식하기 전에 이런 다짐을 했다.

'다른 사람 덕으로 여태 먹고 살았으니 작고 하찮은 일에 날을 세우지 말아야지. 알게 모르게 남한테 상처를 주었으니 남한테 받은 상처를 되갚지 말아야지. 단 하루도 죄짓지 않고 산 날이 없으니 사람을 함부로 판단하지 말아야지. 마음을 다해 아픈 사람 위로할 수 있게 병이 없기를 바라지 말아야지. 마음 여리고 어진 사람 주눅 들지 않게 다른 사람보다 똑똑하지 말아야지. 가는 곳마다 여유와 낭만이 찾아올 수 있게 잘난 척 어깨 힘주지 말아야지. 나를 잃어버리지 않게 바쁘거나 부지런하게 살지 말아야지.'

아내와 나는 혼인 20주년과 30주년 되던 해에 7일 단식을 해본 경험이 있어 큰 걱정은 하지 않았다. 더구나 경남산청의료복지사회적협동조합(의료사협) 이사장인 화목한의원 김명철 한의사가 안심하고 단식을 할 수 있도록 이끌어 줘 마음 놓고 하게 되었다.

지역에 의료사협이 있어 참 좋다. 의료사협 조합원들은 자기가 사는 곳에서, 이웃과 함께, 아플 때 믿고 치료받을 수 있고, 건강이 더 나빠지지 않고 좋아지며, 설령 아프더라도 나답게 살다가 좋은 마음을 주고받으며 행복하게 세상을 떠날 수 있다. 함께 만드는 건강, 더불어 만드는 행복한 삶, 지속 가능한 공동체를 꿈꾸는 의료사협이 있어 삶과 죽음이 두렵지 않고 든든하기만 하다.

단식을 같이 하는 농부들과 날마다 산길을 걸으면서 여태 나누지 못한 이야기를 주고받았다. 먹은 게 없으니 힘이 빠지고 조금은 어지러웠지만, 언제 우리가 이렇게까지 가까워졌나 싶을 만큼 여유로운 시간을 보냈다. 낭만이란 이렇게 하던 일을 멈추면, 아니 멈추기만 하면 그저 찾아오는 것인데 여태 바쁘다는 핑계로 잊고 살았구나 싶었다.

7일 단식이 끝나고 한 달 동안 보식 기간(회복 기간)에 들어갔다. 보식 기간 동안 육식은 물론 달걀과 우유와 생선도 함부로 먹어서는 안 된다. 술과 커피와 빵과 과자와 같은 가공식품은 아예 먹을 생각조차 하지 말아야 한다. 죽과 나물과 현미잡곡밥은 100번 이상 천천히 천천히 씹어서 먹어야 한다. 음식을 꼭꼭 씹지 않고 먹으면 없던 병도 생기고, 50번 씹으면 있던 병을 낫게 하고, 100번 씹으면 다가올 병도 예방할 수 있다고 한다.

어느덧 3월 중순이다. 오늘 아침에 아내랑 300평쯤 되는 산밭에 씨감자를 심고 점심밥을 먹었다. 단식하는 동안 얼마나 먹고 싶었던 밥인가! 이 밥 속에 온 우주가 들어 있다는 생각을 하니 머리가 저절로 숙여진다. 여태 돈과 권력과 명예 따위에 기대어 산 게 아니라 '밥 한 숟가락에 기대어 살았구나!' 싶다. 예순여섯, 이제야 조금 철이 들어 간다.

부자가 되면
안 되는 까닭 1

아내와 나는 아이들이 초등학교 다닐 때부터 식구회의를 열었다. 영화를 보러 갈 때도, 여행을 갈 때도, 용돈을 올려 줄 때도, 옷이나 신발을 살 때도, 학원과 학교를 선택할 때도, 어떤 일이든 식구회의를 열어 결정했다. 지금은 그 아이들이 다 자라 혼인을 하고 자식을 낳고 산다. 그때나 지금이나 우리 식구들은 만나기만 하면 식구회의를 연다. 그동안 살아온 이야기를 나누고 앞으로 살아갈 이야기도 나눈다. 그리고 서로 덕담을 나누기도 한다.

나는 식구회의 때, 자식들에게 한평생 소박하고 가난하게 살았으면 좋겠다는 말을 가끔 한다. 이오덕 선생님 말씀처럼, 가난해야 물건을 귀하게 쓰고, 가난해야 사람다운 정을 가지게 되고, 그 정을 주고받게 된다. 먹고 입고 쓰는 모든 것이 넉넉해서 흥청망청 쓰기만 하면 자기밖에 모르고, 게을러지고, 창조력이고 슬기고 생겨날 수 없다. 무엇이든지 풍족해서 편리하게 살면 사람의 몸과 마음이 병들게 되고, 무엇보다도 자연이 다 죽어 버린다.

우리 아버지는 일제 강점기 시절에 일본으로 끌려가 목재소에서 일하다 발목을 다쳐 한평생 다리를 절고 다녔다. 그래서 어머니가 3녀 4남, 많고도 많은 자식을 먹여 살리느라 목장 일에 공사장 일까지 마다치 않으셨다. 한평생 일밖에 모르고 사셨던 어머니는 영양실조에 골병까지 들어 일찍 세상을 떠났다. 그때 그 가난이 대를 이어 오늘까지 내려왔다. 그러니까 우리 자식들은 아무리 부지런히 일해도 부자가 될 가능성은 없다. 아무튼 나는 가난한 부모 덕으로 가난한 농부들과 땀 흘려 일하고, 일하는 사람 귀한 줄 알고 산다.

우리 자식들이 부자가 되면 안 되는 까닭은, 하늘에 떠 있는 별만큼이나 많다. 한 사람이 부자가 되면 헤아릴 수 없이 많은 사람이 가난해질 테니까. 정직하게 땀 흘리며 살아가는 사람들을 우습게 여길 테니까. 사람이고 자연이고 눈에 보이는 모든 것이 돈으로 보일 테니까. 함부로 먹고 마시고 쓰고 버리고 허깨비처럼 살다 보면 아이들이 살아갈 '오래된 미래'인 숲(자연)을 짓밟을 테니까.

숲이 얼마나 소중한지, 숲에서 자라는 나무 한 그루가 얼마나 많은 사람들에게 위안을 주는지 누구나 다 안다. 아랫마을에 사는 박경화(데레사) 씨는 요양병원에 출근한다. 하루 내내 몸과 마음이 아픈 어르신들을 돌보는 일이 어찌 고달프지 않겠는가. 그런데 출근길마다 고달픔을 덜어 주는 나무가 있단다. 산기슭에 하얗게 보이는 자작나무 한 그루란다. 그 나무만 보면 마음이 어쩐지 위안이 되고 힘이 솟는단다. 몇십 억짜리 아파트나 몇백 억짜리 고급 빌딩을 하루 내내 본다고 해서 이보다 더 큰 위안이 되겠는가.

나무 한 그루도 이렇게 사람을 살맛 나게 하고 희망을 안겨 준다. 하물며 우리를 살리는 산밭에서 자라는 감자와 고구마와 옥수수는, 쉬지 않고 흐르는 작은 개울에서 살아가는 버들치와 송사리는, 낮은 언덕에 말없이 폈다 지는 구절초는, 대숲에서 들려오는 새소리는, 얼마나 사람을 살맛 나게 하랴.

나는 아들네들이 사람과 자연을 살리는 흙에 뿌리내리기를 언제까지나 기다릴 것이다. 하늘이 주신 자연 속에서 단순하고 소박하게 살아갈 그날을 애써 기다릴 것이다. 나무처럼 굳세게 서서 기다리고 또 기다릴 것이다.

부자가 되면
안 되는 까닭 2

‘부자’란 재산이 많은 사람이다. 얼마나 재산이 많으면 ‘부자는 망해도 3년 먹을 것은 있다’는 속담까지 있을까? 한 달 벌어 한 달 먹고살기도, 아니 하루 벌어 하루 먹고살기도 빠듯한 사람이 수두룩한데 말이다. 더구나 요즘 부자는 3년이 아니라 30년, 300년을 일하지 않고도 먹을 것이 남아돈다고 한다.

오늘 아침 텔레비전 뉴스를 보던 마을 어르신이 푸념을 늘어놓으신다.

“아이고, 저 썩을 놈은 큰 죄를 짓고 감옥에 가도 무신 걱정이 있겠노. 감옥에 있는 동안에도 은행에 넣어 둔 이자가 불어난다 안 카나. 돈이 돈을 버는 세상이다 아이가. 그라이 우찌 개천에서 용이 날 수 있겠노.”

한낮에 장터에서 만난 어르신이 푸념을 늘어놓으신다.

“남들은 내가 농사 많이 지으니까 부잔 줄 알겠제. 껍데기뿐이

여. 농기계 빚 갚느라고 세월 다 보냈네그려. 오늘도 트랙터가 고장
나서 수리점에 갔더니 말일세. 고치는 것보다 새로 사는 게 좋겠다
는구먼. 또 은행 빚을 얻어야 하나 말아야 하나 걱정이 태산 같네
그려.”

해질 무렵에 들녘에서 만난 선배 농부가 푸념을 늘어놓는다.

“농사꾼은 ‘빚도 재산’이라지. 내가 나 혼자 잘 먹고 잘 살려고
농사짓고 산 건 아니잖아. 다 함께 먹고 살자고 한 짓이지. 그러니
까 빚도 재산이라는 말에 고개가 끄덕여진다니까. 하하하. 그건 그
렇고 지구 온난화 탓으로 논밭에 병해충이 득실거려 독한 농약 치
느라 이젠 몸도 다 망가졌다네.”

선배의 쓴웃음 소리가 저녁 밥상머리까지 따라 들어왔다. ‘농촌
어르신들과 선배들이 부자로 살지는 않아도, 빚에 쪼들리지는 말
아야 청년들이 농부가 될 꿈을 꾸고 살 텐데…….’ 혼자 이런저런
생각을 하며 저녁밥을 먹었다. 어쩐지 오늘 하루는 참 고달프기만
하다. 농사일로 지친 몸이야 자고 일어나면 풀리지만, 지친 마음은
쉽게 풀리지 않기 때문이다.

마을 뒷산에 참꽃(진달래)이 피었다 지고, 황매산에 개꽃(철쭉)
도 피었다 졌다. 지난주까지만 해도 개꽃을 보려고 주말과 평일을
가리지 않고 관광버스와 승용차들이 떼를 지어 산으로 올라갔다.
도시에서 사람이 얼마나 많이 찾아왔는지 차를 타고 천천히 20분
이면 올라갈 수 있는 산인데, 200분을 기다려도 갈 수가 없어 돌
아가는 사람도 많았다고 한다.

그 소식을 들은 산골 어르신들은 애가 탔다.

"아이고, 우짜모 좋노. 먼 데서 짬을 내서 왔는데."

"야야, 요즘 개꽃 볼 짬이 오데 있노. 농사일이 얼매나 바쁜데. 밥 묵을라 카모 논 갈아야제, 고추 모종 심어야제. 오이고 가지고 옥수수고 지금 심지 않으모 사람 입에 들어갈 끼 하나도 없다 아이가."

"그래도 사람이 많이 찾아오니까 사람 사는 거 같구먼."

"어릴 때는 묵을 끼 없어 참꽃을 따 묵으며 핵교 다녔는데……. 요즘은 오데로 가나 묵는 기 천지삐까리라, 온 산에 묵지도 못하는 개꽃이 피어 난리법석이구먼."

농촌 지역에서도 가끔 부자가 눈에 띈다. 농사지어 부자가 된 사람은 거의 없다. 대도시로 나간 자녀들이 출세한 덕에 저절로 부자가 된 사람이다. 부자들은 여행을 가도 비행기를 타고 부자 나라로 간다. 옷을 입어도, 음식을 먹어도, 부자 나라에서 나온 것을 입고 즐겨 먹는다. 나는 부자들을 부러워하지 않는다. 다만 바쁜 농사철엔 꽃구경도 여행도 너무 티 내지 않고 다녔으면 좋겠다. 너무 무리한 부탁인가?

권정생 선생님께

선생님, 오늘도 지구촌 곳곳에서 지구 온난화로 말미암은 자연재해와 전쟁 따위로 숱한 사람들이 고통에 시달리며 죽어 가고 있습니다. 선생님 사시는 나라에는 미움도 원망도 탐욕도 자연재해도 전쟁도 없겠지요?

선생님께서 2005년 5월 10일에 쓴 유언장을 다시 읽어 봅니다.

만약에 죽은 뒤 다시 환생을 할 수 있다면 건강한 남자로 태어나고 싶다. (……) 하지만 다시 환생했을 때도 세상엔 얼간이 같은 폭군 지도자가 있을 테고 여전히 전쟁을 할지 모른다. 그렇다면 환생은 생각해 봐서 그만둘 수도 있다.

선생님, 아무래도 아직까지는 환생할 뜻을 미루셔야 할 듯합니다. 아직도 이 세상에는 나라마다 힘을 키워 서로 잘 먹고 잘살아 보겠다며 악과 기를 쓰며 헐뜯고 사납게 다투고 있습니다. 단 하루라도 전쟁이 끊이질 않고, 사람이 사람을 속이고 괴롭히고 죽이지 않는 날이 없습니다. 갈수록 우리 삶의 마지막 목적지인 '용서와 사랑'마저 아득히 멀어져 가고 있습니다. 이 모두 편리함과 탐욕에 빠져 허우적거리는 네 탓이 아니라, 내 탓인 것을 이제야 깨닫습니다.

지난 5월 17일, 권정생어린이문화재단에서 만든 권정생문학상 수상식 날에, 수상 소감으로 선생님이 남기고 가신 시 〈밭 한 뙈기〉를 읽었습니다. 오래전부터 선생님 뜻을 따라 살려는 농부들 모임 때, 이 시를 읽고 마음을 나누어 왔습니다. "밭 한 뙈기/ 돌멩이 하나라도/ 그건 '내' 것이 아니다./ 온 세상 모두의 것이다." 그날, 이 시를 읽으며 스스로 묻고 또 물었습니다. '내가 가진 모든 것이 내 것이 아니라 온 세상 모두의 것이라 생각하고 살아왔는지?'

선생님 이름이 새겨진 이 상은 '온 세상 모두의 것'입니다. 더구나 선생님 뜻을 따라 자연에서 배우고 깨달으며 스스로 가난한 삶을 선택한 사람들의 것이라 생각합니다.

선생님, 저는 1996년부터 생명공동체운동을 하면서 삶이 고달프고 힘들 때마다 선생님이 쓴 산문집 《우리들의 하느님》을 읽었습니다. 서른아홉 나이에, 밑줄을 치며 읽은 흔적이 그대로 남아 있는 그 책을 오늘 다시 읽으며 스스로 다독거립니다.

가난한 자에게 필요한 것은 그 가난한 자 곁에서 함께 가난해지는 것뿐이다.*

한국에선 농사꾼이야말로 영육을 함께 살리는 하느님의 일꾼일 것이다. 정말 똥짐 지는 목회자는 없는 것일까? 예수님이 지금 한국에 오신다면 십자가 대신 똥짐을 지실지도 모른다.**

선생님께서 쓴 글을 읽으면서 가난한 살림살이가 자랑스러웠고, 스스로 가난하게 살아야겠다는 마음도 먹었습니다. 어느덧 농부 나이로 열아홉 살이 되었습니다. 오늘도 산밭엔 헤아릴 수 없이 많은 식물이 서로 자리를 내주며 살아가고 있습니다. 어떠한 처지에서도 미워하거나 원망하지 않고 다투지도 않습니다. 그리고 누가 가르쳐 주지 않아도 저마다 다른 생김새와 빛깔과 무늬로, 때가 되면 잎이 나고 꽃이 피고 씨를 맺습니다. 농부가 되고 나서야 식물들은 자기가 살아가는 땅을 '내 거'라고 말하지 않는다는 것을 알았습니다.

"제발 그만 싸우고, 그만 미워하고 따뜻하게 통일이 되어 함께 살도록" 해 달라는 선생님 말씀, 내내 잊지 않고 살겠습니다. 부디 하늘나라에서 지켜봐 주시고, 그 길로 이끌어 주시기 바랍니다.

* 권정생(1996), 《우리들의 하느님》, 녹색평론사, 32쪽.
** 권정생(1996), 앞의 책, 27쪽.

삶을
빛나게 하는
고마운 벗

마을회관에서 아지매들과 '몸살림운동'을 하면서 이런저런 이야기를 나눈다. 그런데 가끔 마음을 짠하게 하는 말씀이 있다.

"아이고, 치매 들기 전에 얼릉 죽어야지."

"그래그래, 아프지 말고 오늘 밤에라도 집에서 잠결에 고마 죽으모 얼매나 좋겠노."

"아니, 그게 사람 마음대로 되는 일이가."

그런 말씀을 들을 때마다 내가 할 수 있는 말은 고작 이것뿐이다.

"요즘 도시고 농촌이고 사람들이 가장 두려워하는 게 암이 아니라 치매래요. 그러니까 방에 혼자 있지 말고 산책도 하고 마을회관에 와서 저랑 같이 몸살림운동도 해요."

그럴 때마다 내가 한심하다는 생각이 든다. 사람은 태어나는 순간부터 죽음이란 '친구'와 같이 산다. 그런데도 나는 그 친구를 잘 알지 못한다. 오랫동안 함께 어울려 가까이 지내는 사람을 친구라 하는데, 태어날 때부터 내 곁에 있던 그 친구를 잘 알지 못하다니! 그러니 어찌 내가 한심하지 않겠는가.

내 나이 올해 예순여섯이다. 오늘 밤에 죽는다고 해도 그리 아쉬울 것 없는 나이다. 건강한 몸으로 10년 더 살면 좋겠지만, 그게 사람 마음대로 되는 일이 아니다. 그리고 그 생각도 욕심이다. 그래서 하루하루 삶을 정리하고 있다. 여기저기 수북이 쌓인 책과 잘 쓰지 않으면서 정이 들어 버리지도 못하고 갖고 있는 물건을 뒤적거리다 보면 온갖 생각이 다 든다.

아내한테 말했다.

"하이고, 사람 사는 데 이렇게 많은 물건이 필요하다니요. 죽고 나모 다 그만인 것을. 나 죽고 나서 우리 자식들이 유품 정리하려면 며칠 걸리겠구만요."

아내가 말했다.

"여보, 요즘은 그런 걱정 안 해도 된대요. 어디 전화해서 돈만 주면 유품을 몽땅 싣고 가서 버린대요. 그러니 자식들 걱정하지 말고, 하나밖에 없는 마누라 걱정이나 해요."

잘 죽으려면 하루하루 잘 살면 된다는 것쯤은 나도 안다. 그렇다면 잘 사는 법이 따로 있는 것일까? 나이 들수록 배워야 할 게 참 많다. 이런 걱정을 하고 있는데, 때마침 《그림책으로 배우는 삶과 죽음》이란 책을 내고 품위 있고 존엄하게 생을 마감하는 '웰다잉' 강연을 다니시는 임경희 선생 말씀을 들을 수 있는 기회가 생겼다. 가까운 이웃 마을 '토기장이의 집'에서 7월 1일부터 9월 10일까지(10회) 월요일마다 오후 2시부터 5시까지 강연을 한단다. 임경희 선생이 경기도 수원에서 합천 산골까지 지하철과 버스를 갈아타고, 그 먼 길을 오신다니! 그것도 열 번이나!

산골 농부들은 하나같이 하늘이 주신 선물이라며 서둘러 신청을 했다. 아내와 나도 신청을 했다. 31세 청년 농부 서와와 27세 수연이도 신청을 했다. 죽음이란 아이고 어른이고 가리지 않고 누구한테나 찾아오는 것이라 어릴 때부터 배우는 것은 당연한 일이 아니겠는가.

웰다잉 첫 수업과 두 번째 수업을 들으면서 죽음이란 친구와 조금 친하게 되었다. 여태 살아오면서 꺼내기조차 쉽지 않고 언제나 낯설기만 하던 친구였다. 그 친구가 내 곁에서 같이 밥을 먹고 같이 들녘에서 땀 흘려 일하고 같이 잠을 자고 있다는 것을 왜 미처 몰랐을까? 웰다잉 수업을 듣고부터 그 친구 이름을 자주 부른다. 부르다 보니 정이 든다. 그 이름만 불러도 마음이 따뜻해진다. 보잘것없고 허물 많은 내 삶을 빛나게 하는 고마운 친구다. 세 번째 수업이 기다려진다.

지구를 살리는
영웅

이웃 마을에 사는 중학생 우진이가 우리 집에 놀러 왔다. 시원한 매실차를 마시며 우진이가 물었다.

"봄날샘 집엔 농기계가 하나도 없네요? 왜 힘들게 맨날 손으로 농사지으세요? 요즘은 편리하고 빠른 농기계가 많잖아요?"

"우진아, 대답을 들으려면 밭으로 가야 하는데 괜찮겠냐? 참, 봄날샘은 농기계가 필요할 때는 빌려 쓴단다."

나는 우진이를 데리고 산밭으로 걸어갔다. 날씨가 얼마나 더운지 5분 거리가 마치 50분 거리 같았다. '우진이는 어떤 생각을 하며 걸을까? 이렇게 더운 날, 꼭 산밭까지 가야 하나? 속으로 투덜거리는 건 아닐까?' 이런 생각을 하는 내가 우습게 느껴졌다. 하지만 우진이가 던진 질문은 집 안에서 답할 수 있는 게 아니다.

"우진아, 여기는 봄날샘이 돌보는 산밭이란다. 어떤 작물이 자라고 있을까?"

“봄날샘, 저기 다랑논 아래 나뭇가지를 타고 다니는 저 녀석은 호박과 오이고요. 그 아래 옥수수, 들깨, 고추, 대파, 이파리가 큰 저 녀석은 토란이에요.”

“우와, 우진이가 중학생이 되더니 아는 게 많구먼. 그럼 대추나무 있는 쪽으로 가 볼까?”

“으음, 이건 땅콩, 가지, 방울토마토예요. 아아, 여기도 고추가 있네요. 봄날샘, 고추를 왜 이쪽에도 심고 저쪽에도 심나요?”

“좋은 질문이야. 때론 대답보다 질문이 세상을 움직이는 힘이 되기도 하거든.”

“고추를 같은 밭에 나란히 심으면 일하기도 편하고 능률도 오르잖아요.”

“아 참, 오늘 그 이야기를 하려고 산밭에 왔지. 우진아, 만일 말이야. 같은 밭에 한 가지 작물만 심으면 어떤 일이 생길까? 궁금하지? 코로나19 같은 전염병은 식구 가운데 한 사람이 걸리면 대부분 다 걸리잖아. 작물도 같은 이치야. 한 가지 보기를 들면 말이야. 날이 갈수록 지구촌에 벌이 줄어 양봉 농가들이 먹고살 길이 없다고 하잖아. 같은 밭에 한 가지 작물만 심으면 꽃이 피고 지는 때도 같잖아. 그러니까 벌이 먹이를 먹을 수 있는 시기도 짧아지는 거지. 벌이 줄어드는 까닭이 오염된 환경과 기후 변화, 독한 농약 탓도 있겠지만 말이야, 학자들은 대농처럼 밭에 한 가지 작물을 심는 탓도 있다고 해. 봄날샘은 소농이라 밭에 여러 가지 작물을 심으니까 심고 거두는 때가 달라. 그러니까 꽃이 피고 지는 시기가 달라 벌과 나비가 많아.”

“봄날샘, 학교에서 배웠어요. 지구를 살리는 영웅은 소농이라
고요.”

“우진이가 소농을 다 알고 기특하네. 지금은 대농도 필요하지.
넓은 땅과 농기계가 없으면 당장 식량이 줄어들어 큰일 날 테니까.
그렇지만 우리 모두 깨끗하고 아름다운 세상에서 건강하게 살려
면 소농이 늘어나야겠지. 농부들이 독한 농약과 화학 비료와 비
닐을 쓰지 않고도, 빚을 내어 비싼 농기계를 사지 않고도 먹고살
수 있도록 지원도 해야겠지. 그 무엇보다 자연을 벗 삼아 소박하게
살려는 청년 농부가 늘어나면 희망이 있지 않을까?”

“봄날샘, 소농을 존중하고 소농이 뿌리내릴 수 있도록 지원을
하면 좋겠어요. 그리고 소농을 불타는 지구를 살리는 ‘마지막 희
망’으로 여기고 응원하는 사람이 많아지면 좋겠어요. 그래야만 청
년들이 마음 놓고 소농을 선택하지 않을까요?”

중학생인데 마치 대학생 같은 질문을 쏟아 내는 우진이를 보면
서 사는 맛이 나고 부쩍부쩍 힘이 난다.

이게
사는 맛이지
싶다

오늘 낮에, 회사에서 정년퇴직을 한 지 2년쯤 지난 후배가 찾아왔다. 가난한 부모를 만나 겨우 고등학교를 졸업하고, 자동차 만드는 공장에서 40년 넘도록 일만 하고 살아온 후배다. 일밖에 모르고 살아왔다는 말이 어울리는 후배다. 왜냐하면 하루라도 지각을 하거나 결근을 하면 마치 큰일이라도 벌어지는 것처럼 부지런히 살아왔기 때문이다.

"선배, 정년퇴직하고 어물어물하고 있는 사이에 2년이 바람처럼 후딱 지나갔어요. 80세까지만 살아도 앞으로 15년 넘게 살아야 하는데 걱정이에요."

곁에서 듣고 있던 후배의 아내가 말했다.

"우리 남편이 정년퇴직을 하고는 할 일이 없어 맨날 빈둥거려요. 잘하는 거라곤 자동차 만드는 일밖에 없잖아요. 특기도 없고 취미도 없어요. 맨날 회사 다니는 일 말고는 한 게 없거든요. 제가 요즘 무릎이 시원찮아 수영장에 가는데, 수영장까지 따라와서는 밖에서 저를 기다리며 혼자 빵을 사 먹고 있어요. 젊었을 때는 먹고사느라, 자식들 뒷바라지하느라 함께 다닐 짬이 없었지요. 남편 생각하면 안타까워요. 육십이 넘어서야 저를 따라다니니 기가 차잖아요."

두 사람 이야기를 가만히 듣고 있던 아내가 〈한국농정〉(2024년 8월 5일) 신문을 쑥 내밀었다. 마치 기다리기라도 한 것처럼 말이다. "이 기사 한번 읽어 봐요. 경기도 귀농귀촌지원센터가 도내 베이비붐 세대(1955~1974년생) 대상으로 '농촌 한 달 체험' 프로그램을 열어 성황리에 마쳤대요. 농촌 마을 네 곳을 선정해서 지역민과 교류할 수 있도록 임시로 머물 수 있는 집을 주고, 영농 실습도 한대요. 도마다 조금은 다르겠지만, 귀농·귀촌하려는 도시 사람들을 위해 여러 가지 지원 제도가 마련되어 있다고 해요. 한번 알아보면 좋겠어요."

나는 아내의 이야기를 가만히 들으면서 고개를 끄덕였다. 정년 퇴직을 했거나 앞두고 있는 사람들은 한 번쯤 생각해 보면 어떨까 싶었다. 퇴직금으로 받은 돈으로 장사를 시작하여 다 날린 친구도 있고, 퇴직하자마자 깊은 병을 얻어 병원에 누워 있는 후배도 있다. 나이 예순이 지나면 살아온 흔적만큼 몸과 마음이 여기저기 성한 데가 없다. 도시에서 하루하루 먹고사느라, 아니 살아남으려고 얼마나 애썼겠는가? 여태 밥 한 숟가락에 기대어 살았으니 '밥'이 기다리고 있는 농촌(자연)으로 돌아와 스스로를 다독거리고 위로해 주었으면 좋겠다. 그러니까 무턱대고 돈을 들여 집을 짓거나 땅을 사지 말고 '농촌 체험' 프로그램을 알아보고 참여해 보면 어떨까?

정동주 시인 말씀처럼 우리 옛사람들은 하늘에 그 많고 많은 별마다 생명 하나씩 들어 있다고 믿었다. 그래서 사람은 별에서 왔고, 별에서 온 사람들이 농사를 짓고 농촌을 이루고, 가정과 나라를 세워 살았다. 20년 전, 산골에 빈집과 묵은 땅을 빌려 농사를 시작할 때, 마을 어르신이 찾아와 일러 주셨다. 농부農夫는 별을 노래하는 사람이라, 죽으면 별이 데려간다고. 그 말씀을 잊을 수가 없다. 농사일이 몹시 고달프거나 흉년이 들어 한 해 먹고살 걱정이 산처럼 쌓일 때마다 그 말씀이 저절로 떠올랐다. 그리고 다시 힘이 솟았다.

후배와 이런저런 이야기를 주고받는 사이, 아내는 호박 이파리를 찌고 된장찌개를 끓였다. 구수한 냄새가 작은 흙집에 가득했다. 이게 사는 맛이지 싶다.

마음을 열고
머리를 맞대고

20년째 살고 있는 작은 흙집 지붕이 삭아 이슬비만 내려도 아내가 걱정을 한다. 어찌 지붕만 삭았겠는가. 싱크대 서랍도 삭고, 창고 문도 삭고, 고된 농사일에 무릎과 팔꿈치도 삭고, 설익고 서툰 사람 관계로 마음도 삭아 성한 데가 없다. 서너 해 전부터는 오랜 낫질과 호미질로 손가락 마디마디가 비틀어져 밤마다 아리다.

사람만 늙어 가는 게 아니다. 집도 같이 늙어 간다. 스무 해 전에 흙집을 함께 지은 '나무로' 대표 김도환 목수가 아스팔트싱글 지붕을 살펴보더니, 평생 쓸 수 있는 양철(징크) 지붕으로 바꾸자고 한다. 아내와 나는 공사비를 빌려서라도 바꾸기로 했다. 더 삭으면 호미로 막을 것을 가래로 막아야 하니까 말이다. 김도환 목수가 20년 전에 흙집을 지을 때 했던 말이 아직도 생생하다.

"저는 집을 지을 때, 그 집에서 살아갈 사람들을 생각하며 기쁜 마음으로 짓습니다. 그리고 같이 일하는 일꾼들도 저와 똑같은 마음으로 집을 짓습니다. 가끔 일꾼들 가운데 언짢은 일이 있거나 몸이 고달픈 사람이 있으면 그날은 편히 쉬게 합니다. 기쁜 마음으로 집을 짓지 않으면 다치기 쉽고, 더구나 앞으로 그 집에서 살아갈 식구들에게도 나쁜 영향을 끼칠 수 있으니까요.”

나는 가끔 김도환 목수가 한 말을 되새기며, 농사도 집 짓는 일만큼이나 기쁜 마음으로 지어야 한다고 생각했다. 그래서 내가 키운 농산물을 먹는 사람들이, 자연과 사람을 보살피며 건강하게 살았으면 좋겠다는 마음으로 농사지었다. 그런데 갈수록 그게 쉬운 게 아니다. 이상 기후로 말미암아 농사지으며 사는 게 만만찮기 때문이다. 올해는 만나는 농부마다 ‘기후 재난’, ‘기후 재앙’이라고 한다. 산골 다랑논까지 벼멸구가 들어 벼가 허옇게 말라 죽었다. 황금 들판은 이제 옛말이 되려나 싶어 걱정이 쌓인다. “배추 한 포기 2만 원, 배추 대란, 결국 중국산 수입”과 같은 뉴스를 보면 애간장이 탄다.

오늘 낮에 다 삭은 지붕을 쳐다보면서 애타는 농부 마음을 털어놓았더니, 젊은 목수가 아주 뚜렷하고 야무진 목소리로 말을 건넨다.

“기후 위기 시대에 농산물 값이 오르는 거 당연한 거잖아요. 말로 해서는 몰라요. 제 손으로 농사지어 봐야 알지요.”

그 말을 들으면서 막힌 속이 뚫리는 것 같으면서도 왜 가슴이 쓰릴까? 값이 오르면 도시에 사는 가난한 사람들은 어찌 살겠는가? 더구나 중국산 김치조차 먹기 어려운 사람이 헤아릴 수 없이 많을 텐데 말이다. 무엇보다 중국산을 자꾸 수입하면 농산물 값이 뚝뚝 떨어져 농부들은 빚더미에 주저앉을 텐데 말이다.

그런데 어쩌다 농산물 값이 오르면 하나같이 물가 주범이 농산물이라며 이렇게 말한다. 배 하나에 7,000원이라 '화들짝' 놀랐다. 사과 하나에 5,000원이라 '화들짝' 놀랐다. 오이 하나에 1,000원이라 '화들짝' 놀랐다. 그런데 농산물 값이 내리면, '화들짝' 놀랐다고 하지 않는다. '화들짝'은 농산물 값이 오를 때만 쓴다. 내릴 때는 단 한 번도 안 쓴다. 그러니 어떤 젊은이가 사람을 살리는 농사를 소중하게 여기고, 자라나는 아이들의 '오래된 미래'인 농업을 선택하겠는가? 우리 모두 마음을 열고 머리를 맞대고 반드시 풀어야만 할 숙제다.

농부
10계명

농사철이 끝나고 나면 농부들은 골병든 몸을 돌보느라 정형외과로 한의원으로 다니느라 바쁘다. 모두 지구 가열화로 농사짓기가 갈수록 어려워 몸과 마음이 몇 배로 고달파서 일어난 일이라 한다. 이런 현상을 '기후 재난'이라 한다. 기후 재난은 농부들에게 가장 빠르고 험악하게 다가온다.

오늘 낮에 도시에서 직장 생활을 하는 후배가 명예퇴직을 준비하면서 찾아왔다.

"선배님, 앞으로 농촌에서 먹고살려면 지켜야 할 10계명 같은 거 없습니까? 생각나는 대로 몇 가지만 들려주면 고맙겠습니다. 아무튼 저는 남은 삶을 아내와 함께 자연 속에서 몸을 움직이며 살고 싶습니다. 그래야만 제 몸에서 '사람 냄새'가 날 것 같습니다."

후배 말을 듣고 갑자기 거창고등학교 '직업 선택 10계명' 중 몇 가지가 떠올랐다.

내가 원하는 곳이 아니라 나를 필요로 하는 곳을 택하라.

승진 기회가 거의 없는 곳을 택하라.

모든 것이 갖추어진 곳을 피하고 처음부터 시작해야 하는 황무지를 택하라.

앞다투어 모여드는 곳에는 절대로 가지 말고 아무도 가지 않는 곳으로 가라.

장래성이 전혀 없다고 생각되는 곳으로 가라.

사회적 존경을 바라볼 수 없는 곳으로 가라.

이 모든 게 앞으로 후배가 선택할 '농부'에 딱 어울리는 말이구나 싶었다. 농촌은 후배 같은 사람을 꼭 필요로 한다. 농부는 (승진할 필요도 없지만) 승진 기회가 없다. 농사는 해마다 처음부터 다시 시작해야 한다. 대부분 농부의 길은 가지 않으려고 한다. 장래성이 거의 없다. 빚지지 않고 살면 다행이고 기적이다. 한국 땅에서 농부를 존경하는 사람이 몇이나 될까? 이런 현실을 잘 알면서도 농사지으며 살고 싶다는 후배를 바라보니 희망만은 버리지 말아야겠다는 생각이 든다. 그래서 생각나는 대로 후배한테 몇 가지 들려주었다.

첫째, 사람 관계를 잘 풀어야 한다. 이웃을 함부로 험담하지 말고, 있는 그대로 받아들이고 섬겨야 한다. 비위 거슬리는 말을 듣거나 이웃과 다투고 나면 어린아이처럼 단순하게, 언제 그랬느냐는 듯이, 얼른 잊고 용서하며 살아야 한다. 다른 사람 잘못을 용서해야만 내 잘못도 용서받을 수 있기 때문이다.

둘째, 농사일에 치이지 말아야 한다. 자기 몸에 맞추어 시간을 정해 놓고 일하는 게 좋다. 그래야 골병이 들지 않는다. 그리고 작물을 기르려면 어떠한 처지에서도 기쁨이 넘쳐야 한다. 바라는 모든 걸 이루었다 해도 기쁨이 없으면 무슨 가치가 있으랴.

셋째, 돈을 많이 벌려고 하지 마라. 돈을 많이 벌려고 마음먹으면 그날부터 몸과 마음이 피곤해지고, 여유와 낭만은 저 멀리 달아나 버린다. 더구나 가진 재산이 없는 사람들은 빚을 내야만 한다. 싼 이자라 해서 함부로 빌렸다가는 그 빚에 질질 끌려다니고 만다. 그렇게 살면 팍팍한 도시에서 사는 것과 다를 게 없다.

아무튼 공부하는 마음으로 살면 좋겠다. 농촌에 살면 배우고 깨달을 게 많다. 몸과 마음을 살리는 법, 토종 작물과 약초 기르는 법, 사람과 자연을 살리는 유기농업, 모두를 살리는 가족 소농과 치유농업, 삶을 가꾸는 글쓰기, 사진 찍기, 그림 그리기, 심리 상담과 같은 하고 싶은 공부를 하다 보면 남은 삶이 빛날 것이다. 아직도 이런 '허튼소리'를 들어 줄 사람이 있다니! 참 다행이다.

마지막
유언

아들아, 오늘따라 언제 다가올지 모르는 죽음을 미리 준비해야겠다는 생각이 들었다. 그래서 네 어미랑 같이 보건소에 가서 '사전연명의료의향서'를 썼다. 아비와 어미도 어느덧 예순 중반을 훌쩍 넘었으니, 지금 떠난다 해도 서운하거나 아쉬울 게 없다. 그러니까 갑자기 아비에게 죽음이 찾아오면 심폐소생술을 하거나 119도 부르지 말기 바란다. 그냥 아비가 살던 집에서 편안하게 죽을 수 있게 도와주기 바란다. 그게 산 사람이 할 수 있는 마지막 배려라 생각한다.

아비는 '장기와 조직 기증 희망자 등록 신청서'까지 적어 냈으니, 어떤 일이 있어도 반대하지 말고 받아들이기 바란다. 아비가 죽어서, 죽어 가는 사람 9명을 살릴 수 있다는데, 아픈 사람 100명에게 희망을 심어 줄 수 있다는데……. 그걸 알면서 어찌 그냥 떠날 수 있으랴.

병들고 시든 몸뚱어리 무어 쓸모가 있으랴마는 간이든 콩팥이
든 눈이든 꼭 필요한 사람이 있다면 기꺼이 주고 떠나련다. 모두
주고 더 줄 것이 없으면, 의학 실험용으로 쓰면 좋겠다. 허물 많은
아비가 마지막 떠나는 길에 할 수 있는 일이 있다니! 어찌 기쁘지
않으랴.

화장火葬해서 뼛가루 한 줌 남거들랑 아비가 좋아하던 감자밭
에 묻어 주면 좋겠다. 해마다 5월이 오면 아비는 그곳 어디쯤 하얀
감자 꽃으로 피어나고 싶다. 틈이 나면 감자밭 어디쯤에 나무라도
한 그루 심어 주면 어떨까? 그 나무가 자라 그늘을 드리우면, 땀
흘리며 일하던 사람들이 모여 막걸리 한잔 나눌 수 있으면 얼마나
좋으랴. 그러면 사람들한테 진 빚을 티끌만큼이라도 갚을 수 있지
않을까? 이 또한 욕심인 줄 알지만, 살아서 베풀지 못한 내 사랑
이 죽어서나 이루어질까 싶어 부탁하는 것이니 들어 주기 바란다.

그리고 아비 이름이 적힌 비석이나 푯말 따위는 세우지 말고,
아비 이름으로 그 어떤 일도 하지 않았으면 좋겠다. 마지막 날이
언제가 될지 아무도 모르지만, 다 내려놓고 새털처럼 가볍게 떠날
생각을 하니 한결 마음이 편하다.

아들아, 죽음이 없다면 희망도 없겠지. 죽음이 있기에 잘못을
뉘우칠 수 있고, 끝도 없는 욕심을 줄일 수 있겠지. 그러니까 죽음
이 곧 기쁨이고 희망이라 믿는다.

찬바람 부는 겨울이 오면 함께 살던 들꽃도 메뚜기도 여치도
물뱀도 우렁이도 반딧불도 다 제 갈 길로 돌아간다. 이 못난 아비

는 별에서 왔으니 별이 되어 돌아갈 것이다. 언젠가 우리는 별에서 만나게 되겠지. 그때 못다 한 이야기 나눌 수 있으리라 생각한다.

아들아, 살아가다 가끔 못난 아비가 원망스러울 때가 찾아올 것이다. 태어나서 단 한 번도 아비 교육을 받지 못하고 아비가 되었으니, 얼마나 서툴고 모자랐겠나? 이 모두 아비가 어리석은 탓으로 일어난 일이니 온 마음을 다해 용서를 빈다. '용서는 뼈아픈 과거를 지우는 지우개'와 같다고 하지. 그러니 부디 너그러운 마음으로 용서해 주기 바란다.

아비는 1996년(38세)부터 농촌과 도시가 고루고루 잘 사는 세상을 꿈꾸며 생명공동체운동에 뛰어들어, 우리밀살리기운동과 생활협동조합운동을 했다. 그때 먼저 숲(농촌)으로 돌아간 창녕 천규석 선생님, 변산 윤구병 선생님, 봉화 정호경 신부님, 안동 권정생 선생님, 무주 허병섭 목사님, 실상사 도법 스님, 충주 무너미마을 이오덕 선생님, 그 무엇보다 들풀처럼 자연 순리에 따라 살아가는 농부님들을 만나 깨달았다.

깨닫고 나니, 삶은 없고 입만 살아서 환경이니 희망이니 떠들어대는 내 모습이 참으로 부끄러워 얼굴을 들 수가 없었다. 그래서 2005년(47세)부터 아는 이 하나 없는 산골에 들어와 빈집과 묵은 논밭을 빌려 농사지으며 살았다.

아비는 농부로 살아온 그 시간이 가장 소중하고 자랑스럽다. 땅에서 사람이 하는 일 가운데 가장 거룩한 일이 농사라 하지 않더냐. 그래서 성직 가운데 가장 훌륭한 성직이라 하지 않더냐.

가난한 아비 삶을 지켜 준 낡은 호미와 괭이는 마지막 선물로 두고 가마. 밭 한 뙈기에 호미와 괭이만 있어도 밥상에 올릴 채소는 심고 가꿀 수 있을 것이다. 고마운 마음으로 받아 주리라 생각한다.

그리고 하루빨리 팍팍한 도시 콘크리트 숲을 떠나 생명이 살아 숨 쉬는 자연(농촌)으로 돌아오기 바란다. 우리 사이에 그리움이 있으면, 언제 어디서나 다시 만날 수 있으리라. 처음부터 그랬듯이 사랑하고 사랑하고 사랑한다, 아들아!

교육공동체 벗

교육공동체 벗은 협동조합을 모델로 하는 작은 지식공동체입니다.
협동조합은 공통의 목적을 가진 사람들이 모여서 만든
권력과 자본으로부터 독립된 경제조직입니다.
교육공동체 벗의 모든 사업은 조합원들이 내는 출자금과 조합비로 운영됩니다.
수익을 목적으로 하지 않기에 이윤을 좇기보다
조합원들의 삶과 성장에 필요한 일들과
교육운동에 보탬이 될 수 있는 사업들을 먼저 생각합니다.
정론직필의 교육전문지, 시류에 휩쓸리지 않는 정직한 책들,
함께 배우고 나누며 성장하는 배움 공간 등
우리 교육 현실에 필요한 것들을 우리 힘으로 만들고 함께 나누고 있습니다.

조합원 참여 안내

출자금(1구좌 일반 : 2만 원, 터잡기 : 50만 원)을 낸 후 조합비(월 1만 5천 원 이상)
를 약정해 주시면 됩니다. 조합원으로 참여하시면 교육공동체 벗에서 내는 격월간
교육전문지《오늘의 교육》과 조합통신을 받아 보실 수 있습니다. 출자금은 종잣돈
으로 가입할 때 한 번만 내시면 됩니다. 조합을 탈퇴하거나 조합 해산 시 정관에 따
라 반환합니다. 터잡기 조합원은 벗의 터전을 함께 다지는 데 의미와 보람을 두며
권리와 의무에서 일반 조합원과 차이는 없습니다. 아래 홈페이지에서 조합 가입 신
청을 하실 수 있습니다.

홈페이지 communebut.com
이메일 communebut@hanmail.net
전화 02-332-0712
팩스 0505-115-0712

교육공동체 벗을 만드는 사람들

후쿠시마 미노리, 황지영, 황정일, 황정원, 황이경, 황윤호성, 황영수, 황선호, 황봉희, 황규선, 황고운, 홍정인, 홍승희, 홍순성, 홍성근, 홍성구, 홍서연, 현복실, 허창수, 허윤영, 허영주, 허성실, 허성균, 허보영, 허광영, 함점순, 함영기, 한학범, 한채민, 한진, 한지혜, 한은옥, 한송희, 한성찬, 한석주, 한민호a, 한민호b, 한민혁, 한만중, 한날, 한길수, 한경희, 하주현, 하정호, 하정필, 하인호, 하승우, 하승수, 하순배, 편경희, 탁동철, 최희성, 최현미, 최한나, 최진규, 최주연, 최정윤, 최정아, 최은희, 최은정, 최은숙, 최은경, 최윤미, 최유리, 최원혜, 최우성, 최영식, 최연희, 최연정, 최승훈, 최승복, 최선자, 최선경, 최봉선, 최보람, 최병우, 최미영, 최류미, 최대현, 최광용, 최경미, 최경련, 채효정, 채종민, 채윤, 채민정, 차종숙, 차용훈, 진현, 진주형, 진웅용, 진영준, 진냥, 지정순, 지수연, 주예진, 주순영, 조희정, 조혜원, 조현민, 조향미, 조해수, 조진희, 조지연, 조정희, 조윤성, 조원희, 조원배, 조용진, 조영현, 조영실, 조영선, 조여은, 조여경, 조성희, 조성실, 조성배, 조성대, 조석현, 조석영, 조남규, 조금종, 조경애, 조경아, 조경삼, 조경미, 제남모, 정희영, 정홍윤, 정현숙, 정혜레나, 정한경, 정춘수, 정진영a, 정진영b, 정진규, 정주리, 정종헌, 정종민, 정재학, 정이든, 정은희, 정은주, 정은균, 정유진, 정유숙, 정유섭, 정원탁, 정원석, 정용주, 정예현, 정예슬, 정애순, 정소정, 정보라, 정민석, 정미숙a, 정미숙b, 정명옥, 정명영, 정득년, 정대수, 정남주, 정광호, 정광필, 정광일, 정관모, 정경원, 전혜원, 전지훈, 전정희, 전유미, 전세란, 전보애, 전민기, 전미영, 전명훈, 전난희, 장주연, 장인하, 장은정, 장윤영, 장원영, 장시준, 장상욱, 장병훈, 장병학, 장병순, 장근영, 장군, 장경훈, 임혜정, 임향신, 임한철, 임하진, 임하영, 임지영, 임중혁, 임종길, 임정은, 임전수, 임수진, 임수노아, 임성빈, 임선영, 임상진, 임동헌, 임덕연, 임경환, 이희옥, 이희연, 이효진, 이호진, 이혜정, 이혜영, 이혜린, 이현, 이혁규, 이향숙, 이한진, 이하영, 이태영, 이태경, 이치형, 이충근, 이진희, 이진혜, 이진주, 이진욱, 이지혜, 이지향, 이지완, 이지영, 이지연, 이중석, 이주희, 이주영, 이종은, 이정희a, 이정희b, 이정희c, 이재익, 이재은, 이재영, 이인사, 이은희a, 이은희b, 이은향, 이은진, 이은주, 이은정, 이은영, 이은숙, 이은민, 이윤엽, 이윤승, 이윤선, 이윤석, 이윤미, 이윤경, 이유진a, 이유진b, 이월녀, 이원님, 이용환, 이용태, 이용석, 이용기, 이영화, 이영주, 이영아, 이연진, 이연주, 이연숙, 이연수, 이승태, 이승아, 이슬기, 이수현, 이수정a, 이수정b, 이수연, 이수미, 이성희, 이성호, 이성채, 이성숙, 이성수, 이선표, 이선영a, 이선영b, 이선애a, 이선애b, 이선미, 이상훈, 이상화, 이상직, 이상원, 이상미, 이상대, 이상규, 이병준, 이병곤, 이범희, 이민정, 이민아, 이민숙, 이미옥, 이미숙, 이미라, 이문영, 이명훈, 이명형, 이동철, 이동준, 이동범, 이다연, 이남숙, 이난영, 이나경, 이기자, 이기규, 이근철, 이근영, 이규빈, 이광연, 이계삼, 이경화, 이경은a, 이경은b, 이경욱, 이경림, 이건희, 윤희연, 윤홍은, 윤지형, 윤종원, 윤예슬, 윤영훈, 윤영백, 윤수진, 윤상혁, 윤병일, 윤규식, 유효성, 유재을, 유은선, 유영길, 유병준, 위양자, 원지영, 원윤희, 원성제, 우창숙, 우지영, 우완, 우수경, 오중근, 오정오, 오재홍, 오은정, 오은경, 오유진, 오세희, 오명환, 오동석, 염정신, 여희영, 여태전, 엄창호, 엄재홍, 엄기호, 엄기옥, 양현애, 양해준, 양지선, 양은주, 양은숙, 양애정, 양선아, 양서영, 양상진, 양근라, 안효빈, 안찬원, 안지유, 안준철, 안정선, 안옥수, 안영신, 안영빈, 안순억, 안미령, 심주호, 심은보, 심우향, 심승희, 심수환, 심동우, 심나온, 심경일, 신충일, 신창호, 신창복, 신중휘, 신중식, 신은정, 신유준, 신소희, 신성연, 신선웅, 신미정, 신미옥, 송호영, 송혜원, 송혜란, 송한별, 송인혜, 송용석, 송아미, 송승훈a, 송승훈b, 송수연, 송송이, 송명숙, 송경화, 손현아, 손진근, 손지훈, 손은경, 손성연, 손민정, 손미승, 소수영, 성현석, 성열관, 성보란, 설원민, 선미라, 석옥자, 석미화, 석경순, 서지연, 서정오, 서인선, 서은지, 서예원, 서명숙, 서금숙, 서강선, 상형규, 변현숙, 변나은, 백호영, 백현희, 백승범, 배희철, 배주영, 배정현, 배이상헌, 배영진, 배아영, 배성연, 배경내, 방득일, 방경내, 박희진, 박희영, 박효정, 박환조, 박혜숙, 박혜명, 박형진, 박현희, 박현숙, 박춘애, 박철호, 박진희, 박진환, 박진수, 박진교, 박지희, 박지홍, 박지원, 박중구, 박정희, 박정호, 박정미, 박재선, 박재란, 박은하, 박은아, 박은경, 박옥주, 박옥균, 박영실, 박영란, 박연지, 박신자, 박수진, 박수경, 박세일, 박성규, 박선영, 박상현, 박복희, 박복선, 박보애, 박미희, 박미옥, 박명진, 박명숙, 박동혁, 박도정, 박대성, 박노해, 박내현, 박나실, 박기웅, 박고형준, 박경화, 박경이, 박건형, 박건진, 박건오, 민병성, 문호진, 문용석, 문영주, 문연심, 문수현, 문수영, 문수경, 문명숙, 문경희, 모은정, 맹수용, 마승희, 류창모, 류정희, 류재향, 류우종, 류명숙, 류대현, 류기정, 류경원, 도정철, 데와 타카유키, 노한나, 노영현, 노경미, 남효숙, 남정민, 남은정, 남윤희, 남원호, 남예린, 남미자, 남궁역, 나여훈, 나규환, 김희옥, 김홍규, 김훈태, 김효미, 김홍주, 김홍규, 김홍겸, 김혜영, 김혜림, 김현진, 김현주a, 김현주b, 김현정, 김현영, 김현실, 김헌택, 김헌용, 김해경, 김필임, 김태훈, 김태원, 김찬영, 김찬, 김진희, 김진주, 김진숙, 김진, 김지훈, 김지혜, 김지원, 김지운, 김지연a, 김지연b, 김지미, 김지광, 김중미, 김준연, 김주영, 김종현, 김종진, 김종원, 김종욱, 김종성, 김종선, 김정훈, 김정삼, 김재황, 김재현, 김재일, 김재민, 김임곤, 김이은, 김은파, 김은아, 김은식, 김은숙, 김은수, 김윤주, 김윤자, 김윤우, 김원예, 김원석, 김우영, 김용휘, 김용양, 김요한, 김영희, 김영진, 김영주, 김영재, 김영삼, 김영미, 김영모, 김연정a, 김연정b, 김연미, 김아현, 김순천, 김수현, 김수진a, 김수진b, 김수정, 김수연, 김수경, 김소희, 김소혜, 김소영, 김세호, 김세원, 김성탁, 김성숙, 김성보, 김선희, 김선철, 김선우, 김선미, 김선구, 김석규, 김서화, 김서영, 김상희, 김상정, 김상규, 김봉석, 김보현, 김보경, 김병희, 김병훈, 김병기, 김범주, 김민희, 김민섭, 김민선, 김민곤, 김민결, 김미향, 김미진, 김미선, 김문옥, 김명희, 김명섭, 김동현, 김동일, 김동원, 김동식, 김도석, 김다희a, 김다희b, 김다영, 김남철, 김나혜, 김기훈, 김기언, 김규태, 김규빛, 김광백, 김광민, 김고종호, 김계림, 김경일, 김가연, 길지현, 기세라, 금현진, 금현옥, 금명순, 권혜영, 권혁천, 권혁이, 권혁기, 권태윤, 권자영, 권유나, 권서희, 권미지, 국찬석, 구자숙, 구원회, 구완회, 구수연, 구본희, 구미숙, 광흠, 곽혜영, 곽현주, 곽진경, 곽노현, 곽노근, 공현, 공진하, 공영아, 고춘식, 고진선, 고은경, 고윤정, 고영주, 고영실, 고병헌, 고병연, 고민경, 고미아, 강화정, 강혜인, 강현주, 강현정, 강한아, 강태식, 강준희, 강인성, 강이진, 강은영, 강윤진, 강유미, 강영일, 강영구, 강순원, 강수돌, 강성규, 강석도, 강서형, 강경모

※ 2025년 12월 5일 기준 762명

※ 이 책의 본문은 재생 용지를 사용해서 만들었습니다.